漫漫古典情 5

ROMANTIC CLASSICAL LITERATURE

樸月——著

文人的另一面

好讀出版

自序

有趣、輕鬆的文學家小故事

本書所收錄的文章，是我早年在《中國語文》月刊上的一個專欄「文學家軼事」。

這個專欄，是當時的「發行人」，也是我的姨父趙友培先生提出的構想。當他表示：這個專欄，想交給我來執筆的時候，我有點詫異；他當時在「師範大學」教書；事實上，《中國語文》月刊，寫作的基本「班底」，就是師大教授，和各地中小學教「國語文」的老師們。比起我這「非本科系」的人，這些出身「國文系」的教授、老師中，夠資格寫的人太多了！甚至我覺得：怎麼輪也輪不到我！

他笑著說：「你就佔了『非本科系』的便宜呀！」

「怎麼說？」

「我們的刊物裡，屬於學術性，研討性，也就是性質比較『硬』的文章比例偏高！『本科系』的優點當然很多，也不用說了。缺點是『放不開』；他們在國文系本科裡所學的太『正統』了，反而會局限了他們的思維。行規步矩的，怕犯錯，怕被別人挑毛病。可是這個專欄，我希望能寫得輕鬆一點，文字活潑一點，不要太拘泥於『學問』。你呢，算有古典文學根基的，閱讀文言文的資料沒有問題。卻沒有『師門』或『學術』框架的限制，可以自由發揮！」

接下這個專欄後，我還眞是「自由發揮」！甚至都不照「規矩」按時代先後排列！完全「跳躍」式的；想到誰，就寫誰。

原則上，姨父希望我不要寫的太「制式」；寫些比較有趣，或生活化的小故事，而不要像課本裡的「作者簡介」，或歷史「列傳」那麼嚴肅。這倒也很對我的味口；事實上，許多看來「面目嚴肅」的文學家，也有他們親和而人情味的的一面。我可以說，那時自己寫的很高興。至於別人看的怎麼樣，我就不知道，也管不著了。

這個專欄，大約寫了五年多，後來姨父去世，月刊的人事改組。因爲我的專欄都是姨父設計的，我覺得應該讓出篇幅，以便新的主管規劃屬於他自己的路線和風格，就主動「請辭」了所有的專欄，並婉拒了他們的「慰留」。

脫離了這些專欄寫作，我開創了另一片屬於「文學創作」的天空；在報章雜誌上發表散文、歷史小說等。慢慢的，把過去寫的這些「專欄」都忘了。

直到「電腦」普及，網路發展，平面媒體漸漸萎縮，能發表文章的報章雜誌相對減少。因此，我爲自己在網路上開設了個《月華清部落格》的網頁，作爲我與讀者們交流的「平台」。爲了充實《月華清》的內容，才陸續的把這些早先留存的「剪報」，一一輸入電腦，然後分門別類，貼到我的「部落格」上。

去年「好讀出版有限公司」來跟我討論出版新書計劃的時候，我請他們先到我的「部落格」上看看；如果有他們認爲適合出版的，我都可以授權。當時，他們就選定了兩個專題：「詩詞故事」，和「文學家軼事」。

列爲《漫漫古典情》之二、之三的「詩詞故事」，已陸續出版。隨即，他們與我簽了「文學家軼事」的合約。

我要求他們給我一段時間；一則，舊稿應該要重新整理、修訂。二則我也想要做些補充；因爲當時是「跳接」著寫的，不免有些疏漏；還可能疏漏了重要的人物。既然要出版，我當然希望能把這些在「文學史」上很重要，而當初漏寫的人物，補寫進去；希望這本書，能以更完整的面目呈現讀者面前。

整理之下，發現還眞缺了不少「重要」人物；自己也不知怎麼搞的，竟然李白、杜甫、韓愈都「從缺」！也許，當時我是覺得「來日方長」，慢慢總會寫到他們的。沒想到人事無常；一旦之間，這個專欄就結束了；說來，還是我親自動手「了結」的！

這些「文學巨匠」當然要補！我另外想補寫的，卻是一般比較容易忽略的人物；像被視爲「通俗文學」的元雜劇作家、明清傳奇或小說作家。他們好像處於一般人的視角之外，事實上，卻是「文學史」上不可或缺的篇章。

不是嗎？人人知道「張生」、「崔鶯鶯」、「紅娘」的故事，怎能缺了寫《西廂記》的「王實甫」？而且《西廂記》後來牽引出來的故事，更是精彩；竟有士子在深山的廟裡，看到四壁都畫著《西廂記》的人物故事！他覺得這未免太「匪夷所思」了；因為，當時《西廂記》還是被視為「淫書豔曲」，有如現在的「十八禁」，被認為「青少年不宜」的。怎能公然畫在廟裡的牆壁上！

當他提出「質問時，廟裡住持的老和尚卻說：他以此「悟道」。而令他「悟道」的一句話，是張生見到崔鶯鶯時所唱的：「怎當她臨去秋波那一轉！」

後來有位才子尤侗，用這一句為題，寫了一篇「八股文」，在清初文壇廣為流傳。甚至篤信佛教的清世祖，還拿出來跟宮中的高僧討論！一位高僧的答覆很妙，他說的是：「不風流處也風流！」

只要喜愛戲曲的，人人都知道《牡丹亭》．遊園、驚夢，尋夢、離魂中，為情而生、為情而死的杜麗娘。那寫《牡丹亭》的「湯顯祖」是誰？

講到中國四大章回小說，人人知道《水滸傳》、《三國演義》，可知道施耐庵和羅貫中是師生？《水滸傳》還曾觸怒了明太祖朱元璋，竟說「此倡亂之書也，是人胸中定有逆謀，不除之必貽大患。」認為施耐庵「心懷不軌」（就不想想，他自己不是懷有「逆謀」，「鬧革命」奪得天下的嗎？）施耐庵還因此下獄。

我們耳熟能詳，活躍於劇場的傳統故事，像〈金玉奴棒打薄情郎〉、〈賣油郎獨佔花魁女〉、〈碾玉觀音〉、〈白蛇傳〉、〈杜十娘怒沉百寶箱〉、〈喬太守亂點鴛鴦譜〉……可知道這些精彩有趣的故事，都出於「三言」（《喻世明言》、《警世通言》、

《醒世恆言》），作者是馮夢龍？

當我們讀到關漢卿自述，用最直白鮮活的話語，描述他自己是：

我是個蒸不爛、煮不熟、捶不匾、炒不爆、響璫璫的一粒銅豌豆！

能不感受到他那質樸的文字中，所表現出頑強不屈，人格的昂揚尊嚴？

當我們讀到張養浩的〈山坡羊・懷古〉：

峰巒如聚，波濤如怒，山河表裡潼關路。望西都，意踟躕，傷心秦漢經行處。宮闕萬間都做了土。興，百姓苦！亡，百姓苦！

能不感受到他字裡行間對百姓的悲憫情懷？而且他不是說說而已。他曾爲這一段文字不容於權貴，返鄉歸隱。而在關中大旱的時候，他義不容辭的受命出來做賑濟的工作，而因席不暇暖賑濟災民，最後活活累死在任內！我們能不說他是「以身殉道」的仁者？

這些人與事，也許沒有那些「文學史」上燦爛的名字響亮，爲世人所熟知。但他們眞値得我們用點時間、心力去了解，去讚嘆、去忻慕！

而寫到明清之際的文學家，我眞「捨不得」不寫那個氣節、風骨和對國家的忠愛，足可讓在那個「改朝換代」的亂世，令許多因威脅利誘而屈節仕清的「鬚眉男兒」羞死、愧死的「巾幗英豪」；明末「秦淮八豔」（柳如是、顧橫波、馬湘蘭、陳圓圓、寇白門、卞玉京、李香君、董小宛）之首的青樓名妓柳如是！不但她壯烈的愛國情操令人肅然起敬。事實上，她的詩、詞，比之當代著名的詩人，也不遑多讓！在她的軼事中，我摘選了她與當代「詩文名家」陳子龍，「文壇盟主」錢謙益唱和的詩詞，讓讀者們作個「公斷」：她夠不夠資格列入「文學家軼事」？

也因爲她的氣節，讓曾經降清當了「二臣」的錢謙益，幡然悔悟，稱病返回江南，並與她一起投入「反清復明」的大業。雖然並沒有成功，也多少洗刷了他曾經變節投降的羞辱。雖然，她去世時，已經進入「清朝」統治的階段了，我還把她歸類於「明朝文學家」，也算是向這位至死也「忠於大明」，可歌可泣的悲劇人物致敬！

我以「王國維」作這系列書的最後一個「壓卷」人物；他學貫中西；精通英文、德文、日文。在文學、美學、史學、哲學、戲劇、金石書畫、甲骨文、考古學等領域成就卓著。他自己本身也是一位當代著名的詞人。「中國文學史」上，大概不可能再出現像他這樣「偉大」的「國學大師」了！

有獨無偶，他一直忠於清朝，甚至連「末代皇帝」溥儀都已剪辮了，他卻至死都拖著清朝的辮子，最後自沉於頤和園的昆明湖。死因中的一說，是「屍諫」溥儀不要流亡日本。若此說成立，可說他是爲已亡了國的清朝「小朝廷」以身相殉。也因此：雖然他死時已進入了民國，我仍把他列為「清朝文學家」；這應該也是他所期待的歷史定位吧？

當然，寫這樣的書，是不可能「完備」的；比如，我寫了「施耐庵」、「羅貫中」，就是沒寫「曹雪芹」。因為，直到今日，這個人物也還是「煙雲模糊」，聚訟紛紜，沒有定論的！

而且，從古到今的「文學家」實在太多了，是不可能「求全」的！其間的取捨，應該也可以屬於作家「自由心證」的「權利」範圍吧？

目次

◇宋

◇金

◇元

◇明

◇清

馴鹿買酒、梅妻鶴子

——林逋——

自幼孤貧，博學好古

林逋，字君復，北宋時代錢塘（今浙江杭州）人。後世對他比較熟知的名字，既不是名「林逋」，也不是字「林君復」。而是「林和靖」；「和靖先生」是他去世之後，宋仁宗賜給他的「諡號」。

他從小是個孤兒，喜愛讀書，但不像當代一般人讀書，往往爲了參加科考，博取功名。他卻生性恬淡，視富貴如浮雲。只以詩、書、畫自娛，也都有很高的成就。

因他是孤兒，幼年生活十分清貧，有時甚至連基本的溫飽都談不到。卻在冷淡生活中怡然自樂，不以爲苦。博學好古，在當代就有「高士」之名。曾自言：「然吾志之所適，非室家也，非功名富貴也，只覺青山綠水與我情相宜。」

宋眞宗聽說了他的「高士」之名，知道這樣的人是不願出仕的，爲表達對他隱逸之志的敬慕之意，常派人問候，並賜粟帛，改善他的生活。

隱居孤山，梅妻鶴子

他年輕時曾遊歷江淮。後來回到杭州，就在孤山結廬隱居。他一生不曾娶妻，也不曾入仕。因喜愛梅花，就在孤山種了三百株的梅樹。又養了兩隻仙鶴。自稱「梅妻鶴子」；梅與鶴，就是他的「家人」了！

他常一個人在西湖上泛舟，或到西湖附近的廟裡訪僧閒話。因為他是一位有高士之名的隱者，也常會有人慕名前來。家裡的小童，在客人來時，就開籠把鶴放出來。他馴養的兩隻鶴十分通靈，會飛繞西湖去找他。他看到鶴，知道家裡有客人來了，就划著小船回家。

據說，除了養鶴，他還養了一隻梅花鹿。這隻他親自訓練馴養的梅花鹿，也很通靈；當他想喝酒的時候，常派這隻梅花鹿去為他買酒。他在鹿的一隻角上掛著錢囊，鹿會自己走到酒店。對他派鹿買酒習以為常的店主人，就會從錢囊裡拿出酒錢來，然後打了酒，放在袋子裡，掛在鹿角上，讓鹿帶回家。

雖然住在杭州這可算是繁華的城市，他的足跡，也只在孤山和西湖的範圍之內，二十年不曾進城。

詠梅絕唱

他一生愛梅，事實上，他自己的品格，也如梅花一般的高潔淡泊，孤芳自賞。

他的詩寫得很好，最有名的，是他的兩首「詠梅詩」：

眾芳搖落獨暄妍，占盡風情向小園；疏影橫斜水清淺，暗香浮動月黃昏。霜禽欲下先偷眼，粉蝶如知合斷魂。幸有微吟可相狎，不須檀板共金樽。

吟懷常恨負芳時，為見梅花輒入詩。雪後園林才半樹，水邊籬落忽橫枝。人憐紅艷多應俗，天與清香似有私。堪笑胡雛亦風味，解將聲調角中吹。

尤其是前一首，被後人稱賞爲「詠梅絕唱」。而其中最爲人稱道的是「疏影橫斜水清淺，暗香浮動月黃昏」兩句。有人喜歡唱反調，偏說：「這兩句詩，說是詠桃花、詠杏花亦無不可！」蘇東坡聽了，幽默的說：「我只恐桃、杏不敢當！」

過去中國人對梅花並沒有那麼重視。自從林和靖〈詠梅詩〉寫出了梅花的高潔與標格之後，引起了許多文人的共鳴，使後世文人競相「詠梅」。有位詩人王淇，還曾寫了一首〈梅花詩〉，爲梅花「叫屈」：

不受塵埃半點侵，竹籬茅舍自甘心。只因誤識林和靖，惹得詩人說到今。

除了詩，林逋也有詞傳世，有一闋〈霜天曉角〉寫的也是梅花：

冰清霜潔，昨夜梅花發。甚處玉龍三弄，聲搖動，枝頭月？
夢絕，金獸爇，曉寒蘭燼滅。要卷珠簾清賞，且莫掃，階前雪！

他雖不曾娶妻，卻有一闋以女子角度寫的〈長相思〉，寫得深情款款：

吳山青，越山青。兩岸青山相送迎，爭忍別離情？
君淚盈，妾淚盈。羅帶同心結未成，江頭潮已平。

生前梅鶴伴，死後七世孫

老年時，他在自己居住的草廬旁，爲自己修了墳墓。還作了詩：

湖上青山對結廬，墳前修竹亦蕭疏。茂陵他日求遺稿，猶喜曾無封禪書。

此詩用司馬相如死後，留下了一篇〈封禪書〉，建議漢武帝到泰山封禪的典故，表達自己「無求」，也不討好皇帝的志節。

他作詩隨寫隨棄，並不留存。有人問：「你爲什麼不抄錄起來流傳後世？」他答：「吾方晦跡林壑，且不欲以詩名一時，況後世乎？」

有心人恐怕他的詩就此散失，常私下爲他記錄「存檔」。日積月累的，也累積了三百多首詩傳世。他在宋仁宗天聖六年去世，享年六十二歲。由他的侄子林彰、林彬出面爲他治喪盡禮，就葬在孤山他爲自己營造的墳墓裡。所以孤山有兩處「景點」與他相關，一處就是「林和靖先生墓」，另一處是「放鶴亭」。

也許是因爲他爲人高潔吧？後來有人到杭州作官，若死了女兒或愛妾，無法歸葬故鄉，常把她們葬在林和靖的墳墓附近，跟他作伴。天長日久，他墳前墓後，都是女子的墳墓。有人笑：生前「梅妻鶴子」，死後竟然逃不過走「桃花運」，被女子們「包圍」！

有趣的是：後世有位林洪，自稱是「林和靖七世孫」。有人作詩嘲諷他「亂拉關係」：

和靖當年不娶妻，因何七世有孫兒？若非鶴種並梅種，定是瓜皮搭李皮！

但他自己雖然無子，卻有好幾個侄子。古人稱侄子爲「猶子」，也是當成兒子看待的。林洪是否是他侄子的後人？就待考了。

詞雅韻高、代訴心衷 ——張先——

張三中、張三影

張先，字子野，湖州（今浙江吳興）人。他擅長詩詞，尤其是詞，是北宋的詞壇名家。當時的人，稱他為「張三中」；這是緣於他的〈行香子〉詞：

舞雪歌雲，閒淡妝勻，藍溪水、深染輕裙。酒香醺臉，粉色生春，更巧談話、美情性、好精神。

江空無畔，凌波何處？月橋邊、青柳朱門。斷鐘殘角，又送黃昏。奈心中事、眼中淚、意中人。

他知道了「張三中」這個外號，卻說：「為什麼不稱我『張三影』呢？我最得意的句子是：『雲破月來花弄影』、『嬌柔懶起，簾壓捲花影』、『柳徑無人，墮飛絮無影』！」

這三闋詞分別出於〈天仙子〉、〈歸朝歡〉、〈剪牡丹〉。尤以〈天仙子〉為壓卷之作：

水調數聲持酒聽，午醉醒來愁未醒。送春春去幾時回？臨晚鏡，傷流景，往事後期空記省。
沙上並禽池上暝，雲破月來花弄影。重重簾幕密遮燈，風不定，人初靜，明日落紅應滿徑。

其實他可不僅「三影」而已，其他還有「浮萍斷處見山影」、「隔牆送過鞦韆影」、「無數楊花過無影」等名句。可知他多麼喜歡用「影」字入詞。

清歌一曲挽回出姬

張先沒有做過什麼了不起的大官。但因詞名，當代名臣、也是著名詞家的晏殊、宋祁、蘇軾都對他另眼相看。晏殊更在當京兆尹的時候，提拔他為通判，時相往還。

那時晏殊新納了一位侍兒，擅於唱詞，晏殊十分寵愛。每當張先到相府的時候，總讓這位侍兒出來勸酒，並唱張先的詞饗客，賓主盡歡。

但晏殊的夫人王氏，很不喜歡這位侍兒。晏殊不想為了一個侍兒讓夫人不愉快，只好命她離開相府。張先知道晏殊很喜歡她，她也眞心的想侍奉晏殊，並不想離開。有一次，他到相府，與晏殊飲酒的時候，說：「我作了一闋新詞〈碧牡丹〉，還沒有人唱過，相公可願聽聽？」

因爲那位擅歌的侍兒已離開了，晏殊就派人召歌妓來唱這闋〈碧牡丹〉：

步帳搖紅綺。曉月墮，沉煙砌。緩板香檀，唱徹伊家新製。怨入眉頭，斂黛峰橫翠。芭蕉寒、雨聲碎。

鏡華翳。閒照孤鸞戲。思量去時容易，鈿盒瑤釵，至今冷落輕棄。望極藍橋，但暮雲千里。幾重山、幾重水？

晏殊聽了這首曲子，知道張先是代那位侍兒訴說心聲。尤其最後幾句，更使他爲之感嘆，說：「人生幾何？當及時行樂，何必自苦如此！」馬上命宅中的管家在庫房支錢，把這位侍兒接回來。侍兒回來之後，王夫人了解，晏殊心中對她還是眷戀不捨，也就不再追究的成全了。使一場愛情悲劇，終於以喜劇收場。如此說來，這首〈碧牡丹〉幾乎等於司馬相如的〈長門賦〉呢！

宅心仁厚以詞答詩

張先晚年定居江南，常往來於吳興、杭州間，與當代名臣蘇軾、李常、楊素、蔡襄等都是至交好友，彼此唱和。

宋朝官員宴客，席上常有官妓在座，歌舞娛賓。以張先的文采詞名，這些歌姬舞妓當然都以得到他贈詞爲榮。

有一次他在宴席上乘興爲一些歌姬題詞，唯獨漏了年紀較大的歌妓龍靚。龍靚頗有詩才。自覺冷落，心中幽怨的獻詩一首：

天與群芳千樣葩，獨無顏色不堪誇。牡丹芍藥人題遍，自分身如鼓子花。

鼓子花，又名旋花，形狀有點像牽牛花。或許因爲容易衰謝，所以詩人們常用以形容年老色衰的妓女。看到龍靚這自傷老大的詩，張先既被她的詩感動，又有些抱歉，立刻爲她作了一首〈望江南〉：

青樓宴，靚女薦瑤杯。一曲白雲江月滿，際天拖練夜潮來，人物誤瑤臺。
醺醺酒，拂拂上雙腮。媚臉已非朱粉淡，香紅全勝雪籠梅，標格外風埃。

稱讚她雖無牡丹芍藥的艷麗，卻具有梅花出塵的標格。由此亦可知他的宅心仁厚了。

含蓄雋永詞雅韻高

張先在當代詞壇中，居於「承先啓後」的地位；在他之前，詞大多都是小令、中調。從他開始，嘗試長調慢詞的創作。至柳永時，長調的創作才到達了成熟的高峰。

所謂「詩莊詞媚」，詞在北宋前代，猶如「流行歌曲」。只稱「曲子詞」傳唱於歌樓酒肆中。酒筵之間，自然談不上什麼嚴肅的主題。內容也以寫「情」爲主，不外乎傷春悲秋，閨情閨怨，相思離別等兒女情懷。張先的詞，也不免於此，但他寫情不流於輕浮淺薄，雖然寫情，卻含蓄雋永，有他的風骨格調。「蘇門四學士」之一的晁補之稱子野詞「韻高」。清代的陳廷焯則說：「張子野詞有含蓄處，有發越處。但含蓄不似溫（溫庭筠）韋（韋莊）、發越不似豪蘇（蘇軾）膩柳（柳永）。」這些評論，都能得後世的認同。

瓊瑤有一本小說《心有千千結》，這一書名，其實就從張先的名詞〈千秋歲〉中的句子化出：

> 數聲鶗鴂，又報芳菲歇。惜春更把殘紅折，雨輕風色暴，梅子青時節。永豐柳，無人盡日花飛雪。
>
> 莫把么絃撥，怨極絃能說。天不老，情難絕。心似雙絲網，中有千千結。夜過也，東窗

未白孤燈滅。

他在京師任都官郎中時，除了被宋祁稱爲「『雲破月來花弄影』郎中」之外，還被當代人稱爲「『桃杏嫁東風』郎中」，這名句出於他的〈一叢花令〉：

傷高懷遠幾時窮，無物似情濃。離愁正引千絲亂，更東陌飛絮濛濛。嘶騎漸遙征塵不斷，何處認郎蹤？
雙鴛池沼水溶溶，南北小橈通。梯橫畫閣黃昏後，又還是斜月簾櫳。沉恨細思，不如桃杏，猶解嫁東風！

他的官雖不大，卻因著他的詞名，風光了一生呢！

耿介自重的北宋名相

──晏殊──

十四神童同進士

晏殊字同叔，是北宋時臨川（今江西臨川縣）人。他從小穎慧過人，七歲就能作詩文，鄉里間視爲神童。十四歲，張知白以「神童」薦他入朝，晉見皇帝宋眞宗。

那時，殿上正進行新進士的殿試，眞宗就命晏殊和新進士一同考試。發下題目，作賦一篇。晏殊看了題目，回奏皇帝：「這個題目，臣十天前才作過。請陛下另外出題。」眞宗十分嘉許他的誠實，又對他的文章十分欣賞。當殿賜「同進士出身」，成爲最年幼的進士。

誠實不欺

晏殊的誠實，是他成功成名的基礎。

他任館閣官時，東宮太子府，有侍從官出缺。太子是未來的皇帝，侍從是太子的親信，可說是前途無量的好職位，許多人都極力爭取。而眞宗揀選的人，卻是沒有背景，也沒有爭取的晏殊。

大家都覺得很意外，宰相問原因，宋眞宗說：「近來，館閣官僚宴遊風氣很盛。下朝之後，都出去嬉遊玩樂了。只有晏殊兄弟，足不出戶，在家讀書。這這樣謹厚好學的人，在太子身邊，我才放心。」

聖旨發出，眞宗召見他，親自嘉勉，並告訴他任命他為東宮屬官的原因。晏殊謝了恩，回奏道：「臣也不是不喜歡玩樂，是因爲家境貧窮，玩不起。臣若有錢，大概也就玩樂去了。只因沒錢，沒辦法出去玩樂，並不是眞的不愛玩。」

眞宗皇帝聽了，不禁莞爾，卻因此更器重他了。到仁宗繼位，任命晏殊爲宰相，也不是偶然的。

自尊自重

與他同時以「神童」被任命爲東宮侍從官的，還有一個蔡伯俙。晏殊的個性十分耿介不隨和。蔡伯俙卻非常會迎合奉承，討人歡心。

那時，太子年紀很小。遇到門檻太高，跨過不去的時候，蔡伯俙就會趴在地上，讓太子以踩著自己的背墊腳跨過去。晏殊卻從沒有這麼做過；因爲他覺得自己是大臣，就要有大臣的風範，應該自尊自重，不能這麼「卑躬屈膝」的討好太子！

到太子即位（宋仁宗），受到知遇之恩，當了宰相的卻是晏殊，顯然太子也認同他的自尊自重，認爲這樣的人才具有宰相的風範！

千古名對

晏殊的〈浣溪沙〉一詞，以「無可奈何花落去，似曾相識燕歸來」一聯，膾炙人口。關於這一聯的來歷，有個傳說：

晏殊與幕僚王琪，在暮春時，沿著花園的池邊散步閒談。晏殊說：「有時，得了個好句子，經過一年，都對不出來下聯來！我也不想勉強湊合硬對。」

他指著飄零的落花，說：「像『無可奈何花落去』，就是一例；我至今也沒對出下聯來。」

王琪應聲道：「若對以『似曾相識燕歸來』，相公以爲如何？」

晏殊大喜。以這一聯，作成〈浣溪沙〉：

一曲新詞酒一杯，去年天氣舊亭臺，夕陽西下幾時迴？
無可奈何花落去，似曾相識燕歸來，小園香徑獨徘徊。

在他的作品中，除了〈浣溪沙〉之外，還有一首七律，也用了這一聯，可知他有多喜歡。王琪也因此受到賞識，而辟置爲館閣官，躋身侍從。

詩酒風流

晏殊富貴後，喜宴賓客，尤其拔擢才識之士，不遺餘力。一代文宗歐陽修、一代名臣范仲淹，都出於他門下。名相富弼，是他的女婿。宋代名臣，經他提拔的，不知多少。

他宴賓客，並不像一般人家，預先準備好酒餚，設席延客入座。常是臨時留下佳客，每人案上，只有一個空杯。然後喚侍婢斟酒，陸陸續續，果品、菜餚一一送上。其間必設歌樂助興，賓主談笑飲酒，不知不覺間，已酒菜滿桌，杯盤雜陳了。

酒過數巡，命人撤下宴席，換上文房四寶，對樂工歌姬們說：「你們都獻藝表演過了，該我們獻藝了！」

於是賓主相與賦詩，盡歡而散。這等風雅，當眞非一般達官貴人可及。

富貴氣象

有個叫李慶孫的人，作了一首〈富貴詩〉，晏殊看了他詩中的句子：「軸裝曲譜金書字，樹記花名玉篆牌」。搖搖頭，笑著說：「這是乞兒相！以爲把金玉掛在門面上，就叫富貴？我寫富貴，從不用錦繡珠玉這些字眼，只寫富貴氣象。如：『樓臺側畔楊花過，簾幕中間燕子飛』；『梨花院落溶溶月，柳絮池塘淡淡風』這才是富貴！因爲窮人家，沒這樣的景致。」

更重要的是：即便「暴發戶」用錢堆砌出這等景致，以附庸風雅。卻也絕不會有這份閒雅欣賞的心情，和錦心繡口的詩句！

不見蘇東坡的名相之子

——晏幾道——

名父之子

晏幾道字叔原，號小山，是晏殊的小兒子。一生沉淪下位，窮愁潦倒。就功利的觀點，簡直是個「不肖子」。但在北宋詞壇上的光芒，卻是直追乃父，甚至更勝乃父！

晏幾道的詞風，不及晏殊的雍容華貴。卻更眞摯清新，深婉明秀。因此後人以花中牡丹比晏殊的《珠玉詞》，以文杏擬晏幾道的《小山詞》。

他以小令見長，更以情詞獨步一時。他用情的態度，有些像《紅樓夢》中的賈寶玉，浪漫純眞，不帶半分虛假。作詞，也不似當時文人，不免帶些功利色彩。他只爲了知己朋友家的幾個清純可愛的歌兒：蓮、鴻、蘋、雲而作，作了給她們唱。

他在《小山詞》的自敘中說，直到後來，他的兩個朋友，一個死了，一個病廢，他的詞，才隨他們遺散的歌兒酒使，流傳到外間。由此可知，他創作動機的單純，和用情的純摯。這也是《小山詞》格外不俗的原因。

一生不得志

身爲曾任宰相，又拔擢了無數名臣的晏殊之子，晏幾道一生落魄，是令人不解的事。究其原因，既不是出於他家門下的官員現實或忘恩負義，也不是晏幾道自己沒有能力才華。而在於他天生個性耿直不隨俗，不肯逢迎媚世。那些曾受他父親提拔，已居高位的人，不是不愛他，也不是不想照顧他。卻依世俗的觀點，要求他先改掉自己卓立不群，不知收斂的個性，要小心謹愼的爲人處世。而這一點要求，卻是率眞耿直的他，既不能爲，也不願爲的。

他沒有進士功名，只以「蔭官」（宋朝制度：父親是高官，可以讓兒子受到朝廷特別的照顧，進入入仕；所以古人有「封妻蔭子」之說）。出任監穎昌府許田鎭的小官時，一時興起，手抄了自己作的詞，寄給他父親的門生：當時已居高位的韓億。韓億回信給他，說：「收到你的新詞，深覺才有餘而德不足。若使郎君能以有餘之才，補不足之德，這就是門下老吏最大的願望了。」

韓億的出發點，雖是「君子愛人以德」。對晏幾道來說，卻是「話不投機」。就像《紅樓夢》中的賈寶玉，聽不得「功名利祿」的言論；覺得與他的心性「格格不入」。這也正是他一生不得志的原因。

一代人英，癡亦絕人

黃庭堅，爲《小山詞》作序，批評晏幾道「癡」得無人能比。有人問原因，黃庭堅解釋：「他仕途不得意，一生坎坷，卻不肯倚傍出於他家門下的貴人，這是一癡。他的文章極好，卻不肯迎合世俗，去作新進士必修的時文，這又是一癡。千百萬錢，隨手而盡，毫無吝色。而家人飢寒時，他還面有孺子之色，一派爛漫天眞，這又是一癡。別人一次又一次的辜負他，他也不怨恨。他信任別人，總不相信別人會欺騙他，這又是一癡。一個人，癡成這樣，還有人比得上嗎？」

蘇軾在京任官，仰慕晏幾道的詞，託黃庭堅介紹。晏幾道卻一口回絕，說：「如今在朝執政的，大多是我家舊門客，我還沒工夫見呢！」

令在當代有「文宗」之譽的蘇軾，也啞口無言。

點鐵成金

晏幾道詞中，最爲人稱賞的是〈臨江仙〉中「落花人獨立，微雨燕雙飛」一聯。其實這一聯並不是他的作品，本出於唐人翁宏詩。因原詩不佳，此聯亦隨之失色。經晏幾道摘入〈臨江仙〉詞中，頓成絕豔：

夢後樓臺高鎖，酒醒簾幕低垂。去年春恨卻來時，落花人獨立，微雨燕雙飛。

記得小蘋初見，兩重心字羅衣。琵琶絃上說相思，當時明月在，曾照彩雲歸。

後人稱賞之餘，反忘了原作者是誰。晏幾道也可算是「點鐵成金」了。

有井水處歌柳詞

——柳永——

從柳三變到柳永

柳永原名三變，字景莊。改名後，又字耆卿。崇安（今福建崇安縣）人。

他出身於門風嚴謹的仕宦之家，祖、父兩代都在朝爲官。少年時代，就與兩個哥哥三復、三接並稱「柳氏三絕」，受到當地鄉親們的稱許。認爲這三兄弟才學過人，而三變更是其中的佼佼者。

照理說，這樣的人家出身，應該是行規步矩，談吐應對，合儀合度的。怎麼會出個有「浪子」之名的柳永呢？那大概只能說他先天帶著叛逆的性格了。

他的「不遇」，主要因爲他精於音律。少年時代，留連曲坊歌樓，爲樂工、歌妓大量塡製迎合市井百姓趣味的詞。詞風完全不同於當代寫「情」委婉含蓄，不但不避鄙詞俗語，而且露骨大膽的描寫男歡女愛之情，有極大的關係。

他其實原本也是熱中功名，而且頗有用世之心的人。但因爲少年疏狂，不知檢點。而他的詞又非常受到當時歌樓的歡迎，新詞一出，馬上傳唱九城。甚至傳入宮廷，讓人有了先入爲主的不良印象。不論是人主（當時在位的是宋仁宗趙禎）或是士林，對他所作的這些浮艷之詞，都相當不以爲然，使他「惡名在外」。也不免以此評斷他是個「輕薄浪子」，不適合入仕爲民表率。

他自認文章作得很好。沒想到，頭一次參加進士考試，竟然落第！心懷不平，作了一闋〈鶴沖天〉自我解嘲：

黃金榜上，偶失龍頭望。明代暫遺賢，如何向？未遂風雲便，爭不恣狂蕩。何須論得喪？才子詞人，自是白衣卿相！

煙花巷陌，依約丹青屏障。幸有意中人，堪尋訪。且恁偎翠倚紅，風流事，平生暢。青春都一晌。忍把浮名，換了淺斟低唱！

第二次參加「會試」（進士考試），考官都已錄取了。名單送到皇帝面前，仁宗皇帝崇尚儒雅，對浮艷虛文非常排斥。一見他的名字，想起他那些傳唱宮禁的艷詞，親自將他的名字黜落。還引用他〈鶴沖天〉詞中的句子，說：「且去『淺斟低唱』，何用浮名？」

由〈眉峰碧〉悟作詞法

相傳，他的詞風，是由無名氏的題壁詞〈眉峰碧〉啓發的。他有一天與朋友遊山，在一座廟中看到一首未曾署名的題壁詞：

蹙破眉峰碧，纖手還重執。終日相看未足時，更忍使、鴛鴦隻？

薄暮投村驛，風雨愁通夕。窗外芭蕉窗裡人，分明葉上心頭滴！

他讀了這闋詞，爲之手舞足蹈，領悟作詞實在不必那麼「咬文嚼字」，像這樣白描直抒胸臆的詞，更容易引起共鳴。從此步上了爲塡詞影響一生際遇的「不歸路」。

奉旨塡詞

他知道「柳三變」這個名字恐怕太讓人側目，一定沒法考上進士。因此改名爲「柳永」應試，終於考上了進士。考上之後，很快的就被人發現。原來新進士「柳永」就是「柳三變」，因此一直不能放官。

也有同情他的官員，認爲他雖然少年疏狂，以致有「無行」之名。其實還是有才華的，向皇帝保舉他任官。皇帝一聽他的名字，厭惡地說：「柳永？這個人只適合花前月下吟風弄月，叫他塡詞去吧！」

他聽說了，非常悲憤。在京師沉淪於歌臺舞榭，追歡買笑。塡的還是那些風花雪月，男歡女愛之詞。還到處招搖，公然宣稱是「奉旨塡詞」！也更讓士林不齒了。

有一次，秋日天氣清朗，仁宗皇帝命詞臣獻詞。有人想提拔柳永，叫他作詞進呈。他非常高興，提筆就作了一闋〈醉蓬萊〉。仁宗皇帝看到第一個字「漸」就不太高興。又看到「此際宸遊，鳳輦何處？」竟與仁宗皇帝自己作的眞宗皇帝輓詞暗合，不覺心中慘然，又覺得不祥。在看到「太液波翻」時，更爲之大怒，把詞稿往地上一丟，說：「爲什麼不寫『太液波澄』？」

因爲「太液波『翻』」等於是暗示國家政局波動不安；這當然可以說是仁宗皇帝的迷信。也可以說是心存成見，有意找碴。柳永好不容易有了這個機會，卻又犯上了仁宗的忌諱。只好說這兩個人眞是天生犯沖吧？

話不投機半句多

他在京師時，聽說當時的宰相晏殊非常愛才好客，尤其獎掖後進不遺餘力。對當代的詞客張先，更是非常禮遇。因此到相府去求見晏殊，希望得到賞識。

他原想：晏殊也喜好塡詞，應該會賞識他。沒想到，晏殊接見了他，略敘寒溫後，說：

「聽說賢俊喜作曲子？」

他聽著覺得語氣不對，反駁：「就像相公一樣，也作曲子！」

晏殊笑笑：「我是作曲子，卻不曾寫過『針線閒拈伴伊坐』這樣的句子！」

這句詞，出於柳永的〈定風波〉：

自春來、慘綠愁紅，芳心是事可可。日上花梢，鶯穿柳帶，猶壓香衾臥。暖酥消、膩雲嚲，終日厭厭倦梳裹。無那。恨薄情一去，音書無個。

早知恁麼，悔當初、不把雕鞍鎖。向雞窗，只與蠻箋像管，拘束教吟課。鎮相隨、莫拋躲，針線閒拈伴伊坐。和我，免使年少，光陰虛過。

他聽了晏殊的話，顯然話不投機，也只好怏怏而退。

從倚翠偎紅到羈旅行役

本來宋唐宋最重進士科名。幾乎可以說：所有在朝執政的官員，都由進士出身。柳永雖然舉進士，卻因著少年荒唐，一生不遇。只做過幾任不足道的小官。也因此離開了繁華的帝都開封，開始了羈旅行役的薄宦生涯。使他詞風爲之一變。也由此一變，使他的詞有了不同於過去浮艷華靡風格，而寄託了感慨蒼涼的心境，也使他的詞有了不同的深度。尤其從他開始大量的書寫「長調慢詞」，使「詞」這一文類在深度和廣度上都有了開拓，也更奠定了他在詞壇上的不朽地位。

有人不一定喜歡他那些少年時代的艷詞，卻對他這些羈旅行役之詞，不能無動於中。例如他離京時的〈雨霖鈴〉：

寒蟬淒切。對長亭晚，驟雨初歇。都門帳飲無緒，方留戀處，蘭舟催發。執手相看淚眼，竟無語凝噎。念去去千里煙波，暮靄沉沉楚天闊。

多情自古傷離別，更那堪冷落清秋節。今宵酒醒何處？楊柳岸曉風殘月。此去經年，應是良辰好景虛設。便總有千種風情，更與何人說？

這闋詞，雖也寫別情，卻寫得清婉深刻。

又如連蘇東坡也稱賞，認爲「不減唐人高處」的〈八聲甘州〉：

對瀟瀟暮雨灑江天，一番洗清秋。漸霜風淒緊，關河冷落，殘照當樓。是處紅衰翠減，苒苒物華休。惟有長江水，無語東流。

不忍登高臨遠，望故鄉渺邈，歸思難收。歎年來蹤跡，何事苦淹留？想佳人登樓顒望，誤幾回、天際識歸舟。爭知我、倚闌干處，正恁凝愁！

又如〈蝶戀花〉（又名〈鳳棲梧〉）：

竚倚危樓風細細，望極春愁，黯黯生天際。草色煙光殘照裡，無言誰會憑闌意。
擬把疏狂圖一醉，對酒當歌，強樂還無味。衣帶漸寬終不悔，為伊消得人憔悴。

至此，誰還能認爲柳永只能寫「刻翠偎紅」之詞？

歌詠錢塘〈望海潮〉

他有一個老朋友孫何，駐節杭州，門禁甚嚴。柳永到了杭州，想見見老朋友，又不想折節求見。於是作了一闋詞，去見杭州第一名歌妓楚楚。請她在出席孫何的宴會時獻唱。孫何設宴，楚楚果然應邀參加，並在筵前唱了這一闋〈望海潮〉：

東南形勝，三吳都會，錢塘自古繁華。煙柳畫橋，風簾翠幕，參差十萬人家。雲樹繞隄沙。怒濤卷霜雪，天塹無涯。市列珠璣，户盈羅綺競豪奢。

重湖疊巘清嘉。有三秋桂子，十里荷花。羌管弄晴，菱歌泛夜，嬉嬉釣叟蓮娃。千騎擁高牙。乘醉聽簫鼓，吟賞煙霞。異日圖將好景，歸去鳳池誇！

孫何聽了這一闋不曾聽過的新詞，不但寫盡了杭州的繁華富庶，又祝福自己召還帝京，入朝執政。忙問楚楚是誰作的？楚楚說：「柳耆卿官人！」

孫何大喜，問明了柳永的住處，立刻派人迎接他參加盛宴，賓主盡歡而散。

相傳，就是這闋詞傳到金國，金主完顏亮聽到了「三秋桂子，十里荷花」，油生嚮慕之情，而興起了投鞭渡江之志。

爲民請命〈煮海歌〉

柳永雖然仕途坎坷，他所任職的地方誌，卻將他列爲「循吏」（勤政愛民，守法奉公，恪盡職守、清正廉潔的賢良官員）。也可以說，在百姓心目中，他是個讓人感念的「好官」。他任職曉峰鹽場時，爲鹽民請命的長詩〈煮海歌〉，更可以說是一首充滿了悲天憫人情懷的社會詩。由此，我們更爲柳永的際遇不平；他不僅是個無行的浪子，他是有心也有才能做個好官的！且看〈煮海歌〉：

煮海之民何所營，婦無蠶織夫無耕。衣食之源太寥落，牢盆煮就汝輸征。年年春夏潮盈浦，潮退刮泥成島嶼。風乾日曝鹽味加，使灌潮波塯成滷。滷濃鹽淡未得閒，採樵深入無窮山。豹蹤虎跡不敢避，朝陽出去夕陽還。船載肩擎未遑歇，投入巨灶炎炎熱。晨燒暮爍堆積高，才得波濤變成雪。自從瀦滷至飛霜，無非假貸充餱糧。秤入官中充微值，一緡往往十緡償。周而復始無休息，官租未了私租逼，驅妻逐子課工程，雖做人形俱菜色。煮海之民何苦辛？安得母富子不貧！本朝一物不失所，願廣皇仁到海濱。甲兵淨洗征輸輟，君有餘才罷鹽鐵。太平相業爾惟鹽，化作夏商周時節。

這一個柳永，令人爲之肅然起敬！

年年清明弔柳七

同爲詞客，相對於同時代的張先，雖也沒有做過什麼大官，但士林之間，頗有人望。所到之處，都受到禮遇歡迎。柳永一生卻可說是不但仕途坎坷，而且一直得不到士林的認同。最後竟至窮愁潦倒而死，身後蕭條，無以營葬。死後都靠著與他相熟的妓女們集資，才得營葬，令人唏噓。

這些妓女們，同情他爲了替她們寫詞，而落得一世不遇，窮愁潦倒。恐怕以後無人爲他祭掃，爲了感念他，就在清明節爲他舉辦「弔柳會」，大家聚在一起唱他生前所作的詞，來追悼紀念他。後來這一風氣傳遍了各處，青樓女子在清明節「弔柳」，竟形成慣例習俗！讓人覺得這些青樓女子眞是有情有義，也不枉柳永爲她們一世不遇的犧牲呢！

有井水處歌柳詞

柳永雖一生不遇，其詞卻傳唱天下，無人不知。時人有句形容：「凡有井水飲處，即能歌柳詞！」有井水的地方，就有人家。也就是說：只要有人的地方，都聽得到他的詞傳唱！

宋代的名臣范鎮，與他同年（進士同榜）。很愛惜他的才華，又惋惜他因作詞而不遇。到他晚年，聽到親舊之間，常唱柳詞。嘆道：「仁宗皇帝在位，大宋享有了四十二年太平盛世。我身爲史官二十年，都無法贊述稱揚這盛世的繁華。柳耆卿卻用他的詞，把太平盛世的繁華景象形容盡了！」

無論如何，「文學史」還是公平的！後世任何人選「宋詞」，絕少不了柳永！

珍珠與文選
——宋庠、宋祁——

宋庠字公序、宋祁字景文，北宋時安陸（今湖北安陸）人，後遷居開封雍丘（今河南杞縣）。是當時政壇與文壇著名的「兄弟檔」，人稱「二宋」；宋庠爲「大宋」，宋祁爲「小宋」。在政治地位上，小宋不如大宋；文學成就上，卻是大宋不如小宋。

吃劍

傳說，宋庠的母親懷他時，曾夢見一個朱衣人，拿了一顆大珍珠交給她。她接下了，就放在懷中。醒來，還感覺大珍珠貼身的暖意。不久就生了宋庠。到懷宋祁的時候，又夢見那朱衣人，送給她一部文選。後來生了宋祁，他的小名叫「選哥」，就是由此而來。

小兄弟倆少年喪母。繼母入門後，不能善待。因而寄居外公家中讀書，生活十分貧困。一年冬至，邀朋友到家裡來過節。朋友們詫異，他們那來的錢，準備酒菜？宋庠道：「今天是冬至，豈可因沒錢而虛度？我們有一口先人留下的寶劍，劍鞘上裹的銀飾，約有一兩重，也就可以湊合著吃喝一頓了。」

說著，又笑道：「過節吃劍鞘，過年，就該吃劍了！」

當時有人就確信：能在如此貧寒的生活中，宴飲談笑自若。這兩兄弟，將來定成大器。

落花詩

二宋少年時，勤學苦讀，爲人稱道。兄弟倆曾一同去拜訪安州太守夏竦。那時，他們雖未登第，但已嶄露頭角，因而夏竦也頗爲禮遇。在席間，命他們作「落花詩」，以試其才具及心性。

大宋寫的是：

一夜春風拂苑牆，歸來何處剩清涼。漢皋佩冷臨江失，金谷樓危到地香。淚臉補痕勞獺髓，舞台收影費鸞腸。南朝樂府休賡曲，桃葉桃根盡可傷。

小宋則寫：

墜素翻紅各自傷，青樓煙雨忍相忘。將飛更作回風舞，已落猶成半面妝。滄海客歸珠有淚，章台人去骨遺香。可能無意傳雙蝶，盡付芳心與蜜房。

夏竦嘆賞之餘，道：「詠落花而不言花落。大宋不但將狀元及第，而且日後將位至宰相。這是小宋比不上的。但小宋也一定會當上天子近臣，與其兄名位相近。」後來，這番預言，竟一一言中。

就歷史記載：他們兄弟一起參加進士考試，禮部進呈的名單是宋祁第一，宋郊（宋庠的原名）第三的。當時，宋仁宗年紀還小，由劉太后垂簾聽政。她固守著「長幼有序」的傳統觀念，認爲弟弟不應排名在哥哥前面。因此改動了名次，讓宋郊排名第一，狀元及第。可是當代士林，都認爲眞正的「狀元」應該是宋祁。但又不能否認宋郊「狀元及第」的事實。就稱他們爲「兄弟兩狀元」。

這其中還有個傳奇故事：

兩兄弟曾借住在一座僧舍讀書。廟中的和尚善看面相，對他們說：「小宋將狀元及第。大宋也會高中，成爲新科進士。」

小宋很高興，大宋知道自己考得上進士，也就滿意了。過了一些日子，和尚看著大宋，詫異地說：「你的面相上出現了陰騭紋，顯示你曾救了數以萬計的生命。所以，你此去應考，一定會中狀元！」

大宋頗爲吃驚：「我不過是個清寒的書生，那有什麼力量救數以萬計的生命？」

和尚說：「你仔細想想，一定有！這陰騭紋絕不會平白出現的！」

他想了半天，遲疑道：「前幾天，我偶見一座蟻穴，快被暴雨淹沒了。無數螞蟻上下亂竄，走投無路。一時動了憐憫之心，在蟻穴上架了一根竹枝，讓螞蟻能順著竹枝爬出來。難道……」

和尚點頭說：「善哉！螞蟻雖小，卻也是生命。你一念之仁，救活了無數生命，當有善報！此去應考，狀元一定是你的了！」

此說是出於佛家勸善，還是眞有其事，就不知道了。

宋庠何許人？

宋庠，本名宋「郊」，與宋「祁」同一部首，字伯庠。當他居內相，且望重一時，可望拜相之際，有嫉妒他的人，無事生非。說他姓宋，與大宋朝的「宋」同一字。名郊，郊與交替之「交」諧音，豈不忌諱？他因而奉旨，改名爲「庠」。心中頗覺怏怏不樂。

改名後，寫信給他同年登第的葉清臣，用了新名字，仍以同年相稱。葉清臣跟他開玩笑，回信說：「我是『宋郊』中狀元那一榜及第的。遍翻當年題名錄，沒有『宋庠』這個名字，不知『宋庠』是何許人？」

宋庠回了一首七絕：

紙尾殷勤問姓名，禁林依舊沾華纓。莫驚書錄稱臣向，即是當年劉更生！

以劉向原名更生，後來才改名「向」的前人故事，聊以解嘲。

當年辛苦爲什麼

二宋兄弟連袂在朝，宋庠已任宰相，宋祁亦居翰林學士。上元夜，宋庠在書房勤讀《周易》，遙聞住在附近的宋祁在府中張燈開筵，笙簫管絃，狂歌痛飲。他心中頗不以爲然。第二天，派了個親信去責備宋祁：「相公傳語學士：聽說學士昨夜張燈夜宴，窮奢極侈。不知學士是否還記得：某年上元夜，同在某州的州學內，吃黃虀淡飯時的情景？」宋祁笑著對來人說：「寄語回覆相公：卻不知當年辛苦吃黃虀淡飯，是爲了什麼？」兄弟心性的差異，由此可知。宋庠當宰相，宋祁爲翰林學士，也眞是適才適性適任。

蓬山不遠

宋祁某日經過京中繁華街道，偶遇宮中宮女們的車隊。忽有一輛車掀起車簾，車中傳出一聲：「啊，是小宋！」

宋祁不知車內是誰，爲什麼認識他，出聲呼喚。只覺情思宛轉，便塡了一闋〈鷓鴣天〉：

畫轂雕鞍狹路逢，一聲腸斷繡簾中。身無綵鳳雙飛翼，心有靈犀一點通。
金作屋，玉為籠，車如流水馬如龍，劉郎已恨蓬山遠，更隔蓬山一萬重！

這闋詞很快的傳唱九城，也傳唱到了宮中。仁宗聽了，問宮女們，是那輛車中，誰喊「小宋」的。

有一位宮女出列坦承：「以前侍御宴時，官家宣翰林學士。內侍們說：那是『小宋』學士。臣妾當時在車中，見他騎馬經過，不知不覺便喊了一聲。」

仁宗於是宣召宋祁，神色從容的說起這件事。把宋祁嚇得不知如何是好，只有叩頭請罪。宋仁宗卻笑道：「這蓬山，並不遠哪！」

隨即便把這位宮女賞賜給了宋祁。

惺惺相惜

宋祁擅長填詞，對同時代的詞人張先，十分仰慕。以「尚書」之尊，親自登門造訪。來到張先門前，命人傳報：「尚書來拜訪『雲破月來花弄影』郎中。」

張先在屋裡聽到了，應聲答道：「莫不是『紅杏枝頭春意鬧』尚書嗎？」

兩人相見，哈哈大笑，歡暢非常。

「雲破月來花弄影」是張先〈天仙子〉中的名句，「紅杏枝頭春意鬧」則是宋祁〈玉樓春〉中的佳句：

東城漸覺風光好，縠皺波紋迎客棹。綠楊煙外曉寒輕，紅杏枝頭春意鬧。浮生長恨歡娛少，肯愛千金輕一笑？為君持酒勸斜陽，且向花間留晚照。

二人惺惺相惜，各以對方名句相稱，一時傳爲佳話。

尙書修唐書

宋祁奉命修《唐書》。在他晚年知成都時，就把這一份工作，帶到成都任上去做。

每晚宴後，他大開寢門，垂下珠簾，點上兩枝光彩輝耀的巨燭。家中的婢妾們，夾案侍奉。磨墨的磨墨，鋪紙的鋪紙。他則坐在案前振筆而書，爲《唐書》撰寫〈列傳〉。遠遠望去，宛如神仙世界。遠近之人見到了，都紛紛傳告：「尚書在修《唐書》啦！」

他家中有許多的婢妾，他也都十分寵愛。夜深風起，天氣轉涼，他命人取背心禦寒。一時之間，婢妾們送來了十幾件。他若選了任何一件來穿，都會讓其他的人失望傷心。為了不想傷她們的心，只好一件也不穿，忍受寒氣侵襲了。

一字不苟

宋祁為兒子娶媳婦。第三天，女家送來一些食物。隨送來的食物，附著一封書簡。說是依禮俗，以食物「煖」女。宋祁一看，對兒子說：「有一個錯字。且不管他，你去寫封回信。」

兒子寫了信，送給他過目。他一見大怒：「我才笑別人寫錯字，你也照錯！餪，從食從而從大，去查書！」檢書一查，「餪」的意思正是「嫁女三日，贈以食物」。可見他用字用詞的精細講究，眞正是一字不苟！

「經史子集」集於一身的大學問家
——歐陽修——

歐母畫荻

歐陽修字永叔，號醉翁、六一居士。江西吉州廬陵（今江西吉安）人。

他的父親歐陽觀，也曾是個官員。但他四歲喪父，他家並沒有祖傳的家業，父親又是個清官。一旦喪父，家道中衰，寒素可想而知。他的母親當時才二十九歲，卻是個相當堅強勇敢的女子。堅持撫孤教子成名，不肯改嫁。迫於生活，千里迢迢從泰州（今江蘇泰縣）到隨州（今湖北隨縣）投奔歐陽修的叔叔歐陽曄。

歐陽曄是個忠厚的人，他很尊敬嫂嫂，也很愛護侄子。但他本身也只是職位低下的小官，只能貼補嫂侄一些生活必需的基本衣食費用，而無力再照管他的教育。他也只能眼巴巴的看著別人家的孩子去上學，而無法跟他們一樣進學塾去識字、讀書；想進學塾讀書，不但得有敬獻給老師的束脩，還得有紙筆、書本，而以他的家境，是供應不起的。

這個問題，被一心教子成名的鄭氏解決了。她本身是受過教育、讀書識字的。在無可奈何之下，她以荻莖爲筆，泥沙爲紙，來教歐陽修認字、寫字。「歐母畫荻」也成爲賢母教子的千古佳話。

故紙堆中識韓愈

他家很窮，買不起書。還好，有不少家有藏書的朋友，都樂意把書借給他。隨州城南有個李姓的大戶人家的兒子李堯輔，年紀跟他相仿，也喜歡讀書。因此一見如故，成爲好朋友。

李堯輔常邀歐陽修到他家去玩。有一天，歐陽修在李家書房的舊書箱裡看到一本破破舊的《昌黎先生文集》。他心裡想：「一本書給讀到這麼破舊，一定是本好書！」他向李堯輔借，李堯輔一口就答應了。他高高興興的把書帶回家，翻開一讀，就讀得廢寢忘食。

「原來文章可以寫成這樣的！像汪洋大海，浩瀚無涯！眞是太偉大了！比起這文章來，以前所讀的文章，都像小溪小河，微不足道！眞是千古奇文！」

這殘破不全的《昌黎先生文集》，不但影響了歐陽修的文學觀。甚至扭轉了整個北宋的文學風氣。

他讀了韓愈的文章後，也開始嘗試著自己寫文章。他的叔父看了他的文章，非常驚異；實在不像是一個少年的手筆。因此對嫂嫂鄭氏說：「嫂嫂不要爲家貧子幼發愁；這個孩子秀異不凡，以後，不但會重振家業，而且還會名重當世呢！」

他只說對了一半；歐陽修不但「名重當世」，而且在中國文學史上，都奠下了不朽的地位！

文貴精簡

他之所以見到了韓愈的文章「驚爲天人」，因爲當時文章的主流，是講求對仗，堆砌典故，注重形式的「駢體文」。文句優美典雅，卻內容貧乏，缺少了言之有物的生命力。但如果要參加科考，這種「時文」卻非常重要！他知道：不管自己喜不喜歡，都一定得下工夫學習。但他暗自下了決心：「這是爲了博取功名，不得不將就流俗。有朝一日，我有了能力，一定要倡導散文化的古文，扭轉文風！」

在他入仕被任命的西京留守推官的時候，他的上司是「西京留守」錢惟演。錢惟演是五代吳越國國王錢俶的兒子。在宋太祖定鼎中原之後，錢俶爲了避免百姓受兵災之苦，主動稱臣納土，舉家歸宋。因此，錢氏一門，深受宋朝皇室的禮遇。和南唐李後主入宋的命運，就完全不一樣了。錢惟演也因此出任高官。

雖然說錢惟演的高官厚祿是「祖上餘蔭」，倒並非不學無術之輩。他博學能文，可說是當代的「時文」名家。他又以禮賢下士聞名於世，所羅致於門下的人才，都是一時之選。除了歐陽修，還有古文名家尹洙、謝絳和詩人梅堯臣。

與這麼多古文同好共事，歐陽修如魚得水。在切磋中，文章大進。

錢惟演爲了接待往來官員，修築了一座樓閣作爲賓館，命名「臨軒」。要歐陽修、尹洙、謝絳各作一篇文章，一較高下。

在第一輪的較量中，歐陽修輸了！他寫了五百多個字，謝絳寫了五百個字。而公評第一的尹洙，則只用了三百八十多個字，不但文字簡潔，而且結構嚴謹，內容豐富，條理分明。使謝絳和歐陽修心服口服。

歐陽修敬佩之餘，虛心地向尹洙請教，尹洙說：「寫文章最忌就是冗長而沒有堅實的架構。文字一定要精簡而紮實，瑣碎的枝枝蔓蔓，要捨得刪除，才顯得出力道來！」

歐陽修受教之餘，又重寫了一篇。這一篇文章，只用了三百六十多字，比尹洙的那一篇還要精簡。尹洙看了，非常驚喜，四處宣揚：「歐陽永叔的文章，進步之快速，眞可謂『一日千里』！」

後來，他的文名更超越尹洙之上。而他飲水思源，一生都把尹洙當老師一般的尊敬。

捷才

宋朝有一個傳統：在新春時，詞臣要給後宮進「春帖子」，從皇后、貴妃、到有名位的妃嬪都有。

有一年，仁宗所寵愛的張貴妃在年前薨逝，因此，詞臣當然就沒有給她準備「春帖子」了。沒想到，仁宗非常寵愛她，甚至在她死後還追封為后。一見「春帖子」中沒有她，傷心之餘，使平素溫和的仁宗皇帝竟然大怒。

內侍們連忙把這情形向詞臣通風報信，要他們趕快補作，以平息上怒。詞臣們一聽，都慌了。連平時自負詩詞歌賦的翰長王禹玉，也在倉卒之間，作不出來了。歐陽修看到這情況，在一邊徐徐對內侍道：「我作了一首的。只是在寫帖子的時候忘了寫了。」

立時拿了花箋，寫：

忽聞海上有仙山，煙鎖樓臺日月閒。花下玉容長不老，只應春色勝人間！

內侍拿了獻給仁宗皇帝，出來告訴他們：「官家大喜，不再生氣了！」

王禹玉這才放了心，拍拍歐陽修的背說：「讀你的詩，可眞如含香丸子，馨香滿口呀！」

入闈雅興火煉眞金

宋代科考制度已漸完備，在科考期間，主試官員出題、改卷，都要入闈；在上鎖的禮部試院中，不許進出。直到放榜，才能出闈。

有一年，歐陽修任主試官。一同入闈的，都是一代文章名家：韓絳、王珪、范鎮、梅摯、梅堯臣。

平常官員們最怕入闈，覺得關在闈場裡，無聊得要命！他們六個，都是當代文學名家。到了一起，沒事的時候，就作詩酬唱。長詩、險韻的彼此爭鋒。闈中專門侍候筆墨和供使役的僮僕，爲之疲於奔命；來不及磨墨謄錄，來往送詩。

那時，士子們流行作艱澀聱牙，或雕琢華艷卻沒有內容的「時文」。歐陽修老早就不滿了，趁著當主試官，力革其弊，提倡散文化、言之有物的古文。所以放榜時，一些當代士林頗具文名的士子都落第了。這些人非常不平，就憤怒的造謠，說：入闈的試官們，只顧得自己在闈中作詩酬唱，根本沒有仔細讀卷，因此使許多人才埋沒。從此，入闈的官員再不敢在闈中作詩了。

若干年後，這一榜所錄取的蘇軾、蘇轍、曾鞏，都成爲當代的文章大家；在後世稱爲「唐宋八大家」的「宋六家」中，竟佔了一半！可說是「眞金不怕火煉」。

師弟恩義

在中國傳統上，科舉考試「知貢舉」的主考官，和他主考的這一榜所錄取的士子，在放榜之際，彼此就建立了「師生」的關係。所以，對蘇軾、蘇轍而言，歐陽修是他們的老師，他們則是歐陽修的門生。

但，他們與歐陽修的關係，卻不始於此。而得向前推一年。

三蘇父子生長在四川的眉山，可以說是個相當偏遠落後的小地方。蘇洵頗以兩個兒子的才學爲傲，爲了不埋沒兒子的文才，他帶著蘇軾、蘇轍去見當時在四川做官的張方平，希望能得到他的賞識與推介。張方平對他們的文章都非常欣賞，認爲埋沒在眉山這樣的小地方，不爲人知，太可惜了！對蘇洵說：「我的才能名聲都不夠份量。若說要舉薦賢才，得由當代文宗歐陽永叔出面才行！」

不但爲他們寫了介紹信，還爲他們打點行裝旅費。讓三蘇到京師去見歐陽修，並且參加科考。

歐陽修看到張方平的信，又看了三蘇的文章，大力讚揚推許他們。尤其對蘇軾，更爲欣賞。表示要避一席地，以便讓他出頭！蘇軾也果然不負期許，成了繼歐陽修之後的北宋一代文宗。歐陽修去世之後，蘇軾爲次子蘇迨求娶歐陽修的孫女爲媳，兩家的關係，更爲親厚；不僅是師生，而且是兒女親家了！

最難得的是：歐陽修因張方平的介紹信而接見三蘇父子，並不遺餘力的推許宣揚。而他跟張方平不但不是好朋友，還可以說是「仇家」。他們結「仇」，倒也不是私人恩怨，而是政治理念與立場不同。在宋仁宗「慶曆變法」時，張方平曾上疏彈劾過歐陽修，導致歐陽修被貶謫。但從張方平給他寫信推薦三蘇，和他對三蘇父子的稱揚來看，他們雖是「政敵」，卻肯定對方的人格與德行。是彼此了解、信任也尊重的。

而在宋神宗問他「何人可以爲相」時，他舉薦了三個人：司馬光、呂公著、王安石。這三個人，說來也都是與他曾有「過節」的。但在「公忠體國」的大前題之下，他卻能完全拋開私人恩怨，而以國事爲重，舉薦這些雖與他個人有恩怨，卻有治國才幹的人爲宰相。什麼叫「政治風度」？什麼叫「前輩風範」？對照現今的所謂「政治人物」，眞可說是判若雲泥！

作文的訣竅

歐陽修是一代文宗，他寫文章的訣竅何在？他認爲，首先要充實自我的內涵，才能言之有物。而如何充實內在，就必須多讀古聖先賢流傳下來的經書，明白書中的道理。他認爲，文章最重要的不是文辭，而是內涵。有了內涵，不用刻意講究寫作技巧、修辭，也一定是好文章！他說：「孔子、孟子是古之聖賢。他們一生行道，那有空去講究寫文章？但，又有誰的文章比得上《論語》、《孟子》的價值？因爲『道勝文至』，不必刻意去『作文』，文章也自然因爲文中的『道』而好了！」

其次，作文要「三多」：看多、做多、商量多！「看多」是多看書，多觀察。「做多」是多寫、多練習。「商量多」，則是多斟酌，多修改。南宋時，周必大爲他編纂《歐陽文忠公集》時，發現同一篇文章，往往有好幾個不同的稿本。這正因他「商量多」，不斷修改的緣故。

他在宋仁宗慶曆四年，因慶曆變法被政敵攻擊，而貶謫滁州時，曾寫過一篇〈醉翁亭記〉。起頭第一句就是「環滁皆山也」，寫出了滁州四面環山的景象。有人看過他的初稿，本來他用了十幾個字來形容這四面環山的景象。然後一路改，一路劃掉多餘的贅字，到最後，只剩這既淺易、又明白的五個字。常有人說：「文章本天成，妙手偶得之。」但這一「得」字，卻是經歷了無數的「商量多」才累積出來的。

他對朋友說，他構思文章，常在「三上」：馬上、枕上、廁上；聽來有些好笑。他的意思是：即使在這樣的情況下，他也不浪費時間；在馬上、枕上、廁上，不方便做其他的事，卻不妨礙構思呀！

他平時，就算是隨便給人寫個小柬（便條），都先打草稿，可見他對寫作是多麼鄭重！

到晚年，他還把自己過去寫的文章，一一拿出來重新修訂，非常認眞辛苦。他的夫人薛氏取笑他：「一大把年紀了，何必這麼辛苦呢？難道還怕先生責罰嗎？」

他笑了：「倒不是怕先生責罰，卻怕被後生晚輩取笑呀！」

文學家兼史學家

他一生，除了文章，對史學的貢獻也不可小覷。中國的傳統，前一代滅亡之後，才由後一代「修史」。他就曾參與《新唐書》的修史工作。

唐亡之後，是天下紛亂的「五代」。宋朝除了官修《新唐書》，也官修《五代史》。但歐陽修對這一部官修的「五代史」不滿意，就決定以私人的力量，再修一部「五代史」。這一部史書，皇帝一再想看，他都沒有拿出來。直到他去世之後，才由皇帝下詔，命他的兒子呈送朝廷。

大家看了這一部歐陽修自稱為「五代史記」的史書，都認為比官修《五代史》更好！由於兩部書取材的角度，和書寫的方式都不同，後來同時流傳。這一部歐陽修的史書，成書在後。所以前一部官修的「五代史」稱《舊五代史》，而歐陽修的「五代史記」稱《新五代史》。而在評價上，新史更勝於舊史。

他又有「今天發生的一切，都是明天的歷史」的觀念。因此大力提倡「譜牒學」，鼓勵修族譜、家譜。他認為，家為國本，族譜、家譜的確立，可以補國史之不足。

大家都知道歐陽修是「文學家」，事實上，他也是「史學家」呢！

宋詞名家

唐代的代表文體是「唐詩」，宋代則是「宋詞」。一般的說法是「詩莊詞媚」；詩的源遠流長，適合「言志」。而詞，在當時稱爲「歌詞」或「曲子詞」，原本是民間歌樓中傳唱的「流行歌曲」，不登大雅。後來因文人參與塡寫歌詞，而提昇了層次與境界，終於成爲宋代文學主流。因爲本是供歌樓演唱的曲子，所以適宜「抒情」。

歐陽修除了文、史這些面目「嚴肅」的作品之外，也擅長塡詞，並成爲北宋一代名家。試看他最被稱賞的名詞〈踏莎行〉：

候館梅殘，溪橋柳細，草薰風軟搖征轡。離愁漸遠漸無窮，迢迢不斷如春水。
寸寸柔腸，盈盈粉淚，樓高莫近危樓倚。平蕪盡處是春山，行人更在春山外！

〈蝶戀花〉：

庭院深深深幾許？楊柳堆煙，簾幕無重數。玉勒雕鞍遊冶處，樓高不見章臺路。
雨橫風狂三月暮，門掩黃昏，無計留春住。淚眼問花花不語，亂紅飛過鞦韆去。

〈蝶戀花〉極具情致，以致於「目無餘子」的李清照，也取其「庭院深深深幾許」爲首句，另作〈臨江仙〉新詞。到他晚年，詞風轉爲清淡，也讓人稱賞。如晚年在穎州西湖寫的一系列十闋〈采桑子〉，試舉三闋：

群芳過後西湖好，狼籍殘紅，飛絮濛濛，垂柳闌干盡日風。
笙歌散盡遊人去，始覺春空，垂下簾櫳，雙燕飛來細雨中。

春深雨過西湖好，百卉爭妍，蝶亂蜂喧，晴日催花暖欲然。
蘭橈畫舸悠悠去，疑是神仙，返照波間，水闊風高颺管絃。

天容水色西湖好，雲物俱鮮，鷗鷺閒眠，應慣尋常聽管絃。
風清月白偏宜夜，一片瓊田，誰羨驂鸞，人在舟中便是仙。

六一居士

他在貶謫滁州時，曾作〈醉翁亭記〉。自號「醉翁」，並解釋「少飲輒醉」的他，自號

「醉翁」的心境：

醉翁之意不在酒，在乎山水之間。

晚年他改號「六一居士」，也解釋了這號的由來：我家裡有藏書「一」萬卷、集錄三代以來的金石（集古錄）「一」千卷、琴「一」張、碁「一」局、常備著酒「一」壺，加上我這「一」老翁，處於這五「一」之間，豈不合成了「六一」？

垂老的他，有如湖泊般的凝歛澄明。以他這「六一」來看，他的生活眞是豐富充實，而且充滿了雅趣。

錢穆先生說：世人都認爲歐陽修是個文學家，實在是小看了他！他是「通人」，是中國的學問「經史子集」集於一身的大學問家！信然！

做人從不說謊開始
——司馬光——

事無不可對人言

《宋史》上記載，司馬光曾向人說：「我一生沒有過人之處。但一生所做所為，沒有一件事是不能跟人說的！」

這種誠實不欺的「美德」，是如何養成的呢？司馬光說了一個小故事：

當他才五、六歲的時候，跟姐姐在一起，拿著一個青胡桃玩。姐姐想把胡桃皮剝了，卻無法剝下。姐姐走開後，一個婢女走過來，看到他正試著剝胡桃皮。就拿了一壺開水來，把胡桃燙了一下，很容易就把胡桃皮剝了。

當姐姐又走過來，看到胡桃皮已經剝掉了，十分詫異。問：「是誰幫你剝的？」

他吹牛說：「我自己剝的！」

這事正巧被他父親看見，罵他：「我明明看到是婢女幫你剝的。小孩怎麼可以說謊？」

他被父親教訓了之後，再也不敢說謊了。

到司馬光成名後，有人向他求教做人的道理。他說：「從不說謊開始！」

眞率會

宋朝以汴京爲首都，稱「東京」，洛陽則爲西京，也是政治重鎮。在王安石主政時，大概爲了讓自己「眼不見爲淨」，把許多不認同新法的國之大老，都送往西京。

司馬光住洛陽，和幾位好朋友，常相約到城中的古寺、名園聚會。他們約定：聚會時，果品不超過三種，菜餚不超過五樣，酒則不限多少。算來，相當簡約。他們認爲，儉樸，就容易供應。簡約，才容易持久。司馬光很喜歡這種聚會方式，命名爲「眞率會」。還特別作了〈眞率銘〉：

> 吾齋之中，弗尚虛禮。不迎客來，不送客去。賓主無間，坐列無序。真率為約，簡素為具。有酒且酌，無酒且止。清琴一曲，好香一炷。閒談古今，靜玩山水。不言是非，不論官事。行立坐臥，忘形適意。冷淡家風，林泉高致。道義之交，如斯而已。羅列腥膻，周旋佈置。俯仰奔趨，揖讓拜跪。內非真誠，外徒矯偽。一闗利害，反目相視。此世俗交，吾斯屏棄。

當時，文彥博以「太尉」的身分爲洛陽太守，對「眞率會」非常嚮往。希望參加成爲

「會員」。司馬光卻不肯答應；因爲文彥博是現任官員，身居顯要，他不想因而破壞了「眞率會」的本質。

文彥博不甘心，派人到處打聽他們聚會的時間、地點。到時候，準備了豐盛的酒菜，直闖了進去。

這位不速之客老朋友，既已經闖進來了，司馬光也沒辦法，只好讓他參加。還開玩笑的抱怨：「你這一來，把我們『眞率會』都弄俗了！」

文彥博很高興的跟大家一起吃吃喝喝、談談笑笑，直到入夜，才心滿意足的離去。事後，司馬光還是後悔，嘀咕：「唉，我眞不該放這個人進來！」

有其主，必有其僕

司馬光在洛陽買了一座林園，題名爲「獨樂園」。「獨樂園」約有五畝大，園子基本上維持著天然的風貌，十分純樸，卻也花木繁茂。雖然名叫「獨樂園」，他倒也不吝於與人分享。所以，在春天，常有士女慕名前來遊園。遊園時，總會賞給守園的園丁呂直一些小費。

呂直性情忠耿。小費積多了，便拿去向司馬光報告。司馬光認爲這是他照管園子的辛苦錢。便揮揮手，叫他自己留下。

隔了一陣子，司馬光到園中，發現園中新添了些設備。問呂直，是那來的錢修建的？呂直說：「是來遊園的人賞的錢。」

司馬光問：「那些錢是他們賞給你的，你爲什麼不自己留著用呢？」

呂直瞪眼看著他，說：「難道天下只有相公不要錢？相公既做好人，我呂直怎敢不做好人？」

忠鯁之言

文彥博作洛陽太守。在春光明媚的季節，喜歡攜妓遊山玩水（在宋朝，官員的社交活動，請官妓參加，是很尋常的事，並不禁止），總邀司馬光同行。因此，司馬光許久沒到「獨樂園」去。一天，他抽空去「獨樂園」，園丁呂直望著他嘆氣。他覺得奇怪，便問原因，園丁說：「前些時，園中花開得好繁盛，相公卻一天到晚往外跑！不但把獨樂園的大好春光辜負了，連書也不曾看一行。可惜呀！成了個瀾浪相公！」

司馬光聽得面紅耳赤，羞愧非常，發誓再不出去遊玩了。有人來邀約時，就用園丁的話來婉謝。

端方君子

司馬光無子，他的妻子張氏很焦慮，想爲他納妾生子，又知道他於此不以爲然。就先買了一個漂亮丫環，想：如果他動心，就讓他納之爲妾。

但這丫環在他面前進進出出，他連眼皮都不抬。他的朋友聽說，以爲他是因爲顧忌夫人在家，而不敢有什麼舉動。就故意邀他的夫人張氏出遊，暗中命這丫環打扮得漂漂亮亮的，到書房去「色誘」司馬光。

丫環照辦了。司馬光抬頭看見了她，很不高興的說：「今日院君不在家，你不在房裡待著，到這兒來做什麼？」

丫環順手在書桌拿了一本書，說：「我是想請教，這是本什麼書？」司馬光正襟危坐，眼皮也不抬，拱手道：「尚書！」完全不假辭色，這丫環自覺討了沒趣，也只好搭訕著退出了。

他的端方正派作風還不僅於此。一年上元節，各處「花市燈如畫」，張氏夫人跟他說想出去看燈。他說：「看燈？家裡沒有燈嗎？」

張氏只好改口，說想去看人。他指指自己：「我不是人，是鬼嗎？」

教壞了好僕

神宗駕崩，哲宗年幼，由他的祖母「太皇太后」垂簾處分國事。她一一召回了當初因反對新法而被貶謫或下放於外的大臣；包括了民間稱爲「眞宰相」的司馬光。他實至名歸的被任命爲宰相。而當年因「烏臺詩獄」貶謫的蘇軾，也被召回京重用了。

蘇東坡到司馬光家中拜訪。一個老僕出來應門，問明來意，對他說：「君實秀才出去了，不在家！」

蘇東坡大吃一驚；這時，司馬光已經拜相了，這老僕竟還喊他「君實秀才」，眞是無禮之至！便告訴他：「你家主人，如今已是一人之下，萬萬人之上的宰相了！萬萬不可再稱『秀才』，要稱『相公』！」

一再叮嚀，又教導老僕應對的禮貌。老僕唯唯受教。

司馬光回來了。一進門，老僕先向他請安，然後說：「回稟相公……」

司馬光嚇了一跳，問：「這一套，是誰教你的？」

「蘇學士。」

司馬光跌足嘆氣：「唉！我一個好僕，卻被那蘇子瞻給教壞了！」

舉賢才

司馬光有一本冊子。每向朝廷舉薦一位賢能之士，就親自在上面記錄姓名履歷。冊子的封面上，題了三個字：「舉賢才」。

這個冊子，一直流傳到一百年後。後世人一一核對考察，看他所舉薦的人，品德、才能，是否當得起「賢才」二字。發現其間失誤極少，十之八、九都不愧「賢才」二字。可知，他的確不但知人，而且無私，眞正是爲國「舉賢才」的。

朔、洛、蜀黨之爭

元祐群臣，各擁勢力，使朝中形成了不同的「黨」，彼此對立。當時的人，稱司馬光爲「朔黨」、程頤爲「洛黨」，蘇軾爲「蜀黨」。而朔、洛兩黨都以蘇軾爲「首要敵人」，攻訐不遺餘力。

其實蘇軾跟司馬光本身並沒有什麼仇怨。只因有一次兩人爲差役法和免役法的優劣發生爭執。司馬光堅持己見，不肯聽蘇軾解釋。蘇軾有點不滿，說：「當年，溫公曾對我說，在你當諫官時，也曾於當時執政的韓魏公（韓琦）議事不合，曾連上六疏，甚至不惜以去留爭。如今自己當了宰相，就不能容別人說話了？」

這一下，如戳了馬蜂窩；司馬光門下的人，對他敬如神明，而且也都知道他是很器重蘇軾的，而蘇軾竟敢如此「拂逆」，跟他爭辯。馬上就給他安上了「忘恩負義」的大帽子，自此「遇蘇則反」。

司馬光去世，又引發了蘇軾和程頤之間的衝突。程頤是個道學先生，蘇軾卻是率眞之士。

司馬光剛死，尙未開弔，正逢朝廷大赦。百官慶賀之後，蘇軾便提議大家一起去祭奠司馬光。程頤反對：「不行，這是不合禮的！孔子說：『子於是日哭，則不歌』！你們若一定要去，我就叫公休不得受禮！」

司馬光無子，過繼族子司馬康爲子。公休，是司馬康的字。

蘇軾反駁：「孔子可沒說：『子於是日歌，則不哭』啊！這『歌』了不許『哭』的禮，是枉死市叔孫通制定的嗎？」

叔孫通是由秦入漢的人，以古禮雜秦禮，爲漢制定儀制，弄得四不像。又以逢迎君王爲務，人格低下，爲士林所鄙。蘇軾以叔孫通諷刺程頤，使得程頤大爲惱恨。

程頤主持喪禮，用錦囊盛斂司馬光的屍體，非常得意，號稱是「古禮」。蘇軾又忍不住諷刺：「還少了一樣。」

程頤問：「少什麼？」

「喏，上面少寫了一句話：『信物一角，送寄閻羅大王』！」

因爲錦囊斂屍，像個大信封。因此，蘇、程二人反目。導致司馬光死後舊黨的分裂。

程頤門下的弟子也不少，司馬光去世之後，沒有歸屬的人也向他靠攏。自此蘇軾再無寧日；甚至受到的攻訐，比新黨執政時更甚！這又豈是司馬光的本意？

身後名列黨人碑

宋哲宗繼位時，年號「元祐」。因爲他年幼，由他的祖母「太皇太后」高氏垂簾聽政。高氏鑑於宋神宗重用王安石變法，弄得天下民不聊生。起用司馬光爲相，召回京師執政。執政的重點，在於放寬政策，「與民休息」。這一做法，當時的百姓是額首稱慶的。宋哲宗卻認爲：當皇帝的是他，祖母改變他父親的政策，讓他擔「不孝之名」，十分不滿。

到太皇太后駕崩，宋哲宗親政後，改元「紹聖」，把高氏「任用老成」的政策完全推翻。起用新黨奸佞小人章惇爲宰相，把反對新法的舊黨正人君子一網打盡，貶謫流竄。

宋徽宗時，更立「元祐黨籍碑」（簡稱「黨人碑」）於天下州治廳，目的是要令天下百姓唾棄這些列名「黨籍」的元祐舊臣。而且下詔迫害他們的子孫：不許停留京師，不許入京參加科考；等於斷送其入仕的機會。

司馬光是太皇太后任用的宰相，等於「元祐舊臣」的領袖，當然不能倖免。甚至把他去世時，哲宗御筆親書的「清忠粹德」碑，都毀去了。毀碑之際，天象突變，飛沙走石，似乎連天地也憤憤不平。

「黨人碑」上列名的，共有三百零九人。長安的「黨人碑」，是找一個名叫安民的石匠刻的。安民推辭：「小民是個愚昧的人，不明白朝廷用意。但，元祐大臣如司馬相公，天下人無不稱讚他的忠直。如今，卻立碑指他是姦邪之輩。小民心中不忍，不願擔任刻碑之事。」

官吏要脅他，不刻就要治罪。安民嘆氣說：「官府差遣，小民不敢違命。只求上官答應：不把刻碑人的名字刻在上面；怕後世人怪罪小民！」

所謂公道自在人心，眞是不虛！朝廷立碑，指這些人爲「姦邪」，百姓卻公認爲是「賢良」。甚至，在後來因星變，皇帝也害怕了，下令毀碑。黨人子孫們還以祖先名列「黨人碑」爲榮，重新摹刻呢！

就歷史的評價，當時無所不用其極迫害這些元祐賢良的人，如今安在？司馬光卻是永遠留存在歷史上的名臣賢相！他寫的《資治通鑑》更是歷代帝王治國「必讀」的一部史書呢！

善卜未來的易學宗師

——邵雍——

易學宗師

邵雍，字堯夫，生於河北的范陽（今北京一帶）。是北宋高風亮節的一代宗師。他在先天易數上的研究，豐富了中國文化的資產。

後來，以「隱逸君子」爲當世所欽的邵雍，少年時，心懷壯志，欲樹功名於當世。自幼勤學苦讀，而且以堅苦自勵，他冬天不用火爐，夏天不用涼扇，常常因苦讀而通宵達旦，不就枕席。如此這般的，讀盡了他所能取得的所有書籍，卻忽忽若有所失。說：「讀書，是尚友古人，與古人爲友。而生於當世，卻對當今的世界一無所知，又有何益？」

於是他離開了「萬卷書」，而去行「萬里路」。走遍河、漢、江、淮，又遍歷古代各邦國的舊址城墟。從大自然及人事的變遷上，領悟了興替榮枯之理。最後，回到洛陽定居，不復外出。

他的操守和苦學，得到當時精研易學的學者李之才賞識。親自到他家，問他願不願意學此「物理性命」之學？他答：「幸受教！」

李之才乃把自己所學的《河圖》、《洛書》，和先天八卦六十四卦的圖像，傾囊相授，使《易》學因邵雍而發揚光大。

「安樂窩」中別有天

邵雍家境極貧困，定居洛陽之初，門外雜草叢生，茅屋破陋，不蔽風雨。他每天親自採樵執爨，奉養父母。人不堪其憂，他也不改其樂，怡然自得。

當時洛陽名流薈聚，像富弼、司馬光、呂公著，都聞名造訪，與他結交。聯合爲他營園宅，改善生活；他也只肯住簡陋的茅屋，而且不肯接受贈與。他們就爲他搭了草屋。他盛情難卻下接受了好意，但只算「借住」；券契還是在司馬光、富弼名下。

他把自己所居之處，命名「安樂窩」，並作〈安樂窩〉歌：

茅屋半間任逍遙，山路崎嶇賓客少。看的是無名花和草，聽的是枝上好鳥叫！春花開得早，夏蟬枝頭鬧。黃葉飄飄秋來了，白雪紛紛冬又到。嘆人生，容易老，終不如蓋一座，安樂窩。上寫著：琴棋書畫，漁讀耕樵。悶來河邊釣，閑來把琴敲，喝一杯茶，樂陶陶，我真把愁山推倒了！

安樂窩，絕不是什麼華屋廣廈。是他心無掛礙，淡泊自適的心胸，使他的「窩」居「安樂」！

君子德風化洛陽

當時寓居於洛陽的王公大臣甚多，而最受各方推重禮遇的，卻不是這些王公大臣，而是自號「安樂先生」的邵雍。這些士大夫家，爲了表示對他的歡迎，都在家中仿造一座「安樂窩」。專等他春秋天農閒的時候，隨興出遊下榻，稱之爲「行窩」。

他的代步工具，是一輛牛車，車聲是大家都熟悉的。車行近了那一家，老幼尊卑都歡天喜地的出來迎接他，連婦人孺子也不例外。僮僕更得意洋洋，到處宣傳：「先生到我們家來了！」

不必提名道姓，「先生」在洛陽是他的專屬稱謂。主人家，有任何口角紛爭，只要經他排解，無不化戾氣爲祥和，皆大歡喜。他學究天人，卻慈藹和悅，居洛陽四十年，不曾皺過眉，完全以德服人。當時，司馬光也住洛陽，也是德行之士，爲鄉里所傾慕欽重。士大夫家，每告誡子弟：「千萬謹言愼行。做任何事之前，先想想：這件事能不能讓司馬端明（司馬光曾任端明殿學士）和邵安樂先生知道？別做出沒臉見他們的事！」

凡有士大夫路過洛陽，拜不拜會當地官府，或這些名重一時的大臣倒不一定。卻一定要到邵雍家拜訪，見到他，才算不虛此行。在他「無形的教化」下，洛中以人才濟濟，風俗淳美聞名於世。皇帝也曾詔授官職，他不肯接受。直到死後，才追贈秘書省著作郎。

善卜先知

他精研易理，善於自某些現象中，推斷未來。

有一天，他和朋友遊山，半路上，在一棵青蔥茂美的樹下休息，朋友隨口說：「這棵樹長得眞好！不知能活多久？」

他不答，只凝視著這棵樹。只見一片葉子，隨風飄落。他嘆口氣說：「這棵樹只能活到今天！」

朋友難以置信。到他們遊山回程，才發現他說中了：那棵樹已被人砍走了。

富弼退居洛陽後。年老衰病，連兒子也懶得見。只在病床前放一張交椅，專給邵雍來時坐。一天，邵雍來探病，對他說：「今天有個對你非常重要的人會來拜訪，你一定要接見！後世人對你的認識和評價，全在他的筆下！」

隨即自作主張，吩咐富家的僮僕：「再搬一張椅子來！告訴門房，中午會有一個綠衣少年來訪，要立刻請他進來！」

來的人是誰呢？是尙未成名的范祖禹。十多年後，修神宗實錄，爲富弼作傳的，就是他！

歐陽修當時在朝。慕邵雍之名，卻不相識。正好他的兒子歐陽棐赴官上任，要經過洛陽。他吩咐：「到了洛陽，一定要去拜謁邵安樂先生！切記轉達我欽慕之意。他若留你談話，你要好好記住，詳細來信報告！」

歐陽棐遵命前往，受到非常熱誠的接待。邵雍留他談話，足講了一天。自道平生所見所聞，所學所行。還問：「我說的，你都記得嗎？」

歐陽棐十分不解；對他這樣一個乍逢初識的後生晚輩，說這些幹什麼？連歐陽修接到兒子的信，也不明白他爲什麼對歐陽棐如此另眼相看。直到許多年後，邵雍去世。主管單位奏報：「此人德行可風，雖未入仕，應該賜『謚』。」而歐陽棐正任太常博士，謚號該由他擬議。他這才恍然大悟：那一席話，就爲了讓他了解生平，以便擬議合適的謚號！結果他的謚號是「康節」，的確恰當。

他的這一套絕學，沒有留傳。他說：「當今之世，只有兩個人能學得會。一位是司馬光，我要教他，他不肯學。一個是章惇，他想學，但我知他心術不正，學會了反貽禍蒼生，我不肯教。也只好由他失傳了。」

預言世事〈梅花詩〉

他的「預言」，不僅及於個人榮枯，甚至預言千百年後的世事變化，而一一若合符節的應驗！試看，當時還在北宋，他寫下的十首〈梅花詩〉，預言了多少我們現在已然確定的「歷史」。

蕩蕩天門萬古開，幾人歸去幾人來。山河雖好非完璧，不信黃金是禍胎。

山河雖好非完璧，所預言的是宋室南遷，只剩下「半壁江山」。而「黃金是禍胎」，更明確指出迫使宋室南遷的是「金」。

天地相乘數一原，忽逢甲子又興元。年華二八乾坤改，看盡殘花總不言。

他的說法是：天地間的氣數是不斷循環，最終又歸原的；一個朝代衰敗，另一朝代興起。第二句，更指出「忽」必烈於「甲子」年登基，建立了「元」朝。從宋亡到元亡，約八十八年；正合「年華二八」之數。

畢竟英雄起布衣，朱門不是舊黃畿。飛來燕子尋常事，開到李花春已非。

這一首詩，講到了「明朝」，朱元璋以「布衣」爲天下主。也講到了「燕王」朱棣，以他的才幹、軍功，豈是建文帝所望塵能及？終於被建文帝立意「削藩」的政策逼反。這樣弱幹強枝，取而代之的事，在歷史上當眞是「尋常事」。而最後一句，明確的指出了終結大明氣數的是「李」花：李自成！

胡兒騎馬走長安，開闢中原海境寬。洪水乍平洪水起，清光宜向漢中看。

這首詩則預言了「清朝」的興起。在漢人眼中，來自東北的滿人當然是「胡兒」。異族入主長安（泛指京師），而且「康雍乾」眞堪當「開闢中原海境寬」的盛世！然而，兩個「洪」水：「洪」秀全和黎元「洪」，前者成爲滿清衰敗的關鍵。後者在武昌起義之後，先被擁立爲中華民國軍政府都督，袁世凱死後，更成爲中國的「總統」。自此清朝澈底滅亡。而且他也明確的指出：清朝滅亡的關鍵地點在「漢中」；也就是武昌起義。

嚼得菜根滋味長

邵雍生性淡泊，是能自粗茶淡飯中享受人生的人。一天，他和富弼一起吃新筍，大讚：

「筍，清甜可口，滋味眞美。」

富弼說：「筍味雖美，可比不上京師官府的燒肉骨頭好吃！」

邵雍徐徐道：「我這村野之人，吃美味的筍，吃了三十年，沒有人能搶得去。你那京師官府美味的肉骨頭，如今還吃得到嗎？」

自高官退位的富弼，聞言頓悟，爲之苦笑不已。

不洗澡的拗相公

—王安石—

「能容於物，物亦容矣」

王安石，字介甫，號半山，臨川鹽阜嶺（今江西撫州）人，由於被封為「荊國公」，又稱王荊公。他是政治家、文學家、也是思想家。他去世後追贈太傅，謚曰「文」（與唐朝的韓愈一樣，是文官最高謚號），因此又稱「王文公」。

王安石得中進士後，依禮與同榜進士，一起去拜謝執政的樞密使晏殊。晏殊見到他，非常高興。特別請他吃飯，飯後又延坐談話。對他說：「你是我的同鄉。見到同鄉有你這樣的人才，深覺與有榮焉。總有一天，你會坐上我現在的位子。也因此，我有兩句忠言奉勸。」

他極誠懇的對王安石說：「這兩句話是：『能容於物，物亦容矣』！請切記！」

王安石口中唯唯，心中不以為然。心想：「晏公都當了宰相了，卻教我這麼兩句話！眞是卑微呀！」

過了許多年，他因推動新法，把天下搞得民不聊生。後來又因天下大旱而罷相，退居金陵。才感嘆的對他弟弟說起這件事：「我當日聽了這兩句話，非常不以為然。可是，你看！

我在政府執政的這幾年，原本的朋友，都因反對新法，反目為敵，而不能全始全終。現在才知道，他說的，正切中了我的缺點！今天想起來，眞不知晏公當時怎麼看出來的！」

拆洗王介甫

以今日看來，王安石的衛生習慣眞差！他常年累月的不洗澡。衣服則是穿破了都不洗。

他入仕之後，與他同事的幾個人，實在看不過去了。於是隔一個月，就把他「押」到公共浴室去大洗大刷一番。而且各家拿出新衣服給他更換。

他洗完了澡，看到新衣，拿起來就穿，也從不問這些新衣是那裡來的。

他的同事們，稱這件事為「拆洗王介甫」。成為一月一度的「大事」。

仁宗厭僞，蘇洵辨姦

宋代，皇帝常在御花園設「賞花釣魚宴」，與大臣同樂。除了陳設酒餚果品之外，內侍會用金盤裝著魚餌，放在几上，供大臣釣魚之用。

王安石一邊釣魚，一邊順手拿東西吃。竟把一盤魚餌都吃完了！

宋仁宗看到了，對宰相說：「王安石是個奸詐的人！就算誤食魚餌吧，吃一粒也夠了。他竟然把一盤全吃光了，太不近人情！」

因此，仁宗很不喜歡王安石。王安石對這個歷史上少有的明君，也因此十分厭惡。每每稱揚漢武帝，其實就是在褒貶宋仁宗。

另一個認爲他不近人情的人是「三蘇」中的老蘇：蘇洵。曾寫了一篇〈辨姦論〉（也有後人認爲是「無名氏」假借蘇洵之名寫的），直指王安石虛假：

事有必至，理有固然。惟天下之靜者，乃能見微而知著。月暈而風，礎潤而雨，人人知之。人事之推移，理勢之相因，其疏闊而難知，變化而不可測者，孰與天地陰陽之事。而賢者有不知，其故何也？好惡亂其中，而利害奪其外也！

……今有人，口誦孔、老之言，身履夷、齊之行，收召好名之士、不得志之人，相與造作言語，私立名字，以為顏淵、孟軻復出，而陰賊險狠，與人異趣。是王衍、盧杞合而為一人也。其禍豈可勝言哉？夫面垢不忘洗，衣垢不忘浣。此人之至情也。今也不然，衣臣虜之衣。食犬彘之食，囚首喪面，而談詩書，此豈其情也哉？凡事之不近人情者，鮮不為大奸慝，豎刁、易牙、開方是也。以蓋世之名，而濟其未形之患。雖有願治之主，好賢之相，猶將舉而用之。則其為天下患，必然而無疑者，非特二子之比也。

「不近人情」恐怕也是王安石各種行徑的定論了。

心不在焉

但就王安石的另一個故事來看，他「不近人情」的眞正原因，可能是他「心不在焉」。

他在朝中執政時，左右說對夫人吳氏說：他最喜歡吃的菜是獐脯。吳氏夫人十分疑惑：

「他吃東西，從不挑揀。怎見得他特別愛吃獐脯？」

左右答：「相公每次吃飯，別的菜，看都不看。獐脯卻是每次吃光。」

夫人想想，問：「獐脯放什麼位置？」

「就在他面前。」

夫人笑著說：「下次，你們換樣別的在他面前試試看。」

結果是換上的那一盤吃光，獐脯碰都沒碰。他左右的人才恍然大悟：他根本心不在焉，只吃面前那一樣！

爲媳婦找婆家

王安石的兒王雱，是個極具才華，卻狂妄自負的人。安石對他寄望極高，父子二人，自比周公、孔子，以爲天下大任，捨我父子其誰！當代的人都爲之驚愕，認爲他們父子相聖，肆無忌憚。

王雱素有心疾，也就是精神異常。見到妻子龐氏，所生的兒子長得不像他，竟疑神疑鬼，千方百計的要殺這孩子。最後，這孩子竟被他活活嚇死。又天天和妻子吵鬧爭鬥，鬧得家宅不安。他的妻子龐氏，因而極爲痛苦。

王安石心中不忍。有人勸他，乾脆一紙休書，把龐氏休回娘家去，也好脫離苦海。

王安石嘆息道：「媳婦無罪！是我兒子失心，錯不在她。若休棄離異，外人豈不誤解，以爲是她不好？她已受了太多的委屈了，豈能再冤枉她？」

於是，親自選了一個適當的對象，兒子還活著，他就把媳婦當女兒改嫁出去了。這一作法，在那時代，當然是「驚世駭俗」的。卻不能不說，通達而人道。

日錄與字說

日錄，是王安石記載自己一天行事的記錄，相當於日記。出版後，有人卻認爲內容荒謬可笑，全是自吹自捧。

比如說，他寫到神宗皇帝主張什麼，他的回答都是：「不然！」而他說了什麼，神宗皇帝必然說：「極善！」

把自己當成世界上的唯一眞理、唯一標準，正是王安石的致命傷。

他的《字說》，更是自以爲是，附會牽強的來解說文字。蘇軾曾與他討論《字說》，問：「坡字何意？」

「坡是土之皮。」

蘇軾聽了大笑

「那『滑』就是『水之骨』了？」

安石答不出來，只有苦笑。

蘇軾開玩笑說：「你的書中說，『以竹鞭馬』是『篤』。那『笑』就應該是『以竹鞭犬』了！我可不明白那有什麼可笑！」

王安石問：「『鳩』字是九字加鳥字，你認爲有什麼說法？」

蘇軾一本正經的說：「《詩經》裡不是說『鳲鳩在桑，其子七兮』嗎，加上一爹、一娘，不正好是九個！」

王安石當時聽了爲之欣然。蘇軾走後，才猛然省悟：被蘇軾取笑了！

惺惺相惜

王安石因爲推動新法，反是反對新法的人，一律貶斥在外。蘇軾反對新法最力，還加上他的父親寫〈辨姦論〉指責王安石，當然兩人也就水火不容了。

蘇軾爲趙抃作〈表忠觀記〉，有人拿去給王安石看。王安石看完了，皺著眉沉吟：「這文章……」

旁邊的人看了，以為他不喜歡這篇文章，馬上討好逢迎的大發議論，批評詆毀起來。王安石也不回答，只皺著眉，一讀、再讀，又拿著這篇文章，站起身來，邊走邊讀，繞室迴逡的苦苦思索。久久，舒眉而嘆：「噯！這篇文章寫得眞好！筆法就像《史記》的〈三王世家〉呀！」

〈三王世家〉是《史記》中的名篇。他將蘇軾的〈表忠觀記〉比擬〈三王世家〉，可知他是多麼的欣賞！

一言既出，立時使剛才大放厥詞批評蘇軾文章的人，慚愧得無地自容。事實上，蘇軾在被當時執政的「新黨」陷害，甚至想置於死地的時候，王安石雖已下野，仍寫奏書給皇帝，營救蘇軾！可知，蘇軾雖然可說是他的「政敵」，但他對蘇軾還是惺惺相惜的。

放鄭聲，遠佞人

王安國是王安石的弟弟，性情耿直，嫉惡如仇，強烈反對新法。

王安石初爲參政，講到晏殊喜愛塡詞，頗不以爲然。王安國說：「這是他的私人嗜好。他的事業，又何嘗受到影響呢？」

呂惠卿在旁邊說：「爲政，就該先放鄭聲（指艷詞）！」

王安國卻正色道：「放鄭聲，不如遠佞人！」

呂惠卿心裡有鬼，認爲是指他而言，銜恨在心。王安石沒有料到，依附他起家，受他信任的呂惠卿，正如弟弟所言：是個奸佞小人。到翅膀長硬了，故意公開王安石寫給他，叮嚀他「不要告訴皇帝」的私人書信。希望讓王安石失去皇帝的信任。更興大獄，放逐王安國，眞可說是忘恩負義的奸佞！

王安石剛愎自用，凡反對他新法的「異己」，盡行謫放在外。因而爲群小包圍而不自知。與兒子王雱，相互吹捧，自以爲是周公、孔子再世。終於自食惡果，更爲國家、百姓造成大禍；新舊黨爭，他實啓其端！

其實，王安石除了文章，詩和詞也寫得非常好。他的〈桂枝香．金陵懷古〉更是「必讀名篇」：

登臨送目，正故國晚秋，天氣初肅。千里澄江似練，翠峰如簇。歸帆去棹殘陽裡，背西風，酒旗斜矗。綵舟雲淡，星河鷺起，畫圖難足。

念往昔、繁華競逐。嘆門外樓頭，悲恨相續。千古憑高對此，謾嗟榮辱。六朝舊事隨流水，但寒煙衰草凝綠。至今商女，時時猶唱，後庭遺曲。

「拗相公」遲來的悔恨

宋代人稱王安石爲〈拗相公〉，指這個人性情執拗，不肯變通，幾近於不近情理。

司馬光就對他的執拗印象非常深刻，說：「當年，我與他同事，我們的上司是包公孝肅（包拯），有一天，花園裡牡丹盛開，包公特別置酒，邀同僚賞花飲酒。他再三的勸酒。其實我平常是不喝酒的，但主人盛情難卻，也勉強喝了一些。而王介甫則是到終席都滴酒不沾。由這件事，就知道這個人的個性有多麼的頑強固執！」

也因爲他的一意孤行，剛愎自用的推行新法，完全不能聽一點相反的意見，把反對的人全都貶謫下放。以致於朝中正人盡去，圍在他身邊的，都是奉承、應和，也蒙蔽他的人。一個兒子王雱，一個屬下呂惠卿，更成爲他的「心腹」。

他因天下大旱下野，呂惠卿爲了取代他的相位，希望他不再受重用，設法離間君臣。他兒子王雱攻擊呂惠卿，卻被呂惠卿以「發其私書」反噬。他責備兒子不該挑起釁端。他的兒子王雱從小嬌生慣養，沒受過委屈，而且本有心疾，竟因受父親責備的刺激，發背而死。他自己到了金陵，又耳聞目睹民間因新法所受的危害，和對他的痛恨。這時反悔，也來不及了。

他的學生周種回憶，王安石晚年退居金陵，他陪著遊山。在一棵松樹下休息時，他忽然對周種說：「司馬十二（司馬光），君子人也！」

周穜默然，他又嘆著氣，說了好幾遍；或許也到了這時，才知道老朋友司馬光的「好」吧。

他沒有看錯司馬光！王安石死時，宰相正是新黨橫行時，民間百姓如大旱之望雲霓，視爲「眞宰相」的司馬光。司馬光當時已積勞成疾。還掙扎著起身給主持政務的呂公著寫信：「介甫無他，但執拗耳！贈恤之典宜厚！」

蘇軾也這樣主張。因此，王安石在「舊黨」執政之下，也沒因當年反對新法的人，因被他惡整下放的「新仇舊恨」，把他當成「死老虎」打。而得以享死後追贈「太傅」，並諡「文」的殊榮；而褒獎他的敕書，執筆者正是蘇軾！

青苗法安石誤國賊民

安石的新法，在北宋爲害百姓甚烈。但王安石本人在出發點，並無惡意；他曾在任鄞縣地方官時，推行青苗法，的確嘉惠百姓。所以，他執政時，才信心十足的「變法」。問題是：當時他親自主持其事：在青黃不接的時候，由政府貸款給需要的農民過日子。到秋收之後，再加利償還。立意甚善，而且他親自主持，貸款的，都是眞有需要的農民，自能恰到好處。

後來卻是當成「政策」強制推行。地方官員只顧自身「業績」，不管農民需不需要，都非得響應「政策」向政府貸款。貸了款，手裡有了錢，就有人千方百計的誘惑農民吃喝玩樂的把錢花掉。就算守得住，沒有花，到秋天收成的時候，是得加利息償還的，利息錢又從那裡來？更何況，許多人都受不了誘惑，把錢花掉了。而且，這時，政府不要米只要錢。大家爭著賣米，供過於求，使得穀價低賤，甚至賣都賣不出去。而胥吏如狼似虎的上門逼債要錢。造成多少人因此而家破人亡，成爲民間的大災難。

百姓敢怒而不敢言。有人在京師的「大相國寺」題詩：

終歲荒蕪湖浦焦，貧女戴笠落柘條，阿儂去家京洛遠，驚心寇盜來攻剽。

大家都以爲是丈夫不在家，貧婦心憂荒亂的詩。直到王安石罷相，太皇太后主政，蘇軾回京見到這首詩，才破解了其中隱喻：「終歲，是十二月，合成『青』字。荒蕪，是田中生草，是個『苗』字。湖浦焦，是失去水，合成『法』字。女戴笠，是『安』字。柘落木條剩『石』字。阿儂是吳地方言，吳言爲『誤』。去家京洛爲『國』，寇盜是『賊民』。所隱的是：『青苗法安石誤國賊民』！」

而王安石退居金陵，正好遇到蝗災。他在遊賞心亭時，見到有無名氏在亭上題詩：

青苗免役兩妨農，天下嗷嗷怨相公。唯有蝗蟲偏感德，又隨鈎旆過江東！

他才知道他造成的「民怨」之深。

千古風流人物——蘇軾——

眉山五蘇

講到「唐宋八大家」，和宋代的文學大家，誰也無法忽略「三蘇」父子：「老蘇」蘇洵、「大蘇」蘇軾、「小蘇」蘇轍。其中又以蘇軾的成就最高，也享有最高的「知名度」。可說是「中國文學史」上最閃亮的「巨星」。

他是四川眉山人。然而，當代眉山人的說法，眉山不僅「三蘇」，而是「五蘇」；在三蘇之上，還有蘇洵的父親蘇序、哥哥蘇渙。

從蘇軾朋友的記述裡，他率性豪爽的性格，應該是遺傳自他的祖父蘇序。

蘇序，非常有才氣而不拘小節。當他的兒子蘇渙得中進士，又做了官，朝廷給賜蘇序封誥，並由官府送來配合他「新身份」（官親）的衣冠、配件時，換了別人，大概是要設香案磕頭「謝主隆恩」的。而蘇序當時正和鄉親在村中小酒店喝酒，醉醺醺的。就箕踞而坐的讀了封誥，然後命人拿來兩個袋子，一個裝官方送給他封誥的衣冠、配件。一個裝沒吃完的牛肉，讓兩個村童抬回家；可眞是又「帥」又「酷」呀！

蘇序豪爽好客，又樂善好施。他家的房舍旁，有很大的空地，他就命人在空地上種芋頭。當年成不好，或村民饑乏時，他就在門口設大灶，挖出芋頭蒸熟，讓村民隨意取食。後來，有一個常受他接濟的「異人」告訴他：「我知道有兩塊『風水寶地』，願意送一塊給你，以答謝你的多年來的濟助之恩。這兩塊地，一富一貴，你可自己選擇其一。」

蘇序說：「我不要財富，只願子孫讀書成名！」

那個人就帶他去山邊，要他點一盞燈放在一塊地上。當時風很大，而他點的燈卻沒有被風吹熄，可知眞是一塊「風水寶地」。蘇序在他的母親去世後，就把母親葬在那塊地上。果然，他的兒子蘇渙、蘇洵，都喜歡讀書，又擅寫文章。孫子蘇軾、蘇轍，更在當代文壇享有盛名。

張方平介紹，歐陽修愛才

蘇軾、蘇轍兄弟倆少年英發，才華卓越。他們的父親蘇洵，覺得四川偏遠，恐怕會埋沒了他們，就帶他們兄弟去拜訪當時正在四川做官的張方平。張方平見了他們帶來的文章，也驚爲奇才。當面測試：出了六個題目要他們當場作。

他們在書房裡寫文章，張方平就窗外窺看。看到蘇轍拿到題目，好像有個題目不確定出處，兄弟兩人的座位隔著一段距離，只見蘇轍舉起題目，指著一條給蘇軾看。蘇軾沒說話，只把毛筆倒過來，在桌上敲了幾下。張方平看到這舉動，暗笑：「眞聰明！」原來他出的那個題目，出於《管子》。接著，蘇轍又指著下一題，面露疑惑。蘇軾拿起筆，就把題目勾掉了；原來那是張方平故意爲了測試他們而杜撰的文字；根本就沒有出處，也無從寫起。

看了他們交上來的文章，張方平對蘇洵說：「兩位令郎都是天才！大的明敏可愛，小的謹厚務實；以我看，日後小的成就會比哥哥還高！」

蘇洵懇求他爲蘇軾、蘇轍揚名。張方平說：「我的份量不夠！我給你們寫一封介紹信，你帶著他們入京，去見歐陽永叔（歐陽修）；他是『一代文宗』，有他出面，這兩個孩子一定會名揚天下的！」

他不但寫了介紹信，還給他們父子準備了盤纏，讓他們入京。他們後來才知道：張方平其實跟歐陽修是「政敵」，彼此不合。但爲了愛才，卻毫不猶豫的爲他們寫介紹信。而歐陽修也沒有因爲他們是「政敵」推薦的，而有什麼芥蒂。在看了蘇軾的文章，曾對梅聖俞說：「讀軾文章，令人汗出；我要避此人一頭地，好讓他出頭！」

又要他的兒子們和學生，與蘇家兩兄弟訂交，結爲好友。後來蘇軾爲兒子蘇迨娶了歐陽修的孫女（歐陽棐的女兒）爲妻，兩家人更成了「兒女親家」。

歐陽主考，兄弟登第

他們參加了進士考試，兄弟雙雙都中了進士；那一次的主考官，就是歐陽修。照傳統，「知貢舉」的主考官，與他所錄取的「進士」之間，是視爲「師生」的。所以蘇家兄弟一直把歐陽修當成恩師敬慕。也一輩子對張方平敬愛感念，不忘他向歐陽修舉薦他們的厚恩。

這次考試，歐陽修給了蘇軾第二名。事後他也覺得很遺憾；因爲他看了蘇軾的卷子，本來準備是要給第一的。但那一次考試，他的學生曾鞏也參加了。他擔心如果那篇文章是曾鞏寫的，會引起別人非議或猜疑，所以爲了「避嫌」，給了第二。可知他認爲眞正該得第一的，還是蘇軾。

想當然耳

那次的考題是〈刑賞忠厚之至〉。蘇軾在文中寫：「皋陶曰：殺之三。堯曰：宥之三」。歐陽修覺得寫得很好，但不知這兩句話的出處。問「小試官」梅聖俞，梅聖俞說：「何須出處？」

他一直疑惑不解。後來問蘇軾，蘇軾笑著說：「出於《三國志．孔融傳》。」

他找出〈孔融傳〉來讀，還是沒找到這句話。後來蘇軾才解釋：「孔融在曹操滅了袁紹，曹丕納了袁熙的妻子甄氏之後，給曹操寫信，說：當年武王伐紂後，把妲己賜給了周公。曹操問他『出處』，他說：以今日之事來看，想當然耳！我也跟孔融一樣，認爲這事情

『想當然耳』！」

歐陽修大驚，後來對別人說：「蘇軾眞是善於讀書，善於用典；他日文章一定獨步天下！」

還跟他的兒子們說：「我告訴你們：現在大家都讀我的文章。不久之後，別人就會忘記我了。爭讀的，一定是蘇軾的文章！」

正辯、反辯

他們因歐陽修的推薦，參加了「制科」的特考。唐、宋兩朝特重「進士」功名，但比起「制科」來，進士就是「小兒科」了；「進士」會考，三年一次。制科考試，則是不定期舉行；宋朝總共也只舉辦了二十二次制科考試，總共只錄取過四十一個人。而「進士」一共錄取的，超過四萬多人；換言之，制科的錄取人數，只有進士的千分之一！

在考試之前，蘇軾、蘇轍都有點憂慮；因爲他們是形影不離的好兄弟，兩個人平日的觀點、見解太相似了，恐怕因此兩人中只有一個會被錄取。他們的父親蘇洵對他們說：「我有辦法讓你們寫出來的內容不一樣；你們一個從正面寫，一個從反面寫，就不會雷同了。」

這就相當於「辯論」時，雙方的「正辯」與「反辯」，當然就不一樣了。他們參加的那一科是「賢良方正能直言極諫科」。當時大概蘇軾是「正方」，蘇轍是「反方」。因爲，他差點因爲「罵皇帝」而沒法被錄取。

蘇轍在文章裡責備皇帝：「荒怠政事、喜好聲色、賦歛繁重……」罵到主考官不敢錄取他。但當時的「大老」司馬光和范鎮都力爭；認爲他應該列爲「四等」。

事實上，「制科」從沒有人列一、二等，那只是「虛設」的名目；就像許多人認爲：「作文」不能給「一百分」同樣的意思。連三等，在蘇軾之前，也只有一個人得過。對蘇轍是否應該錄取，雙方相持不下，最後決定：請皇帝親自處置。

當時在位的，是歷史上數一數二的好皇帝：宋仁宗。他說：「我們這一科不是『賢良方正能直言極諫科』嗎？又要人家直言極諫，又因爲了人家說了眞心話而不錄取，那後世會認爲我是怎麼樣的皇帝？」

宋仁宗「賢君」之名，眞是「名不虛傳」！而且在錄取了蘇軾、蘇轍之後，他回到後宮，還很高興的對曹皇后說：「今天制科錄取了蘇軾、蘇轍兩兄弟。我眞高興，爲子孫留下了兩個好宰相！」

他的這句話，後來還救過蘇軾的命！

打壓？成全！

蘇軾被派到鳳翔當簽判，他的「頂頭上司」陳希亮，是鳳翔太守。他對待「文名滿天下」的蘇軾完全不假辭色，非常嚴苛。事事挑剔，一個不小心，就會被處罰。府裡有宴會，有時不一定請他參加。而有時辦活動，蘇軾沒到場，又以「罰銅八斤」來警告。

蘇軾寫的文章，當時是天下傳抄讚美的。到了陳希亮那兒，卻好像「一無是處」，被改得「體無完膚」，還要他重作。簡直「動輒得咎」，讓蘇軾對自己都失去了信心。那段時日中，他曾寫過一首詩〈壬寅重九不預會，獨遊普門寺僧閣有懷子由〉，寄託在重九不受邀參加宴會，只能獨遊普門寺的慘楚心情：

> 花開酒美盍不歸，來看南山冷翠微。憶弟淚如雲不散，望鄉心與雁南飛。
> 明年縱健人應老，昨日追歡意正違。不問秋風強吹帽，秦人不笑楚人譏。

這樣「難過」的日子，和讓他覺得一直被「打壓」的心情，在他當時的人生經驗中應該是相當「刻骨銘心」的。過了很長的一段日子，陳希亮要他作〈淩虛臺記〉，他戰戰兢兢的寫了。其中有一段話。

> 嘗試與公登臺而望，其東則秦穆之祈年、橐泉也，其南則漢武之長楊，五柞，而其北則隋之仁壽，唐之九成也。計其一時之盛，宏傑詭麗，堅固而不可動者，豈特百倍於臺而已

哉？然而數世之後，欲求其彷彿，而破瓦頹垣，無復存者，既已化為禾黍荊棘丘墟隴畝矣，而況於此臺歟！夫臺猶不足恃以長久，而況於人事之得喪，忽往而忽來者歟！而或者欲以誇世而自足，則過矣。蓋世有足恃者，而不在乎臺之存亡也。既以言於公，退而為之記。

陳希亮看了之後，難得的露出了嘉許的笑容。告訴他：「你知道我爲什麼對你這麼嚴厲嗎？因爲，我視你的父親如子，視你如孫。我對你不假辭色，是因爲你少年暴得大名，怕那些吹捧著你的人把你慣壞了；若你因此而驕傲自滿，就再也不能進步了。所以一直折磨你！看了你的這篇文章，我對你放心了！」

馬上一字不改的，發下去讓人刻碑。蘇軾這才知道他多麼「用心良苦」。

文字賈禍，九死一生

蘇軾被派到杭州當通判時，王安石拜相，新黨正如火如荼的推動「新法」。使被稱爲最「富庶」的江南，竟然「哀鴻遍野」。蘇軾是個看不得民間疾苦的人，但他能做什麼？他只能把他的不平和心情寫到文章裡，寫到詩裡。如〈贈莘老七絕〉其一：

嗟余與子久離群，耳冷心灰百不聞。若對青山談世事，當須舉白便浮君。

〈吳中田婦嘆〉

……茆苫一月地上宿，天晴穫稻隨車歸。汗流肩赬載入市，價賤乞與如糠粞，賣牛納稅拆屋炊，慮淺不及明年飢。官今要錢不要米，西北萬里招羌兒。龔黃滿朝人更苦，不如卻作河伯婦。

他是當代的「文宗」，詩文一出，立刻天下傳抄。而且，這些詩，字字句句都打動了當時受新法（特別是青苗法）之害百姓的心。當然會令在朝執政，以「推廣新法」爲主要政策的新黨官員大爲不滿。這種不滿，終於在他任湖州太守的時候爆發了。他在湖州被捕，解押到京師受審；史稱「烏臺詩獄」。

他所有的詩文，被一一苛刻檢視，並被解釋爲「訕謗朝廷」；故意「扭曲」朝廷的良法美意；把新法形容爲「惡法」，鼓動百姓反對政府。

其實，這些御史臺的審官早已有了定論：必置他於死！「審問」也者，只不過爲了給朝野一個「罪名」來交代。

他最後沒被殺，有幾個原因：

其一，宋朝的祖宗家法是「不殺士大夫」的。

其二，當時的太皇太后曹氏正在病中，提起當年仁宗皇帝曾說的話：視蘇軾、蘇轍爲給子孫留的好宰相。以此責備孫子神宗，不愛惜祖父留下的人才。當神宗要爲她的病「大赦天下」祈福時，她還說：「不用，你只要爲我赦蘇軾就好了！」

其三，王安石也從金陵寫奏章來營救，認爲「安有盛世而殺才士乎？」最關鍵的是：在爭議中，神宗皇帝看了被視爲「罪狀」的詩文，驚爲「奇才」。特別是他寫給子由訣別的兩首詩：〈獄中寄子由二首〉，更打動了皇帝的心：

序

予以事系御史臺獄，獄吏稍見侵，自度不能堪，死獄中，不得一別子由，故和二詩授獄卒梁成，以遺子由。

聖主如天萬物春，小臣愚暗自亡身。百年未滿先償債，十口無歸更累人。是處青山可埋骨，他年夜雨獨傷神。與君世世為兄弟，更結來生未了因。

柏台霜氣夜淒淒，風動琅璫月向低。夢繞雲山心似鹿，魂飛湯火命如雞。眼中犀角真吾子，身後牛衣愧老妻。百歲神遊定何處，桐鄉知葬浙江西。

神宗皇帝認爲：他或許言辭過激，但是出於爲民請命，沒有惡意。尤其他留給子由的兩首詩，更讓皇帝認爲：這樣友愛手足的人，怎麼可能像御史臺審官說的「十惡不赦」？因此，沒有殺他，只把他貶到黃州去。

黃州之貶，東坡「誕生」

就喜愛蘇東坡詩文的人來說，或許應該感謝他這一貶謫；因爲貶謫黃州，是蘇軾沈潛轉捩的人生重要階段，在人生的低潮中，他並未頹廢消沈，怨天尤人。生活上，他返璞歸眞；思想上，更洞澈澄明；而人生態度上，卻是壯闊而積極進取的。想想看：他有多少最好的詩文，是在這一段沉潛的日子裡寫的！包括了前後〈赤壁賦〉，包括了後世無人不知的〈念奴嬌〉：

> 大江東去，浪淘盡，千古風流人物。故壘西邊，人道是，三國周郎赤壁。亂石崩雲，驚濤拍岸，捲起千堆雪。江山如畫，一時多少豪傑。
>
> 遙想公瑾當年，小喬初嫁了，雄姿英發。羽扇綸巾，談笑間，強虜灰飛煙滅。故國神遊，多情應笑我，早生華髮。人生如夢，一尊還酹江月。

他在黃州附近的赤壁，想到的是羽扇綸巾的周瑜，月明星稀的曹操，是轟轟烈烈的歷史事件，而不是個人的得失榮辱。是對人生短暫的了悟，而不是空幻的無病呻吟，這正是他的詞賦文章不朽的原因。

他著名的〈臨江仙〉也寫於黃州：

夜飲東坡醒復醉，歸來彷彿三更，家僮鼻息已雷鳴，敲門都不應，倚杖聽江聲。
長恨此身非我有，何時忘卻營營，夜闌風靜縠紋平，小舟從此逝，江海寄餘生。

更重要的是：他若沒有貶謫黃州，也將沒有「東坡」這個後世無人不知的號；因為就在黃州，他在窮困中，躬耕於太守徐大受給他的四十畝東坡之地。並在朋友協力下，親自參與蓋了「東坡雪堂」，也因此，給自己取了「東坡居士」這個別號！

太后重用，步步高升

宋神宗日駕崩，太子哲宗登基。因年幼，由英宗高后以「太皇太后」的身份「處分國事」。她一直冷眼旁觀著朝政，對新法造成的問題了然於心。因此，在她垂簾聽政後，把為新黨貶斥在外的老臣如司馬光、范純仁、呂公著和因爲反對新法而被「下放」貶謫的大臣們，都召回京師。蘇軾兄弟，也在被起復重用之列。短短時日中，蘇軾便由謫臣，而至「翰林學士知制誥」。當時，朝廷拜一「翰林學士」，民間目之爲「一佛出世」，可知其清貴。知制誥，更相當於皇帝的機要秘書。

蘇軾在士林中，早隱隱有「一代文宗」之目，「翰林學士」，在朝野看來，是深幸得人。卻又不免令朝中被他光芒掩蓋的官員朝士嫉妒敵視。而且他的率直詼諧，也常得罪人。少不得，又在他的文章上搜尋挑剔，斷章取義，橫加誣謗，使他居無寧日。只有在上箚自辯之餘，請求外放。

太皇太后深知他無辜，特地召見。那日，他值宿翰林院，忽有太監傳詔，太皇太后召見，蘇軾入對於東門小殿。他以爲是召他草制，卻聽太皇太后徐徐問：「卿前年任何官職？」

「汝州團練副使。」

「如今呢？」

「備員翰林學士。」

「何以至此？」

太皇太后的問話，使蘇軾不明所以，道：「幸遇陛下。」

太皇太后卻道：「不干老身事。」

「出於官家（皇帝）。」

「亦不干官家事。」

「必是大臣推薦。」

太皇太后搖頭：「也與大臣無關」

蘇軾大驚：「臣雖無狀，不敢以他途干進。」

太皇太后嘆口氣，道：「乃是先皇之意。」

原來是神宗在世時，就賞識蘇軾文才，未及重用，太皇太后是爲兒子完成心願。

蘇門學士，匯聚京師

不論新黨主政，或舊黨當家，一直處在「政治追殺」中的蘇軾，如果說，還有什麼讓他安慰的事，那是他一向愛重的幾位文壇健將，都匯聚於京師了；包括了後世稱「蘇門四學士」的黃庭堅、秦觀、張耒、晁補之。和他素日器重的陳師道、李薦。還有當世以書畫名世的李公麟、米芾。最讓他安慰的是：當時「烏臺詩獄」一案中，受他牽累的王詵、王鞏也都回京了！

這幾位，還眞都非泛泛之輩；米芾和黃庭堅，都列名於北宋四大書法家「蘇（蘇軾）

黃（黃庭堅）米（米芾）蔡（蔡襄）」之列。而「四學士」也無一泛泛之輩，都成爲當代名重一時的文學中堅；尤其黃庭堅的詩，與他並稱「蘇黃」，而詞，黃庭堅與秦觀在當代就有「秦黃」之名。

金山寺裡鬥機鋒

被嫉妒他、又恨他口沒遮攔的同僚「往死裡打」的攻擊下，他上書哀懇太皇太后讓他外放；不然，他就可能含冤莫白而被「鬥爭」死了！太皇太后終於了解：不能留他在朝中了。而讓他「外放」杭州太守。他一路南下，經過金山寺，見到老朋友「佛印」。

爲世人熟知的「佛印」和尚，俗姓林，是蘇軾的方外至交。但後人對他的理解，似乎都出於「蘇小妹三難新郎」民間說書的附會。而「蘇小妹」這一人物，本是杜撰；他根本沒有親妹妹，只有個「小二娘」，是他伯父蘇渙的小女兒，他視如親手足的小堂妹。小二娘夫家姓柳，也不是「蘇小妹」故事中說的秦觀！

但蘇東坡與佛印的確鬥過機鋒，而且自負聰明的蘇東坡還屈居下風，佛印的禪修工夫，絕不是坊間故事近於插科打諢可擬。

他到達「金山寺」時，佛印正高坐堂上，爲滿堂僧俗講經。見到他這位「大官」蒞臨，了無異色。道：「學士何來？此間並無學士坐處。」

蘇軾不甘示弱，道：「暫借和尚四大，用作禪床。」

佛印笑了：「山僧有一轉語，言下即答，當如所請。否則，學士留下腰間玉帶，永鎮山門。」

蘇軾自恃聰明，當即解下玉帶，放在案上。佛印徐徐道：「山僧四大皆空，五蘊非有，學士往何處坐？」

蘇軾一時語塞，佛印高喝一聲：「收了玉帶，永鎮山門！」堂中僧俗，歡聲雷動，蘇軾也只好認輸。事後才口占一絕作答，卻已是「後見之明」了：

百千燈作一燈光，盡是恆沙妙法王，是故東坡不敢借，借君四大作禪床。

治西湖，濬運河，修六井

蘇軾與杭州夙有淵源，在熙寧四年，就曾通判杭州。因勤政愛民，深受杭人愛戴。他下「烏臺獄」，也與他在杭州看到民間疾苦，爲百姓「請命」作詩有關。

正當「烏臺獄」的審問如火如荼的進行時，官方逼令杭人供「詩帳」，杭人不懼，反公然爲他作一月解厄道場。在他貶黃州時，更一年兩度集資，專使餽贈土儀慰問。這番情誼，早超過一般官員與百姓，而是視如親人了。

他此番出守杭州，杭州正面臨重大危機：西湖淤塞，運河淤積，六井廢壞，百姓生計受到嚴重影響。他不願如過去官守，只作表面工夫，大力整頓，以圖長治久安。如今的「蘇堤」，就是當時以西湖挖出的淤泥堆築成的。當時堤上栽的是柳樹和木芙蓉，除美化外，另一目的在於固堤。

他後來列入「元祐首惡」，多次朝廷大赦，都指定「蘇軾不在大赦之列」。直到宋室南渡，高宗、孝宗，才予以「平反」，想來和親到杭州，了解了他當時經營擘畫的苦心，也不無關係吧。

棒喝渡琴操

琴操，是杭州名妓，雅擅文詞，曾將秦觀的〈滿庭芳〉改韻，改得天衣無縫，使蘇軾大爲激賞：

山抹微雲，天連衰草，畫角聲斷斜陽。暫停征轡，聊共飲離觴。多少蓬萊舊侶，頻回首煙靄茫茫。孤村裡，寒鴉萬點，流水繞紅牆。

魂傷，當此際，輕分羅帶，暗解香囊。謾贏得青樓，薄倖名狂。此去何時見也？襟袖上空有餘香。傷心處，長城望斷，燈火已昏黃。

見她頗具慧根，不忍她長久淪落青樓，蘇軾特邀她遊湖，出題要她參禪，藉機渡化：

「何謂湖中景？」

「落霞與孤鶩齊飛，秋水共長天一色。」

「何謂景中人？」

「裙拖六幅湘江水，髻攬巫山一段雲。」

「何謂人中意？」

「隨他楊學士，鱉殺鮑參軍。」

琴操雖對答如流，不免好奇。問他何以有此三問？蘇東坡凝視著她，緩緩地說道：「門前冷落車馬稀，老大嫁作商人婦。」

琴操聆此棒喝，神色驟變。頓然大澈大悟，看破紅塵，遁入空門。

哲宗親政，迫害來臨

哲宗在祖母太皇太后高氏駕崩之後，改元「紹聖」，重新引進他父親神宗時代重用的新黨官員執政。所有祖母用的「元祐黨人」，全部被打壓貶謫；蘇軾被視爲「元祐首惡」。所受的打擊，更不在話下。

他知道朝廷將面對新的變局，自請「重難邊郡」，而被派到北方的定州，那是與遼國接壤的軍事重鎭。他到任後，發現軍紀弛廢到不堪聞問，大力整頓。並行了從仁宗朝韓琦去職後，從未舉行過的「檢閱禮」，使地方父老感動落淚。

但他知道：這是風雨前的寧靜；知道朝中的新黨執政官員絕饒不過他！他只能在這短暫平靜的時間，趕快做他可以爲國爲民盡心的事。

果然，不久之後，風暴來臨：他又被「搜」出過去詩文中的罪名：「訕謗朝廷」、「譏議先朝」，把他從「正三品」的端明、翰林兩學士，貶爲「六品」下的承議郎，而且將他貶謫到嶺南惠州；那自古以來被人視爲「瘴癘之地」，難以生還的地方。

而他門下的「四學士」也一無倖免，都受他牽累，一一被貶。令人惋嘆。

傷心一曲〈蝶戀花〉

同時被貶的不僅是他，「元祐」舊臣盡遭貶斥。因蘇軾名列「首惡」，被流放嶺南惠州。隨他同往的，是三子蘇過（叔黨），和侍妾朝雲。

朝雲，他爲杭州通判時，才十二歲，是個還沒正式列樂籍「下海」的雛妓。因她的性情，非常清淨，並不適合「青樓」。在她主人的好意成全下，進入蘇家爲婢女。

在他「烏臺獄」被捕之際，曾請他的學生協助遣嫁家中「無所歸」的婢女。其他的人或主動、或被動的都離開了，只有朝雲不離不棄，陪著他的妻兒渡過那一段最艱危的時日。因她不願離開蘇家，爲了給她一個名份，而成爲蘇軾的侍妾；也成爲他生命中最重要的人之一；前後跟隨了他二十三年！

朝雲擅歌，貞義美慧，隨著他大起大落。在他遠謫南荒之際，依然誓死追陪，是他暮年極大的安慰。

秋日閒暇，他命朝雲唱〈蝶戀花〉遣興；蝶戀花是他早年作的一闋詞：

花褪殘紅青杏小，燕子飛時，綠水人家繞，枝上柳綿吹又少，天涯何處無芳草。
牆裡秋千牆外道，牆外行人，牆裡佳人笑，笑漸不聞聲漸悄，多情反被無情惱

東坡詞素有「豪放」之名，卻並非不能婉約；〈蝶戀花〉，便是他的「婉約」之作。而朝雲唱至「天涯何處無芳草」時，哽咽無法終篇。道：「不知何故，唱到這一句，我便悲從中來。」

蘇軾笑嘆：「我正悲秋，你卻傷春了。既如此，就不要唱了吧。」

不久，朝雲亡故。蘇軾終身不再聽〈蝶戀花〉。

貶至「南極」，列名「黨碑」

朝雲死後，他再度被貶，而且貶到了當時等於「南極」的「儋耳」（今海南儋縣）；必需「過海」才能抵達。朝雲已死，唯一陪著他的，就是他的三子蘇過了。

不僅如此，哲宗駕崩，徽宗繼位。任用蔡京為相，倒行逆施，天怒人怨。《水滸傳》中所謂的「花石綱」、「生辰綱」，都是當初「官逼民反」的眞相寫照。

而朝廷還做了一件讓民間極為反感的事：將「元祐」臣僚三百零九人列入「元祐黨籍碑」；並命天下各地都要刻碑，放在通衢大道上，讓百姓「唾棄」這些「元祐奸邪」。

而適得其反的是：天下百姓都認為碑上有名字的都是忠良。當朝主政的才是奸邪！事實上，「元祐」期間，連敵國大遼都稱太皇太后高氏為「女中堯舜」，而且警告臣僚和邊將：「如今大宋是司馬端明（司馬光）當宰相了，不可輕啓釁端！」

而在新黨主政之後，整個局面都變了。國家政局一蹶不振。後來，因天上星變，皇帝害怕了，下令毀「黨人碑」。可笑的是：那些列名「元祐黨籍碑」，他們的子孫卻以父祖名列「黨籍」為榮，在皇帝下令毀碑之後，他們還複刻了收藏！

而不久之後，就發生了「靖康之難」，北宋亡了！

高宗平反，諡號「文忠」

哲宗、徽宗兩朝，在「新黨」刻意的打壓之下，蘇軾這個人簡直就被打下了十八層地獄！不但嚴禁他的文章流傳，也不許民間收藏他的詩文字畫。

只是這種「嚴禁」與「打壓」，歷朝歷代，從來都沒有「成功」過！即使秦始皇「焚書坑儒」，以那樣的「嚴刑峻法」治天下，到頭來，還是「夜半橋頭呼孺子，人間猶有未燒書」，禁絕不了！

到宋室南渡，建都臨安（今浙江杭州）。或許才體會了當年蘇軾在杭州治西湖、濬運河、修六井的種種苦心孤詣；若不是他整治西湖的政績，就如當初杭州父老對他說的：「沒有西湖，也就沒有杭州了！」

那還有這樣一塊湖山勝地，給南渡的朝廷落腳！

因此，宋高宗平反了蘇軾的「罪名」，不但開放了他詩文書畫的禁令，追贈爲「資政殿學士」，又崇贈爲太師。而且肯定了他一生的「忠愛」；給他追贈的諡號是：「文忠」，是以他又被稱爲「蘇文忠公」，終於還了他公道！

仿冒老祖宗
——蔡襄、米芾——

書名掩文名

蔡襄，字君謨，號莆陽居士，謚號忠惠。福建路興化軍仙遊（今福建省仙遊縣）人。是一位北宋名臣，也是大書法家。

米芾，本名黻，字元章。號襄陽漫士、海岳外史、鹿門居士。北宋著名的書畫名家。

一個人，如果多才多藝，而其中一項尤爲出色，後世人往往就只知他成就最高的那一項，而不知其他。像宋代四大書法家中的蔡襄和米芾，就是一例：

蔡襄能文，尤擅茶道。但提到他，想起來的總是「書法」。米芾亦能文，詩詞頗有可觀如：〈中秋登樓望月〉詩：

目窮淮海滿如銀，萬道虹光育蚌珍。天上若無修月户，桂枝撐損向西輪。

菩薩蠻〈擬古〉詞：

蒹葭風外煙籠柳。數疊遙山眉黛秀。微雨過江來。煩襟為一開。沙邊臨望處。紫燕雙飛語。舉酒送飛雲，夜涼愁夢頻。

但提起他，往往也是首先想到他的書法，和畫法中的「米氏雲山」。文名完全被掩蓋了。不過，一技已自足千古，又何須「十項全能」呢？

洛陽紙貴〈四賢一不肖〉

北宋仁宗景祐年間，范仲淹知開封府。以忠直忤宰相呂夷簡，引起「慶曆變法」的政治風潮。在言官攻擊下，黜知饒州。同貶的還有余靖、尹洙、歐陽修。

余靖是上疏論救，被指爲朋黨而貶。尹洙是自言：與范仲淹的交情「義兼師友」，比余靖還親近，自願同貶。歐陽修是致書諫官高若訥，責備他不辨是非：「不復知人間有羞恥事」。高若訥老羞成怒，一狀告到皇帝那兒，因此被貶。

這四人雖遭貶謫，卻使天下正人君子都讚佩敬重，反而成就了他們的賢名。

蔡襄讚嘆之餘，作了〈四賢一不肖詩〉長詩：

君子道合久以成，小人利合久以傾。世道下衰交以利，遂使周雅稱嚶鳴。煌煌大都足軒冕，綽有風采為名卿。高名重位蓋當世，退朝歸捨賓已盈。脅肩諂笑不知病，指天報遇如要盟。一朝勢奪德未改，萬鈞已與毫釐輕。畏威諛上亦隨毀，矧復鼓舌加其評。逶迤陰拱質氣厚，兩豆塞耳心無營。嗚呼古人不可見，今人可見誰與明。章章節義尹師魯，飭躬佩道為華榮。希文被罪激人怒，君獨欣慕如平生。抗書歡下自論劾，惟善與惡宜彙征。削官竄逐雖適楚，一語不掛離騷經。當年亦有大臣逐，朋邪隱縮無主名。希文果若事奸險，何此吉士同其聲。高譚本欲悟人主，豈獨區區交友情。

頌揚范、余、尹、歐四人為「賢」，又大罵高若訥「不肖」。京城士林，爭相傳寫。商人見有利可圖，刊印發賣，一時都下為之紙貴。連契丹使者都買了送回虜廷。由此可見蔡襄之「賢」，亦不在四人之下。

潤筆物須「清」

蔡襄以書法聞名。古人認爲，用錢財爲「潤筆」太俗了！因此慕名的人，紛紛準備精美的潤筆之物求字。而最爲他稱道的，是歐陽修請他寫〈集古錄〉序的潤筆物：鼠鬚栗尾筆、銅綠筆格、大小龍茶、惠山泉水。前者正合他書法家的身分，後者更投其所好；蔡襄曾著

《茶錄》，頗以茶道自負。令他遺憾的是：半個月後，有人送了歐陽修一盒「清泉香餅」，卻沒他的份了。他直惋惜：「哎！可惜香餅來遲了，使我少了這一件潤筆清物！」

古代文人雅趣清致，由潤筆之物亦可知其一二。

「騙」到好墨

仁宗開宴，款待大臣。宴罷，御書「飛白」賜給群臣。又各賜宮中所藏名墨。蔡襄拿到的是有名的製墨名家李廷珪的墨。另一位大臣則拿到一錠李超墨。那位大臣看著蔡襄手中的墨，眼中流露出羨慕。蔡襄低聲問：「你是想要跟我換嗎？」那位大臣大喜。因爲李廷珪墨是南唐李廷珪所製的古墨，非常名貴。宋朝以「李廷珪墨」與「澄心堂紙」，爲當代書家夢寐以求文房四寶中的「神品」。所以那位大臣立時與蔡襄換了。

宴後出宮，蔡襄上了馬，才向他一拱手，笑道：「大人可知道，李廷珪是李超的兒子嗎？」

原來蔡襄換去的是更古、更名貴的墨呀！

百衲碑

歐陽修爲韓琦作〈晝錦堂記〉，請蔡襄寫字，以便刻碑。每一個字，蔡襄都用裁成小塊的薄紙，寫上幾十遍，才選最滿意的採用。

因此這一塊依蔡襄所書〈晝錦堂記〉刻成的碑，稱爲「百衲碑」；因爲一如婦女用各色布塊聯綴而成的百衲被一樣，是拼綴而成的。

潔癖

米芾有潔癖。洗手，嫌布巾髒，不肯擦乾。只以兩手互拍，到手乾爲止。

他有個女兒，已至適婚年齡，他也留意著爲女兒擇婿。剛巧遇到一個年輕人，姓段，名拂，字去塵。米芾一見大喜。道：「既拂，又去塵，眞夠乾淨的了！正好做我的女婿！」毫不考慮，衝著段拂的名字，就把女兒許配他了。

他有個朋友，聽他自稱得了一方珍貴無比的寶硯。不肯相信，笑他吹牛。他經不起激，就打開藏珍盒，取出寶硯，給朋友看。

這位朋友，因爲知道他有潔癖，也特別洗了手，恭敬拜觀。亟口讚美：「眞是尤物！只不知發不發墨？」

米芾命人取水。朋友等不及，吐了一口口水試墨。米芾一見，神色俱變：「你把我的寶硯弄髒了！我不要了，就送你吧！」

朋友以爲他開玩笑；吐口水試墨，本是當時一般文人的習慣動作。不料他竟這樣認眞，說什麼也不要這寶硯了。才知道他眞有潔癖。

仿冒老祖宗

米芾善書也善畫，常向人借了古畫來臨摹。送還時，眞假一併送去，讓原主自擇。原主往往也無法分辨眞僞。

有一次，有人向他兜售戴嵩畫的「牧牛圖」。他留下來鑒賞，臨了一幅。留下原畫，把臨的那一幅送還賣主。說：「太貴了！我不買。」

送去不久，賣主前來跟他理論。堅稱送還的是假畫。

他十分詫異，問賣主怎麼知道是假？賣主道：「原畫的牛眼中映著牧童的影子。這幅沒有！」

他心服口服，只好乖乖地把原畫奉還。

米顚

米芾是個率性的人。即使在皇帝面前，也不會改變。皇帝也以「俊人不可以禮法拘」來優容他。

宋徽宗授他「書學博士」，入宮書屏。他索硯，徽宗隨手指著御用的硯臺。他也毫不客氣，就用御硯磨墨寫字。寫好了，捧著御硯道：「這硯臺我用過了，陛下不便再用。怎麼辦？」

徽宗知道他想要，便一笑賜給了他。他大喜，也不管硯臺上墨汁淋漓，抱著就走，弄得襟袖上全是墨。

他服裝怪異，喜歡戴高簷帽，坐轎子。又嫌轎頂礙事，就去掉轎頂，坐在無頂的轎子裡，招搖過市。遇到朋友，問：「你看，我像什麼？」

朋友調侃道：「像押在囚車裡的賊酋鬼章！」

他大樂，兩人相與哈哈大笑。

他愛奇石，見到奇石，就整冠下拜。還自畫一幅「拜石圖」爲愛石之證。

他的率眞，不僅在人前。有人無意中看到他獨坐書房寫信。忽然站起身，整整衣襟，規規矩矩地拜了兩拜。一問之下，原來是他正寫到「芾再拜」。

因此，朋友們都戲稱他爲「米顚」。他請蘇軾主持公道，蘇軾大笑答：「吾從眾！」

戲弄胖學士的蘇軾門生

──黃庭堅──

天才兒童

黃庭堅，字魯直，晚年自號山谷老人，又號涪翁。分寧（今江西修水縣）人。

他幼年早慧。五歲時，《六經》已誦其五。只有《春秋》，老師沒有教。使他心裡非常疑惑。

一天，他忍不住跑去問老師：「不是有《六經》嗎？爲什麼先生只教了五經？」

老師覺得他年紀還太小，不到讀《春秋》的時候。便敷衍他：「《春秋》，不可讀呀。」

他心想：「這是什麼話？既然稱之爲『經』，那有不可讀的道理？又怎能不讀呢？」

便自己去讀。十日成誦，背得一字不漏。

他七歲便能作詩。八歲時，送人應考，詩中有這麼幾句：

送君歸去玉帝前，若問舊時黃庭堅，謫在人間今八年……

小小年紀，口氣倒眞是不小！

文人相重

黃庭堅認識蘇軾，是因舅父李常、岳父孫覺的關係。李、孫二人，都是蘇軾的好友。他們知道，黃庭堅對當時儼然「一代文宗」的蘇軾，非常仰慕。就向蘇軾推介黃庭堅的詩文。尤其他的舅父李常，本身苦讀出身。成名入仕之後，把自己所讀、及手抄的書，都留在當年讀書的廬山寺廟中。供有心讀書，又沒錢買書的貧家士子閱讀，稱「李氏山房」。蘇軾還特別爲他作〈李氏山房藏書記〉說明始末。

李常告訴蘇軾，黃庭堅喜愛讀書。少年時代，就盡讀「李氏山房」中的藏書。而且事母至孝；到中了進士，做了官，還經常親自爲母親洗刷馬桶。

蘇軾大爲感動，又非常欣賞黃庭堅的詩文，由此訂交。蘇軾給黃庭堅的第一封信上，如此讚美：「……此人如精金美玉，不即人而人即之。將逃名而不可，何以我稱揚為？」

這是引述他曾對黃庭堅的岳父孫覺所說的話。當時，孫覺把黃庭堅的詩文送請蘇軾指教，並請蘇軾爲黃庭堅揚名。蘇軾讀了他的詩文後，對孫覺說了這些高度推許的話。信中又對黃庭堅來信請求「以師事之」，表示了喜懼之情：「……非獨今世之君子所不能用，雖如軾之放浪自棄，與世疏闊者，亦莫得而友也。今者辱書詞累幅，執禮甚恭，如見所畏者，何哉？軾方以此求交於足下，而懼其不可得。豈意得此於足下乎？喜愧之懷，殆不可勝。」

相知相惜之情，溢於辭表。

他們「師生關係」的建立，在蘇軾為試館職的主考官，而黃庭堅是與試而被拔擢入館職的。在中國的傳統禮教中，主考與參與考試的人之間，是視如「師生」的。但，由於他們的年齡差距不大；蘇軾只比黃庭堅大九歲。而且相識之初，黃庭堅也已文名滿天下。因此，黃庭堅雖恭謹執「弟子」之禮。蘇軾並沒有眞把他當「門生」看待，對他相當敬重。

但黃庭堅卻堅守「門生」的分際。平日玩笑歸玩笑，大禮上卻絕不逾越。在他晚年，在家中懸掛蘇軾畫像，早晚整肅衣冠上香敬禮甚恭。有人見了，說：「你與蘇公同時，聲譽也不相上下，何以如此敬禮蘇公？」

黃庭堅離席驚避，道：「庭堅只望為東坡門弟子，豈敢失上下尊卑之序！」

由此可知，他對這位老師的敬重，是始終不渝的。

後人每以「蘇黃」並稱，恐怕未必合於黃庭堅的心意呢。

江西詩派鼻祖

蘇軾門下，有「四學士」：黃庭堅、秦觀、張耒、晁補之。都可稱是一代人傑。若論個人成就，當以黃庭堅居首。他的書法，與蘇軾並列於當時書法最具盛名的「北宋四大家」中；他的詩與蘇軾齊名，稱「蘇黃」。詞又與秦觀齊名，稱「秦黃」。

他最推重韓文、杜詩，說：「老杜作詩，退之作文，無一字無來處。蓋後人讀書少，故謂韓、杜自作此語耳！古之能爲文章者，眞能陶冶萬物，雖取古人之陳言入於翰墨，如靈丹一粒，點鐵成金也！」

這段話也可說是表明了他自己的詩文風格。他也承襲杜甫的詩風，開後世的「江西詩派」一脈。他在宋哲宗紹聖年間，坐「元祐黨籍」被謫。在宋徽宗建中靖國元年，被貶謫於湖北江陵時，作〈病起荊江亭即事〉：

翰墨場中老伏波，菩提坊裡病維摩。近人積水無鷗鷺，時有歸牛浮鼻過。
閉門覓句陳無己，對客揮毫秦少游。正字不知溫飽未？西風吹淚古藤州。

他的詩固然名重一時，詞也毫不遜色。有一首〈鷓鴣天〉

黃菊枝頭生曉寒，人生莫放酒杯乾。風前橫笛斜吹雨，醉裡簪花倒著冠。
身健在，且加餐，舞裙歌板盡情歡。黃花白髮相牽挽，付與旁人冷眼看。

其曠達也不下於蘇軾。在秦少游於藤州去世之後，他曾追和秦少游的〈千秋歲〉；前系小序：

少游得謫，嘗於夢中作詞云：「醉臥古藤陰下，了不知南北。」竟以元符庚辰死於藤州光華亭上。崇寧甲申，庭堅既竄宜州，道過衡陽。覽其遺墨，始追和其〈千秋歲〉詞。

苑邊花外，記得同朝退。飛騎軋，鳴珂碎。齊歌雲繞扇，趙舞風回帶。嚴鼓斷，杯盤狼藉猶相對。

灑淚誰能會？醉臥藤蔭蓋。人已去，詞空在。兔園高宴悄，虎觀英遊改。重感慨，波濤萬頃珠沉海。

書法名家，各有千秋

北宋書家，首推蘇（蘇軾）、黃（黃庭堅）、米（米芾）、蔡（蔡襄），四家風格，各有千秋。

黃字瘦而蘇字肥，閒來論字，互相調侃。蘇軾說：「魯直的字雖清勁，有時筆勢太瘦，就像樹梢掛蛇一般。」

黃庭堅笑答：「蘇公的字，我不敢批評。只有時覺得褊淺，彷彿石壓蝦蟆。」

彼此相與大笑。

另一書家米芾，入朝面聖，皇帝問他本朝書家的字如何。米芾答：「蔡襄勒字，黃庭堅描字，蘇軾畫字。」

皇帝問：「那你自己呢？」

米芾回奏道：「臣，刷字。」

依然是各有千秋。

臺北「故宮博物院」中藏有蘇軾的〈寒食帖〉，是他在黃州生活極困窘時寫的。出於宣洩幽憤之情，不拘於工整形式。鬱勃中見瀟脫，素被推崇為「蘇書第一」。紙尾還有黃庭堅的題跋，在故宮國寶中，也稱極品，被視為「鎮院之寶」。偶在特展時展出，不妨欣賞對比。

性好戲謔

蘇軾風趣，喜戲謔，黃庭堅亦然。當時有一位翰林學士顧子敦，魁偉肥胖，就成了師生倆的戲謔對象。

顧子敦因人胖易倦，下午時，常憑几而睡。蘇軾就在他的書案上寫了個招牌：「顧屠肉案」。然後往桌子上丟錢。顧子敦驚醒，還沒弄清怎麼回事，便聽蘇軾喝道：「快批四兩肉來下酒！」

黃庭堅又不同。他在夏天，顧子敦脫了上衣午睡時，在顧子敦的胸口寫字。顧子敦沒辦法，只好穿著衣裳，趴在桌上睡。心想：這下你沒辦法了吧？當天回家，顧夫人問：「你背上是什麼？」

顧子敦忙脫下外衣看。原來是黃庭堅題了一首當時人喜用於紋身的詩，在他的衣服背後。而這位顧學士，已穿著這件衣服一路招搖過市了。

苦中作樂

宋哲宗親政，對祖母高氏太皇太后元祐時代所用舊黨大臣，一概貶斥。蘇軾先貶惠州，後來還流放到當時的「南極」儋耳去。黃庭堅亦爲他牽累，列元祐黨籍，一再貶謫。後來又因與宰相趙挺之不合，而被謫至宜州。

宜州在現在的廣西省，極爲偏遠窮苦。而地方官又爲了討好宰相，存心迫害。凡是收留他住的人，都被按上罪名抵罪。他爲了不牽累別人，只好住到城樓上去。那兒又湫隘，又吵鬧。而且，連風雨都擋不住。他卻依然自得其樂。用三文錢，買最劣等的雞毛筆，照樣讀書寫字。眞可謂「人不堪其憂，回也不改其樂。」

他給朋友寫信說：「我住在城樓上，地方潮濕狹隘。在秋老虎的季節，簡直難以忍受。今天，我喝了些酒，酒至微醺，忽然下小雨了。坐在胡床上，把兩隻腳，從欄干間伸出去淋雨。哎！我這一生，從沒這麼痛快過！」

這份曠達，也不遜於老師蘇東坡！

朋友風義

秦觀過世。秦觀的兒子秦湛，女婿范仲溫，自藤州護靈北返。在長沙遇到黃庭堅。黃庭堅見到他們，執手相向痛哭。然後取出二十兩銀子，作爲賻儀。

秦湛不肯收，說：「伯父自己也在患難中，那能有餘力拿出這麼多錢來？而且，我們已經把盤纏都預算好了，也用不到。伯父的盛意，侄兒心領了。伯父還是收回吧！」

黃庭堅說：「我和你父親，誼屬同門，情同骨肉。你父親去世，我不能看他入殮。他歸葬，我也無法相送，眞是太對不起你父親了！這些賻儀，只不過聊表我不忘舊交之意！不在於錢。」

秦湛聽了這話，不敢再推辭，只有含淚拜受。由此，也可知黃庭堅爲人的重情尙義了！

蘇小妹的夫婿？——秦觀——

無中生有「蘇小妹」

中國人的歷史知識，得自正史者少，得自小說者多。因著一篇〈蘇小妹三難新郎〉，秦觀就不由分說的，硬給匹配了「蘇東坡的妹妹」蘇小妹。

實則，蘇東坡根本沒有親妹妹，只有個親姊姊小八娘，嫁給表哥程之才。以不得志於夫家，青春早喪。倒有一個堂妹小二娘，是他的伯父蘇渙的小女兒，嫁的是柳仲遠。也與秦觀扯不上關係。

秦觀的妻子姓徐，不姓蘇！這是歷歷可考的。但，隨便去問問看：「秦觀的妻子是誰？」答案保證是：「蘇小妹！」

秦太虛，秦少游

講起秦觀的字，大家都知道是「少游」。實際上，他是中年中舉之後，才改字少游，本來的字，是「太虛」。

少游這個字的來歷，是「馬少游」。馬少游其人，高蹈絕塵，秦觀因心慕其人而改字。秦觀本身是個充滿矛盾的人；一心修道，卻到處留情。才中進士，卻改字少游，嚮慕隱逸。在「蘇門四學士」中，雖因詞名最盛，而最爲世人熟悉。整體看來，終非大家氣度。不得不讓黃庭堅一籌！

山抹微雲秦學士

秦觀有一闋〈滿庭芳〉：

山抹微雲，天黏衰草，畫角聲斷譙門。暫停征棹，聊共飲離樽。多少蓬萊舊事，空回首、煙靄紛紛。斜陽外，寒鴉數點，流水繞孤村。

消魂。當此際，香囊暗解，羅帶輕分。漫贏得青樓，薄倖名存。此去何時見也？襟袖上空惹啼痕。傷情處，高城望斷，燈火已黃昏。

此詞一出，立刻風行一時。傳唱之廣，直追「有井水處」的柳永。他本人也頗爲自得。他應制科到京師，拜訪蘇軾。蘇軾劈頭說：「沒想到，別後你竟去學那柳七（柳永）填詞！」

柳永擅寫青樓男歡女愛之情。詞風低俗，不登大雅，素爲士林所鄙。因而秦觀聽了這話，十分不悅。答道：「我雖不才，也不至於如此！」

蘇軾問他：「『銷魂。當此際，香囊暗解，羅帶輕分』，不是柳七的口吻，是什麼？」這一句，的確不脫香艷纏綿的聲口。秦觀聽了，只能低頭謝罪。蘇軾笑他：「這就可以湊成一副對聯了：『山抹微雲秦學士，露花倒影柳屯田』！」

雖說如此，蘇軾對「山抹微雲」一句，還是十分欣賞的。

同列「蘇門四學士」的晁補之，對「斜陽外，寒鴉數點，流水繞孤村」，也極爲稱賞。道：「雖不識字人，也知是天生好言語！」

尤其有趣的是：有一天，秦觀的女婿范仲溫，參加一個盛大的宴會。會中最出色的歌姬，非常愛唱秦觀的詞，卻不曾注意到范仲溫。直到酒酣耳熱時，她才姍姍過來，指著范仲溫問別人：「此郎何人？」

范仲溫驟然站起，叉手傲然道：「某乃『山抹微雲』女婿也！」使滿座爲之絕倒。也由此可知，當時「山抹微雲」的「流行」程度了！

十三個字的內容

秦觀去拜訪蘇軾，蘇軾問他，有何近作？秦觀隨口唸出自己的新作〈水龍吟〉：「小樓連苑橫空，下窺繡轂雕鞍驟……」

蘇軾皺皺眉，打斷他。說：「十三個字，只寫得一個人騎馬樓下過！」

秦觀不服氣：「十三個字，能寫多少意思？」

蘇軾神色一整，道：「某也有十三個字請教！」

他念的是〈永遇樂〉中的句子：「燕子樓空，佳人何在？空鎖樓中燕。」

晁補之爲之嘆服：「這十三個字，寫盡了張建封和關盼盼的一段故事！」

秦觀也不能不甘拜下風。

李清照批評秦觀：「秦即專主情致，譬如貧家美女，非不妍麗，終乏富貴態。」

說來也不算太冤枉他。

有情還似無情

秦觀在京師時，納一姬妾邊氏，名朝華。兩人十分恩愛，秦觀作詩贈她：

天風吹月入闌干，烏鵲無聲子夜閒。織女明星來枕上，了知身不在人間。

過了三年，秦觀萌修道之念。認爲朝華在側，妨礙他修眞得道。便遣人喚朝華的父親來，叫朝華隨父回家，另行嫁人。朝華臨別悲泣不已，他又作詩：

月霧茫茫曉柝悲，玉人揮手斷腸時。不須重向燈前泣，百歲終當一別離。

朝華回家後，終日涕泣。不肯另嫁別人，一心只想回秦觀身邊。她父親不得已，只得求秦觀收回成命。秦觀見她癡情，心中不忍，又接她回來。

後來，被任命為杭州通判。半路上，與道友談論修道的事，以為美色當前，是修道的魔障。又命人喚朝華的父親來，帶她回家。再度作詩相送：

玉人前去卻重來，此度分攜更不回。腸斷黿山別離處，夕陽孤塔自崔巍！

不久元祐黨禍起，他便被謫竄南荒去了。看他對待朝華，眞不知此人是多情還是薄情！

秦少游是個大鬍子

秦觀詞，被稱「婉約之宗」，極婉秀清麗。因此，想當然耳的，在一般人心目中的「扮相」，應該是英俊瀟灑，而富書卷氣的「小生」。根據「蘇小妹」故事所編的戲《賺文娟》，也是以小生「俊扮」秦少游。

事實上呢，秦少游是有「髯秦」之稱的大鬍子。初見他的人，往往因他與想像中的模樣不同而爲之失笑。晁補之就曾以此爲題，加以調侃。

他有些發窘，解嘲說：「君子多乎哉？」

蘇軾在一旁，對了下聯，說：「小人樊須（鬚）耳！」

一時，滿座哄堂大笑。

詞讖

秦觀曾作過一闋〈好事近〉：

春路雨添花，花動一山春色。行到小溪深處，有黃鸝千百。

飛雲當面化龍蛇，夭矯轉空碧。醉臥古藤陰下，了不知南北。

宋哲宗時，他坐元祐黨籍，一再貶謫。最後，到了藤州。一日，醉酒，躺在光華亭上休息。口渴，向人要水喝。等人家拿了水來時，他看著笑笑，便斷氣了。當時人便說：是「醉臥古藤陰下，了不知南北」一詞成讖！

人醜詞美的賀梅子

——賀鑄——

賀鬼頭．賀梅子

賀鑄，字方回，晚年自號「慶湖老人」。衛州（今河南汲縣）人。他是宋太祖追封的孝惠皇后賀氏族人，也算得是「皇親國戚」。據形容，他身高七尺，臉色鐵青，英氣逼人。眉目聳拔，相貌甚為醜陋。因而外號叫「賀鬼頭」。

人醜，詞卻極美。尤其〈青玉案〉一詞，更是膾炙人口。一代文宗蘇軾都曾依韻和過。

凌波不過橫塘路。但目送、芳塵去。錦瑟年華誰與度？月臺花榭，瑣窗朱戶，惟有春知處。碧雲冉冉蘅皋暮，彩筆新題斷腸句。試問閒愁都幾許？一川煙草，滿城風絮，梅子黃時雨。

此詞傳唱極廣，因此，他又得到另一個外號：「賀梅子」。他的朋友，笑指著他的頭髮道：「賀『梅子』在這兒呢！」

原來，他的頭髮稀少，束成髮髻，只有梅子大！

任俠使氣

賀鑄爲人任俠使氣。不管什麼權貴，他罵起來絕不容情，全不留餘地。尤其看不得貴家子弟，趾高氣揚，仗勢欺人，卻行事齷齪。

他在太原爲官。當地有個貴介公子，仗著家裡的權勢，盛氣凌人。卻又貪贓賣法，爲非作歹。

他把那人叫來，帶至密室，摒退左右。手中持杖，邊打邊問：「你在某時，盜用某物。在某時，貪取某財。有沒有此事？」

這些不法之事，他早調查得一清二楚。人證物證齊全，不容狡辯。那自恃貴家出身的紈褲子弟，只有哀哀求饒認錯。他才大笑，惡狠狠地告誡一番，放人回去。豪門權貴，因此對他又恨又怕，又無可奈何。

也有人想籠絡結交他。他不想來往的，說不見，就不見！可是遇到氣味相投的，卻又是另一番光景。

當時，和他性情最相近，氣味最相投的人，是有「米顚」之稱的米芾。這二人相遇，立刻你一言，我一語。瞋目抵掌，論辯不休。而且，棋逢敵手，將遇良材，誰也折服不了誰。

二「怪」相遇，也一樣惺惺相惜呢！

驅策古人筆下奔

他從小好學，最喜校閱圖書。校書用的丹黃不去手。又博聞強記，滿腹文章典故。信手拈來，化入詞中，便成絕艷。曾自負道：「我常在筆端，驅使李商隱、溫庭筠，使他們疲於奔命！」

他詞風的深婉麗密，有如錦繡。的確也不下於李商隱、溫庭筠呢！

芭蕉不展丁香結

他長得雖醜，卻也有愛慕他的文才，不嫌他醜的「紅顏知己」爲他傾心。這位紅顏知己，曾在別後寄詩給他：

獨倚危欄淚滿襟，小園春色嬾追尋。深恩縱似丁香結，難展芭蕉一寸心。

賀鑄最善於化前人詩句入詞，爲賦〈石州引〉：

薄雨收寒，斜照弄晴，春意空闊。長亭柳色才黃，倚馬何人先折？煙橫水漫，映帶幾點歸鴻，東風消盡龍荒雪。猶記出關來，恰如今時節。

將發。畫樓芳酒，紅淚清歌，便成輕別。回首經年，杳杳音塵都絕。欲知方寸，共有幾許新愁，芭蕉不展丁香結。憔悴一天涯，兩厭厭風月！

當然，這又成了他的傳世名作！

皇帝的「情敵」

—周邦彥—

顧曲周郎

周邦彥，字美成，號清眞居士。北宋錢塘（今浙江杭州）人。是北宋詞壇「集大成」的名家。

他和賀鑄一樣，善化前人詩句入詞。而更勝於一般詞家的是：他妙解音律。自額堂名爲「顧曲」，又正巧與「曲有誤，周郎顧」的周瑜同姓。因此，時人目之爲「顧曲周郎」。在北宋末代詞名極盛。移宮換調，更爲拿手。

中國音樂有五音（宮、商、角、徵、羽）、十二律（黃鐘、太簇、姑洗、蕤賓、夷則、無射、林鐘、南呂、應鐘、大呂、夾鐘、中呂）。排列組合，形成不同曲調。猶如西洋大調、小調等。

大多數文人塡詞，因不通音律，都把音律的部分，交給樂工。往往是一調到底。周邦彥佔了妙解音律的便宜。他不但自註曲調，還常一詞中，由這調轉那調。「犯調」，自他而始。他曾作了一詞，名，〈六醜〉：

正單衣試酒，悵客裡光陰虛擲。願春暫留，春歸如過翼。一去無跡。為問花何在？夜來風雨，葬楚宮傾國。釵鈿墮處遺香澤。亂點桃蹊，輕翻柳陌。多情為誰追惜。但蜂媒蝶使，時叩窗槅。

東園岑寂。漸蒙籠暗碧。靜繞珍叢底，成嘆息。長條故惹行客。似牽衣待話，別情無極。殘英小，強簪巾幘。終不似、一朵釵頭顫裊，向人敧側。漂流處，莫趁潮汐。恐斷紅、尚有相思字，何由見得？

詞牌命名爲〈六醜〉。時人均不解其意。他說：「這詞，犯六調皆聲之美者，極爲難唱。因而命名〈六醜〉」

從「疏雋少檢」，到「望如木雞」

年輕時代的周邦彥，風流浪漫，率性疏狂，不受拘檢約束，因而不爲鄉里推重。而且是相當急功近利，銳意進取的。他二十四歲至汴京，入太學，爲「太學生」。神宗元豐初年，銳意革新。周邦彥獻〈汴都賦〉，歌功頌德。神宗一見，龍心大悅。立時拔擢爲「太學正」；就不是「學生」，而是學官了。

神宗是主張新法的。〈汴都賦〉歌頌神宗，也等於歌頌新法。到神宗駕崩，他的母親高氏以「太皇太后」臨朝。大量起用舊黨老臣時，他就失意了。

他失意的另一個原因，卻是他並非由正途的「進士」入仕。宋代仕途以進士爲貴，他等於是「走後門」入仕的，沒有參加進士科考，也沒有「進士」資格，就相當的吃虧。而且，雖有文才，卻沒有政治上的特殊表現，當然也就不爲朝廷執政重視。卻也因如此，他置身於新舊黨爭的外圍。波及雖不免，迫害卻也輪不到他。

冷眼旁觀新舊黨爭的他，卻因而得了「政治恐懼症」。晚年竟然由布衣干祿的躁進，到委順知命，人望之，呆如「木雞」。這種改變，也眞太大了。

皇帝的「情敵」

傳說，周邦彥、李師師、徽宗皇帝之間，還演出過一齣微妙的「三角戀愛」故事。

北宋汴京極其繁華。勾欄瓦舍，櫛比鱗次。青樓第一名妓是李師師。秦觀曾有詩相贈：

遠山眉黛長，細柳腰肢裊。妝罷立春風，一笑千金少。歸去鳳城時，說與青樓道：看遍穎川花，不似師師好。

連徽宗皇帝都慕其艷名，不時微服相訪。

李師師身價如此，眼高於頂。唯一令她傾心的，就是風流詞客周邦彥。才子佳人，兩情相悅。厭倦風塵的李師師，一心想脫籍從良，嫁給周邦彥。宋徽宗的出現，把事情弄複雜了。李師師愛的是周邦彥，卻又有誰敢得罪皇帝？只有虛與委蛇。

有一天，周邦彥往訪李師師。兩人正在談笑，宋徽宗不速而至。周邦彥走避不及，只好躲到床下。無意聽到了宋徽宗與李師師調笑的綿綿情話。撚酸之餘，心情很差，就到京師最有名的「樊樓」去買醉，喝酒發洩。

當時另一位著名的歌妓申宜奴，也對他十分仰慕，想在他面前獻唱。提出了許多他的名作，他卻這也不好，那也不好。申宜奴說：「那，只有請你作一闋新詞了！」他正在醉中，又一肚子悶氣。就把皇帝與李師師調笑的內容，鋪陳出一闋〈少年遊〉：

> 并刀如水，吳鹽勝雪，纖手破新橙。錦幄初溫，獸香不斷，相對坐調笙。
> 低聲問：向誰行宿？城上已三更。馬滑霜濃，不如休去，直是少人行。

申宜奴非常開心，能「首唱」他的詞，眞是「榮幸」之至。找了樂工伴奏，當席演唱。申宜奴本來就是當紅的名歌妓，又唱的是周邦彥的新詞，一下整個樊樓的人都驚動了。本來他的詞就是一詞既出，馬上傳唱九城的。更何況，首唱的地點在京師第一的酒樓！等他酒醒，〈少年遊〉已經成了當紅的「流行歌曲」。

他自己也知道惹禍了！但〈少年遊〉已傳唱遍及京師，收不回來。不久，就傳入了宮禁。別人聽不懂，只認爲是一般男女之間的情話綿綿。聽在徽宗耳中，當然心知肚明。一怒之下，下令把周邦彥即日押出「國門」（京師城門）。李師師趕往相送，依依惜別。宋徽宗又往訪李師師，不料撲了個空。李師師夜深才回來。皇帝責問她去那兒了？她也不隱瞞，說是給周邦彥送行。徽宗問她，周邦彥臨別可有新詞？她即席演唱她帶回的新詞〈蘭陵王〉：

柳陰直，煙裡絲絲弄碧。隋堤上，曾見幾番，拂水飄綿送行色。登臨望故國，誰識天涯倦客。長亭路，年去歲來，應折柔條過千尺。

閒尋舊蹤跡。又酒趁哀絃，燈照離席。梨花榆火催寒食。愁一箭風快，半篙波暖，回頭迢遞便數驛。望人在天北。

悽惻。恨堆積。漸別浦縈迴，津堠岑寂。斜陽冉冉春無極。念月榭攜手，露橋聞笛。沉思前事，似夢裡，淚暗滴。

徽宗畢竟是個藝術行家。聽到詞中「斜陽冉冉春無極」之句，顯然周邦彥並沒有怨恨，大爲感動。不但赦回，還任命他爲「大晟樂正」，重用他音律之才。

賭書潑茶的收藏家夫妻

——李清照——

名門之女，權奸之媳

李清照，號易安居士。她的父親是禮部員外郎李格非；李格非的文章，曾受賞於當代文宗蘇軾，與廖正一、李禧、董榮，有「後蘇門四學士」之名。她的母親，是王拱辰的孫女；王拱辰是「狀元」出身，其才學可以想見。所以，李清照可說是得到父母雙方優異的先天遺傳，和後天薰陶的。在風氣保守的當時，一個女子，若非如此家學淵源，再具有優越的稟賦，恐怕也就被埋沒了。這一點，不能不說是李清照之幸，中國文學之幸。

當時，有一個太學生趙明誠，幼時曾作過一個夢。夢見讀一本書，書上只有三句話：「言與司合，安上已脫，芝芙草拔」。他醒來後，還記得清清楚楚，可是怎麼也解不開其中的奧妙。便去問他的父親趙挺之。趙挺之想了一下，說：「言與司合，是個『詞』字。安上已脫，安去掉上面的寶蓋頭，是個『女』字。芝芙草拔，是把芝、芙兩字的艸字頭去掉，是『之』、『夫』兩字。合起來就是『詞女之夫』，看來，你將來會娶一個擅長塡詞的才女做妻子。」

這個夢，後來應驗了：他娶的妻子，正是「中國婦女文學史」上排名第一的女詞人：李清照！

趙挺之是個利慾薰心的人。最初，以諂事章惇進用，後來又依附蔡京、蔡卞。在二蔡失勢後，又巴結曾布，是個十足的小人。新黨得勢，更迫害元祐黨人不遺餘力，他連親家李格非也不放過。李清照非常難過，以「何況人間父子情」的詩句表達心中的悲痛。

後來趙挺之入閣拜相，所作所爲，倒行逆施。李清照十分不齒，又作詩勸諫，有：「炙手可熱心可寒」之句。夾在公公和父親政治立場對立的夾縫中，她的處境，也眞是難堪呢。

人間佳偶

趙挺之雖然是個奸佞，他的小兒子趙明誠和他的父親心性完全不一樣。他的父親恨元祐黨人入骨，陷害不遺餘力。他卻極愛有「元祐首惡」之名的蘇軾及其門人黃庭堅的文章書法，搜求不遺餘力。使他的父親極不諒解，因而失去老父歡心。也許因此，他反而可以沒有心理負擔的，和他志同道合的妻子，去做在別人看來是「玩物喪志」的金石搜集整理的工作。

就前人記載來看，趙明誠雖出身宦門，也許是失歡於父親的緣故，他們夫婦的生活，並不寬裕。尤其他們新婚時，趙明誠還是太學生，沒有俸祿，又醉心於金石書畫。於是，在逢朔望，放假的時候，他們竟還典當衣服，換了半千錢，到當時文物買賣集中地「大相國寺」去「尋寶」。買些碑文、水果回家，邊吃水果邊展玩古玩。他們於物質生活無所求，自稱是「葛天氏之民」（遠古理想社會治下的人民）。在精神生活上，卻無疑是極豐足的。

他們在〈金石錄後序〉中記述當時的生活情趣：李清照博學強記，吃過了飯，回到他們的書齋「歸來堂」中，玩他們最愛玩的遊戲：「賭書」。

泡兩杯茶，提出一句前人詩、文中的句子。指著架上堆積的書史，猜這一句話，在那一本書的第幾卷、第幾頁、第幾行中。猜中了，才能喝茶。可是，猜中的人，往往因而高興的大笑，而打翻了茶杯。把茶水潑了一身，反喝不成了。這一種生活，恐怕也只有這樣的「葛天氏之民」才能享有。也留下了「賭書潑茶」的典故，為後人忻慕。

他們沒有錢，但古玩、書畫這一行的商人，都知道，他們是喜歡並懂得古玩書畫的行家。有什麼好貨色，都會先想到請他們鑒賞。曾有人拿了徐熙畫的《牡丹圖》來兜售。他們非常喜愛，但因湊不出二十萬錢，只好把畫還人家，為之悵然久久。可知他們並不是一般「附庸風雅」，而是眞正的鑒賞兼收藏家。

可惜他們辛苦搜集、整理的文物，在宋朝南渡的離亂中，無法全數攜帶，大部分留在青州。本擬以後再設法南運。不料，青州陷於金兵之手，一把火，把這些珍貴的文物，燒得精光。不但對他們，對整個中國文化而言，也眞是一次「浩劫」了。

統領風騷，目無餘子

李清照對塡詞一道，極其自負。當代極負盛名的詞家，沒有一個能在她眼裡。她在〈詞論〉中，指名道姓的批評有宋以來的名家：柳永是「雖協聲律，而詞語塵下」，宋祁等是「雖時有妙語，而破碎何足名家」；晏殊、歐陽修、蘇軾是「學際天人，作小歌詞，直如酌蠡水於大海。然皆句讀不葺之詩耳，又往往不協音律」；王安石、曾鞏是「文章似西漢，著作小歌詞，則人必絕倒，不可讀也」；晏幾道「無鋪敘」；賀鑄「少典重」；秦觀「專主情致，而少故實。譬如貧家美女，雖極妍麗豐逸，而終乏富貴態」；黃庭堅「即尚故實，而多疵病，譬如良玉有瑕，價自減半矣」。

由此可見她的自負，和目無餘子。但，有些人是只會批評別人，自己卻拿不出足以服人的作品，來證明自己的確有勝人之處。李清照卻不僅有自己的見解與論述，而且以她的詞集《漱玉詞》，證明了自己並不是空口說白話，亂放炮的批評別人而已。這一點，倒不能不令眾鬚眉甘拜下風。

珠聯玉綴《漱玉詞》

李清照的《漱玉詞》中，名篇佳句不勝枚舉。如：

〈如夢令〉

昨夜雨疏風驟，濃睡不消殘酒。試問捲簾人，卻道海棠依舊。知否，知否？應是綠肥紅瘦。

常記溪亭日暮，沉醉不知歸路。興盡晚回舟，誤入藕花深處。爭渡，爭渡，驚起一灘鷗鷺。

〈一剪梅〉

紅藕香殘玉簟秋。輕解羅裳，獨上蘭舟。雲中誰寄錦書來，雁字回時，月滿西樓。

花自飄零水自流。一種相思，兩處閒愁。此情無計可消除，才下眉頭，卻上心頭。

〈添字采桑子〉

窗前誰種芭蕉樹？陰滿中庭；陰滿中庭，葉葉心心、舒卷有餘情。

傷心枕上三更雨，點滴淒清；點滴淒清，愁損北人、不慣起來聽！

〈武陵春〉

風住塵香花已盡，日晚倦梳頭。物是人非事事休，欲語淚先流。

聞說雙溪春尚好，也擬泛輕舟。只恐雙溪舴艋舟，載不動、許多愁。

〈醉花陰〉

薄霧濃雲愁永晝，瑞腦消金獸。佳節又重陽，玉枕紗幮，半夜涼初透。

東籬把酒黃昏後，有暗香盈袖。莫道不消魂，簾卷西風，人比黃花瘦。

〈臨江仙〉

歐陽公作《蝶戀花》，有「深深深幾許」之句，予酷愛之。用其語作「庭院深深」數闋，其聲即舊〈臨江仙〉也。

庭院深深深幾許，雲窗霧閣常扃，柳梢梅萼漸分明，春歸秣陵樹，人老建康城。感月吟風多少事，如今老去無成，誰憐憔悴更雕零，試燈無意思，踏雪沒心情。

庭院深深深幾許，雲窗霧閣春遲，為誰憔悴損芳姿。夜來清夢好，應是發南枝。玉瘦檀輕無限恨，南樓羌管休吹。濃香吹盡有誰知，暖風遲日也，別到杏花肥。

〈漁家傲〉

天接雲濤連曉霧，星河欲轉千帆舞；彷佛夢魂歸帝所，聞天語，殷勤問我歸何處。

我報路長嗟日暮，學詩漫有驚人句；九萬里風鵬正舉，風休住，蓬舟吹取三山去。

最爲人稱賞的，應是〈聲聲慢〉：

尋尋覓覓，冷冷清清，淒淒慘慘戚戚。乍暖還寒時候，最難將息。三杯兩盞淡酒，怎敵他、晚來風急？雁過也，正傷心，卻是舊時相識。

滿地黃花堆積。憔悴損，如今有誰堪摘？守著窗兒，獨自怎生得黑？梧桐更兼細雨，到黃昏、點點滴滴。這次第，怎一個愁字了得！

信手拈來，這些如珠聯玉綴的詞，有多少當代詞人，能與她爭勝？她的丈夫也曾有不服氣的念頭，嘔心瀝血的塡了五十餘闋詞，把李清照寫的的〈醉花陰〉也夾雜在內，請他的朋友陸德夫品評。

陸德夫一一諷誦後，指出：「最好幾句是：『莫道不銷魂，簾捲西風，人比黃花瘦』」正是李清照〈醉花陰〉中的句子。使趙明誠不能不心服口服，再也不敢和「娘子」比了。

折翼之痛，再嫁之疑

「彩雲易散琉璃碎」，李清照和趙明誠這樣的神仙眷屬，也只合遭天嫉。在南渡後，生活才安定下來。趙明誠放湖州太守，未上任，一病而亡。國難家禍，接踵而至。上天對這一才華絕世的才女的磨難，卻還未完結。趙明誠死後，卻捲入了一項通敵疑案中；他死前，曾有一個學生張飛卿，拿了一只玉壺請他鑒賞，不知何故，卻訛傳成趙明誠以此向金國輸誠通敵。

李清照憂怖驚恐，急於向皇帝說明此事，洗刷冤屈。便攜了劫餘僅存的文物，一路隨著流亡的人群，追趕宋高宗而去。當時，宋朝風雨飄搖，從她〈上樞密韓公、工部尚書胡公〉的詩中，可以讀出其中的淒苦萬狀：

子孫南渡今幾年，飄流遂與流人伍。欲將血淚洗山河，去灑青州一抔土。

這樣的晚境，又豈是她在寫早年那些唯美婉約的詞章時，所曾料及？

而在她如此淒苦的晚年，還在名節上蒙受了至今仍聚訟紛紜的羞辱：在一些筆記中記載，她晚年改嫁了一個極不堪的傖夫張汝州，後來還打離婚官司，宋高宗「詔離之」。後人有辯詞：「南渡倉惶，海山奔竄。乃為一駔儈之婦，再降玉音？宋之不君，未應若此。」的確，在當時那流離顛沛的時候，皇帝還會爲這樣無聊的小事下詔，也眞太離譜了。也有人好像有憑有據的說，她自己寫的什麼信裡如何，當時的人怎麼說。而不知道想要糟蹋一個人，冒名寫些文章，硬「貼」給她，說是她寫的，太容易了！現代又何曾少了這些「說得像眞的一樣」惡意詆毀的「把戲」？

她有一首晚年作的詞〈清平樂〉，頗似自喻：

年年雪裡，常插梅花醉。挼盡梅花無好意，贏得滿衣清淚。
今年海角天涯，蕭蕭兩鬢生華。看取晚來風勢，故應難看梅花。

就人之常情而論，以李清照的心高氣傲，以她和趙明誠的鶼鰈情深，以她能爲了替趙明誠雪冤，不辭「與流人伍」，去追蹤宋高宗。其堅貞剛烈，可以想見。絕不是尋常「弱女子」，不能自己獨立謀生，必得再嫁以圖晚年。

這樣一個眼高於頂，自矜才華，目無餘子。且已年逾四十的才女，再嫁已不可思議，還能再嫁一所謂的「駔儈」？李清照再沒眼光，再沒骨氣，也斷不致此吧？

我們並不以女子再嫁爲可恥。只無法相信，能寫出〈夏日絕句〉：

生當作人傑，死亦為鬼雄，至今思項羽，不肯過江東。

像這樣心性的人，會「窩囊」苟且到那一地步！

震驚天下的「請斬秦檜」——胡銓——

請斬秦檜以謝天下

胡銓，字邦衡，南宋廬陵人（今江西吉安）。高宗建炎二年進士。紹興時，因宋高宗的包庇，秦檜聲勢極爲寧赫，把持國柄，一力主和。有識之士心憂而不敢言；深恐因而得罪。胡銓，稟一腔忠憤，冒斧鉞加身之險，上書朝廷。這篇〈戊午上高宗封事〉的主旨是：「請斬秦檜以謝天下！」文章中所表現的忠愛之忱，忠憤之氣，眞是擲地有聲！

……劉豫臣事醜虜，南面稱王，自以為子孫帝王萬世不拔之業。一旦醜虜改慮，捽而縛之，父子為虜。商鑑不遠，而倫又欲陛下效之！

夫天下者，祖宗之天下也；陛下所居之位，祖宗之位也！奈何以祖宗之天下為犬戎之天下，以祖宗之位為犬戎藩臣之位？陛下一屈膝，則祖宗廟社之靈，盡汙夷狄；祖宗數百年之赤子，盡為左衽；朝廷宰執，盡為陪臣；天下之士大夫，皆當裂冠毀冕，變為胡服！異時豺狼無厭之求，安知不加我以無禮如劉豫者哉？夫三尺童子至無知，也指犬豕而使之拜，則怫然怒。今醜虜，則犬豕也。堂堂天朝，相率而拜犬豕，曾童稚之所羞，而陛下忍為之耶？

……

雖然，倫不足道也。秦檜以腹心大臣，而亦為之。陛下有堯舜之資，檜不能致陛下如唐虞，而欲導陛下為石晉。近者禮陪侍郎曾開等，引古誼以折之。檜乃厲聲曰：「侍郎知故事，我獨不知！」則檜之遂非愎，已自可見！而乃建白令臺諫從臣僉議可否，是明畏天下之議己，而令臺諫從臣共分謗耳！有識之士，皆以為朝廷無人。吁，可惜哉！孔子曰：「微管仲，吾其披髮左衽矣！夫管沖，服者之佐耳！尚能變左衽之區。為衣裳之會。秦檜，大國之相也！反驅衣冠之俗，歸左衽之鄉。則檜不稚陛下之罪人，實管仲之罪人矣……

臣備員樞屬，義不與檜等共天；區區之心，願斬三人頭（秦檜、孫近、王倫），竿之藁街，然後羈留虜使，責以無禮，徐興問罪之師，則三軍之士，不戰而氣自倍。不然，臣有赴東海而死耳；寧能處小朝廷求活耶！小臣狂妄，冒瀆天威。甘俟斧鉞，不勝隕越之至！

那時，本來因著岳飛、韓世忠的奮力抗金，情勢甚是有利，本不必卑屈求和。只因秦檜與金方有「默契」，高宗又有「徽、欽若返，置朕何地」的憂慮，因而與秦檜沆瀣一氣。

傳言，他曾築「思堂」。孝宗問他：「所思者誰？」已傳位孝宗，自己爲太上皇的高宗猶答：「思秦檜！」

堂堂一國之君，不思在異鄉胡地受苦受難的父母、手足，而思秦檜！可知當時秦檜恩遇之隆。胡銓以一微官，上書請斬秦檜！那眞是轟轟烈烈，令天下震動的事！連金國都以千金購得此文，傳回金國。君臣讀後，相顧失色。道是「南朝有人」呢！

後人譏嘲秦檜：「專柄十九年，就只成就了一個胡邦衡的忠名！」

事實上，當時秦檜是要殺胡銓的。後來他的屬下勸他：「若殺胡銓，反等於替他宣傳，成就他的不朽之名！」

胡銓因而幸得不死，只被貶竄於新州了事。

高下早定

胡銓在太學時，有兩位同窗。一個是李東尹，一個是羅欽若。三個人十分友好。住在一起，時時相互切磋。當時的人都認爲，他們的才學相當，不分高下。到了及第之後，胡銓做到侍從，李東尹做到中大夫。只有羅欽若，只做到正郎的小官。

有人頗爲羅欽若不平。因爲，羅欽若曾在考試時，提醒胡銓避開諱字——科舉時，歷代皇帝的名字，依例都要避諱，不得使用。否則便可能因一字之諱而落第。

羅欽若本人倒十分坦然。說：「人的才能本有高下。在我們三人同窗時，我就知道高下的次序了！」

問起原因。他笑道：「有一天，廚子請假，我們三個人，只好自己下廚做飯吃。胡邦衡最能幹，能操刀切肉。李東尹呢，他也不錯，他會和麵做餅。只有我，什麼也不會，只會燒火。如今看來，官職大小，豈不早就依此而定了？」

卜者之言

胡銓上書請斬宰相秦檜以謝天下。消息傳出，天下人都認爲他死定了！甚至傳出他已被殺的消息。

一個賣卜的相士卻道：「胡公沒有死！也不會死。若干年後，他還要回朝廷執政呢！」當時秦檜的權勢傾天，因此沒人相信他的話，都斥爲「信口雌黃」。這相士便大街小巷的貼招帖，斷言如此。道：「我留下招帖，以爲他日驗證！」

七年後，秦檜死。胡銓果然生還，而且還入朝執政。卜者之言，一一驗證。

一曲〈金縷〉送君行

胡銓得罪，天下雖都敬佩他的勇氣和風骨。但怕受牽累，也是人之常情。大多數人，也只有遠遠躲開，怕惹禍上身。

他的詞人朋友張元幹，卻不顧一切。親自送行不說，還作了一闋詞〈金縷曲〉送行：

夢繞神州路。悵秋風，連營畫角，故宮離黍。底事崑崙傾砥柱，九地黃流亂注。聚萬落千村狐兔。天意從來高難問，況人情易老悲如許。更南浦，送君去。

涼生岸柳銷殘暑。耿斜河，疏星淡月，斷雲微度。萬里江山知何處，回首對床夜語。雁不到，書成誰與？目盡青天懷今古，肯兒曹恩怨相爾汝？舉大白，唱金縷。

這一闋題爲〈送胡邦衡謫新州〉的詞，慷慨悲憤，立時傳唱天下。張元幹也因此受連累丟官。但丟官不過是一時的榮辱，此詞，卻傳世不朽呢！

男子要爲天下奇

除了張元幹，另一個以文字受胡銓牽累的是七旬老人王庭珪；他作詩相送。詩云：

囊封初上九重關，是日清都虎豹閒。百辟動容觀奏牘，幾人回首愧朝班。名高北斗星辰上，身墮南州瘴海間。豈待他年公論出，漢廷行召賈生還。

大廈原非一木支，欲將獨力拄傾危。癡兒不了公家事，男子要為天下奇！當日姦諛皆膽落，平生忠義只心知。端能飽吃新州飯，在處江山足護持。

秦檜大怒，將王庭珪流放到夜郎。到秦檜死，他哈哈大笑，又作詩一首：

夜讀文公猛虎詩，如何虎死忽悲啼？人生未省向來事，虎死方羞向所為。

昨日猶能食熊豹，今朝無計奈狐狸。我曾道汝不了事，喚作癡兒果是癡！

天下公論，任你權奸，亦難一手遮天。但，世代逐利爭權的人，總是難免「癡兒」之譏，自以爲是！

榮歸故國

孝宗立，招還爲秦檜陷害的忠良之士。對胡銓，更格外恩遇，以褒揚他的忠義。在內殿秘閣之上，親設御宴招待他。除了親自酌酒勸飲外，還命宮妃唱胡銓所作的詞助興。告訴他：「你昔日的奏書，朕又重新找出，一再重讀，爲之嘆賞。只可惜上面被秦檜批註污損了。特命良工，分行裁去。把你原文，細加裱褙。以留給後世子孫做榜樣！」

人生不滿百。一時權勢，又待如何？走進歷史之後，是留芳百世，還是遺臭萬年，實也在一念之間呀！

國舅不敵的紫府仙
——張孝祥——

天子門生　丞相仇敵

張孝祥字安國。自號「于湖居士」，烏江（今安徽和縣）人。

紹興二十四年，適逢南宋舉辦進士春試。那一年，秦檜的孫子秦塤，也參加進士考試。秦檜一心希望自己的孫子得中「狀元」。所以，利用權勢打壓，把所有可能威脅到孫子得狀元的舉子，都在殿試前刷掉，不讓他們有攪局的機會。陸游就是「被害人」之一。他以為如此，「狀元」就穩穩當當是他秦家的囊中之物了。

在「會試」時，秦塤名列第一，張孝祥排名第七，也因而倖免於難。到殿試時，所有考卷，都必須上呈天子親自過目，才正式的決定名次。偏偏高宗皇帝看到張孝祥的卷子的策論、書法都非常好，欣賞之餘。特意抽上來，欽點第一名「狀元」。秦檜處心積慮，偏偏人算不如天算；他已經是「一人之下，千萬人之上」的宰相了。偏偏就是這個他唯一惹不起的人做的決定！使他恨得牙癢癢，而無可奈何。到廷對賦詩，張孝祥的詩又特別清新雋永，更把秦塤壓得面上無光。

依例，新科進士要晉見宰相。秦檜端著宰相架子問張狀元：「皇上不但喜歡狀元的策論，也喜歡狀元的詩和書法。說是策論、詩、書三絕。但不知，狀元詩宗哪家？」

張孝祥回答：「杜工部（杜甫）。」

「那，書法呢？」

「顏魯公（顏眞卿）。」

秦檜皮笑肉不笑，冷哼道：「哼！天下好事，全教狀元占盡了！」

父以子貴命中定

張孝祥的父親張祁，是個才氣過人，又積極進取的人。每次見到老朋友，正居高位的湯思退，就毛遂自薦。希望派他個好官做。

湯思退給糾纏的沒辦法。正好張孝祥狀元及第後，任中書舍人，轉直學士。就笑著向張祁說：「老兄別急，我已經替你想好一個最適合你的官職了！」

張祁大喜，忙問：「是什麼官？」

「除了太師尚書令，還有其他更合適的嗎？」

氣得張祁直瞪眼；原來，「太師尚書令」是宋朝制度上封贈輔臣之父的虛銜。湯思退等於是告訴他：「你自己，死了心吧！等著你兒子當上輔臣，你去做「老封君」好了！」

公私分明老太爺

張孝祥在撫州任知州時，把父親張祁接到任上奉養。一天，這位老太爺要發書（寄信），在書齋中高喊：「拿硃筆來！」兩個小吏應聲進入書齋伺候。張祁上下打量，問：「你們是誰？」其中一個恭聲回道：「小人們是府衙中的書表司。聽到老太爺呼喚，前來伺候老太爺發書。」

張祁揮手，叫他們下去：「請你們知州來！」

張孝祥聽說父親呼喚，那敢怠慢？連忙趕到書齋，問父親有什麼事？張祁道：「撫州書表司，是服侍你的公職人員，我怎麼能使喚？你是我兒子，我要發書，當然應該是你來伺候才對！」

張孝祥連聲稱「是」。侍立一旁，伺候老爹把信寫好，封題完畢，才斂手退出。

在那時代，如此公私分明的老太爺，可眞不多呢！

潤筆紅羅一百匹

張孝祥在京口做官，期滿，已交接了。正好「多景樓」落成。因爲張孝祥以書法聞名，新任太守請他題「多景樓」匾額。按例，由公庫支二百兩銀子爲潤筆。張孝祥卻笑著說：「我不要銀子，只要一百匹紅羅。」

然後他大張宴席，把京口所有名妓都請到了；宋代官場宴會，請聲妓歌舞侑酒，是合法且理所當然的事。但也只限於此，不允許官員和聲妓有苟且私情。

酒酣耳熱，他興高采烈的索筆填詞，讓這些名妓合唱，熱鬧非常。唱畢，他就把這一百匹紅羅，當作「纏頭」，分贈她們。賓主盡歡而散。

國舅不敵紫府仙

西湖南山慈雲嶺下，有一水池，池水甘冽清澈。池子附近有座廟。因爲張孝祥是當時著名的大書法家，有「紫府仙」之譽。寺僧就特別請張孝祥題了一塊匾額，上書「鳳凰池」。

有一天，有位國舅夏執中到廟裡遊玩。這位夏國舅，是當朝皇后的弟弟。不學無術，又愛附庸風雅。見到這塊匾，竟然馬不知臉長，道：「這個匾寫得不好！我來寫，把這塊匾換了！」

因他是國舅，得罪不起，寺僧敢怒而不敢言。也只好取下張孝祥寫的匾，換上夏國舅寫的。

不久，宋孝宗駕幸此寺遊玩。他以前來過，也曾見過張孝祥寫的匾，十分欣賞。這次來，一看，怎麼換了夏國舅的？問：「這是怎麼回事？原先的匾呢？那兒去了？」

寺僧苦著臉，一五一十奏明原委。孝宗問：「原來的匾，還在嗎？」

寺僧忙道：「在！在！」

孝宗笑命：「把原匾拿來掛上！夏執中寫的匾，只配劈了當柴燒！」

寺僧大喜，競呼「聖明」！「紫府仙」之名豈是浪得的？

才子獻詞、元戎罷宴

張浚爲建康留守。在他大張宴席時，張孝祥在座，作〈六州歌頭〉：

長淮望斷，關塞莽然平。征塵暗，霜風勁，悄邊聲，黯消凝。追想當年事，殆天數，非人力，洙泗上，絃歌地，亦羶腥。隔水氈鄉落日，牛羊下，區脱縱橫。看名王宵獵，騎火一川明。笳鼓悲鳴。遣人驚。

念腰間箭，匣中劍，空埃蠹，竟何成？時易失，心徒壯，歲將零。渺神京。干羽方懷遠，靜烽燧，且休兵。冠蓋使，紛馳鶩，若為情？聞道中原遺老，常南望、翠葆霓旌。使行人到此，忠憤氣填膺。有淚如傾。

一腔忠愛悲憤，慷慨激越。使張浚聞之，爲之黯然罷宴。

一曲〈念奴嬌〉千古稱絕唱

張孝祥曾任廣西安撫史。在改官北歸時，近中秋時，由水路經過洞庭湖。在湖光月色中，寫了一闋〈念奴嬌〉，被爲譽爲可以匹敵蘇軾〈念奴嬌〉的千古絕唱。

洞庭青草近中秋，更無一點風色。玉界瓊田三萬頃，著我扁舟一葉。素月分輝。銀河共影，表裡俱澄澈。悠然心會，妙處難與君說。

應念嶺表經年，孤光自照，肝肺皆冰雪。短髮蕭騷襟袖冷，穩泛滄冥空闊。盡吸西江，細斟北斗，萬象為賓客。叩舷一笑，不知今夕何夕！

這一闋氣象萬千的詞，寫出了他的忠貞，也寫出了他的襟抱。可惜這樣一個所到之處都有卓著政聲的愛國詞人，享年不永，才三十八歲時就死了。未盡其才，令當代人爲之嘆惋。

亙古男兒一放翁

——陸游——

世代忠良

陸游，字務觀，晚年自號「放翁」。是越州（今浙江紹興）人。

大家都知道陸游是南宋的「愛國詩人」。他的忠愛，卻可以說是「家傳」的，其來有自。他歷代爲官的祖先們，都爲子孫樹立了忠愛的典範。

他出身於官宦世家。從他的高祖父陸軫起，就一直在朝廷做官。陸軫是一個非常耿介忠直的人，他在擔任館職官的時候，向當時的皇帝宋仁宗陳奏「治亂之道」，講到激動處，用牙笏指著皇帝的寶座說：「天下的奸雄，都虎視眈眈的想奪取這個位子呢！陛下可得好自爲之，別讓人搶了去，才能長久保有！」

一時，使得殿上君臣都爲之失色。賢君宋仁宗並沒有加罪，反而讚嘆：「這陸軫眞是淳樸率眞之士哪！」

他死後，被追贈爲太傅。他的曾祖陸珪，官至國子博士，追贈太尉。

陸游的祖父陸佃，是王安石的學生。卻不肯附和王安石的新法，寧可在冷衙門皓首窮經。到宋徽宗時，更因致力起用「新黨」人士，以致奸佞當道。將當年不支持王安石推行新法的「元祐黨人」，列入「黨人碑」，都貶斥在外。死後追贈太師，可謂「世代忠良」。

陸游的父親陸宰，稟持家風，極具操守。蒐求天下佚書，努力於學術研究。所交遊的，也多屬鼓吹愛國的志士。

陸游出身於這樣學術氣氛濃厚，而且以忠君愛國、有爲有守教化子孫的仕宦世家。無怪乎不但才學出眾，而且愛國情操冠於一時了。

夢秦觀而生

陸「游」，字「務觀」。他的「名」與「字」不是平白取的，而有特別的來歷；他出生的時候，他的父親陸宰，官朝請大夫，正經由水路，到京師去赴任。就在風雨交加的淮水上，船中傳出了清亮的兒啼；陸夫人唐氏分娩，生了一個男孩。接生婆把新生兒用襁褓包好，望望船艙外，高興的說：「夫人！公子多有福氣呀；剛才那麼大的風雨，公子一生，風雨就停了！」

唐氏接過嬰兒，輕輕撫著他的小臉蛋，輕喊：「游兒！」

原來，她在懷孕期間，曾經作過一個夢；夢見「蘇門四學士」之一的秦觀來到他們家裡。她出身書香世家，讀過秦觀的詞，知道秦觀是前輩著名的大詞人。夢醒之後，她把夢告訴了她的丈夫。陸宰很高興：「好呀！說不定這孩子就是秦學士來投胎呢！但希望他帶了他的文才來，可別再捲進什麼黨爭裡了！」

當時就決定：如果是個男孩，就命名為「陸游」，而字「務觀」；也就是以秦觀的字「少游」為名，以名「觀」為字。

曾有人贈詩給他：「直翁未了平生事，不了山陰陸務觀」。陸游讀後，笑著糾正：「我的字『務觀』，『觀』讀去聲（第四聲），你怎麼當平聲（第一聲）來押韻呢？」

秦檜排擠，功名無份

他成名很早。十三歲偶然讀到陶淵明的詩，愛不釋手，連吃飯都忘了。就立志：要做一個「詩人」。他十八歲那年，家裡來了一位「貴客」曾幾，是當代「江西詩派」的大家，也是一位忠愛之士，一直是他的偶像。曾幾讀了他的詩也很高興，傾囊相授，使他不到二十歲時，就成了當代著名的詩人。

當他二十九歲去參加進士考試時，已經有了相當的「知名度」。事實上，在過第一關省試的時候，就被取為「第一」了。不幸的是：就因他這個「第一」而使他「功名無份」。

因為，當時的權相秦檜的孫子秦塤也要參加這一次的會試，秦檜的私心，不但要他考上進士，還希望他能當上「狀元」。因此，把所有可能威脅到他孫子名次的考生，都「做掉」

了！陸游省試第一，當然在被「做掉」之列！

但秦塤得到「狀元」了嗎？沒有！因爲宋朝的制度，最後的「殿試」，雖由考官在閱卷後排列名次，但最後的「決定權」在於皇帝！考官不敢違抗秦檜的意願，所送上的名單，秦塤是第一名「狀元」！可是試卷送到了皇帝手中，皇帝看到名列第七張孝祥的卷子，對他的文章、詩、書法都欣賞極了！毫不猶豫的，就「欽點」張孝祥爲「狀元」！可眞是「大快人心」！

秦檜爲了讓秦塤當狀元，可說是用盡了心機。但雖說他是「一人之下，萬萬人之上」的權相，但總歸還有「一人」在他之上，是他「惹不起」的。至此，也只有徒呼負負。卻也讓受屈的試子們，因此覺得老天有眼「大快人心」！

陸游「非戰之罪」，而失意於功名。直到宋孝宗即位，秦檜失勢，才得以彌補。因孝宗賜他「進士出身」，而進入仕途。

書巢

陸游自幼因家學淵源，喜愛讀書，卻沒有讀畢整理歸還原位的習慣。因此，他的書房亂得不得了。在書房裡，書桌的上下、左右、前後全橫七豎八的堆滿了書。他終日坐在書堆中讀書吟詠，自得其樂。飲食起居，身邊也從來少不了書。

他的朋友來拜訪，要參觀他的書房。站在門口，簡直進不去。好容易登書山、涉書海進去了，又出不來了。賓主相與大笑。

朋友開玩笑的表示，陸游生活在書堆中，就像小鳥生活在枯枝築成的鳥巢中一樣。因此，陸游就爲書房取了個名副其實的名字：「書巢」。

拚卻烏紗、爲國爲民

陸游在仕途上，一直不很得意。主要的原因，是他激進於「恢復中原」的言論，牴觸當時高張的「主和」聲浪。也因此，總受到排擠與斥逐。

他一生曾三度罷官。第一次的罪名是：「交結臺諫，鼓吹是非，力說張浚用兵」。而張浚兵敗，自然「眾惡所歸」，他也成了主和派攻擊的箭靶。

第二次，則是在江西任職，江西遭逢水災。他爲爭取時效，未經許可，便擅自作主，以舟載米賑濟災民，而遭到彈劾。以「擅權」的罪名罷官。

第三度，卻是「文字賈禍」了，表面的原因，是他作了一首〈爲歌姬題扇〉的詩：

寒食清明數日了，西園春事又匆匆。梅花自避新桃李，不為高樓一笛風。

使有「政治敏感症」的權貴認爲他詩中暗寓譏評。乃以「嘲詠風月」的罪名免職。

其實，宋朝對官吏的「吟風弄月」，素來態度十分寬大。雖嚴禁官吏與名列樂籍的官妓有私情，發生男女關係。但調謔吟詠之事，並無禁忌。文學名家如歐陽修、蘇軾，乃至曾身居宰相高位如晏殊、司馬光，都不乏有應歌姬要求，即席題贈，當場謳歌，以期賓主盡歡。或吟風弄月，寄贈抒情的詩詞流傳。陸游獨以此得罪，恐怕是無心踢到權貴的疼腳。而令人「敏感」的原因，也因爲他一向鼓吹恢復中原，是「主和派」權貴的「假想敵」吧？

亙古男兒一放翁

陸游的愛國情操，一直感動著一代代的讀書人。他一生都不算「得意」，甚至每每爲他的「愛國」情操，爲朝廷執政所忌，反而讓他一再捲入政潮，受到了無數的寃屈。

或許也正因此，他更把自己的愛國情操寄託到詩詞裡。陸游一生寫了多少詩？其實無法計算。流傳至今的詩，還有九千三百餘首；其中還沒包括他自己刪除的，和在時間長流中佚散的。其詩作豐富少有人及。清代的梁啓超有〈讀陸放翁集四首〉，其中第一首最有名：

詩界千年靡靡風，兵魂消盡國魂空。集中什九從軍樂，亙古男兒一放翁。

他一生最難忘的一段日子，應是在四川宣撫使王炎幕中參贊軍務的時候。那一段「軍旅生活」，使他的愛國情操得以落實，也更激勵鼓舞了他的雄心壯志。但，整個時代風氣的低迷，並不是少數愛國志士的熱血所能扭轉，終究是壯志難酬。

王炎調任，他的理想抱負又落空了。後來范成大鎮蜀，又邀他爲參議官。兩人雖是從屬關係，但因文字交誼，范成大對他極爲禮遇，卻安慰不了他對時局的失望灰心。因此，走向藉酒澆愁，頹廢自放的消極態度。由他自號「放翁」來看，這頹放的外表之下，實在是「一卷兵書，嘆息無人付」的無力感使然呀。

如果自他的詩中摘句，以概括一生，也許，這兩句可爲代表：

憂國孤臣淚，平胡壯士心。

他在晚年，終於放下了滿懷的不平，回歸了田園。過去的讀書人，都通一點醫道。他每常騎著驢，帶到藥囊，到鄉間探訪鄉親父老，「把酒話桑麻」之餘，也順便爲他們看診施藥。有幾首〈山村經行因施藥〉的絕句：

閑行偶復到山村，父老遮留共一尊。曩日見公孫未晬，如今已解牧雞豚。

驢肩每帶藥囊行，村巷歡欣夾道行。共說向來曾活我，生兒多以「陸」為名。

他的《遊山西村》詩，也寫出了他晚年怡然自樂的心境：

莫笑農家臘酒渾，豐年留客足雞豚。山重水複疑無路，柳暗花明又一村。
簫鼓追隨春社近，衣冠簡樸古風存。從今若許閒乘月，拄杖無時夜叩門。

「亙古男兒一放翁」！梁啓超堪稱陸游千古知己！

一生情恨〈釵頭鳳〉

他二十歲的時候，親上加親的娶了他的表妹唐琬。唐琬字蕙仙，也人如其字，蕙質蘭心，溫柔婉約，貌美如仙。而且知書達禮，也會作詩填詞。因此，夫婦感情非常好。

說來，唐琬還是 陸老夫人的親侄女。但以情理論，不該發生的事，卻發生了。伉儷相得，卻不容於高堂。竟至逼兒子休妻，其原因不明。也許，是小倆口太恩愛了吧？

不知什麼緣故，唐蕙仙就是始終得不到婆婆的歡心。甚至在他們結婚還不到一年，就逼迫陸游休妻！這使唐琬因不育而被休的理由也不能成立。當時，陸家一切該是由他的母親當家作主。在他母親的堅持之下，陸游迫於母命難違，只得含淚寫下休書。但兩個人的感情，卻依依難捨。因此，他在外面租了一間小屋，安置愛妻，偷偷摸摸的找機會聚晤。不料，又被陸母發覺，怒氣沖沖的準備前往興師問罪。幸好唐琬大概素日爲人溫厚，深得人心。有陸家婢僕通風報信，讓陸游得以早一步把唐琬帶走，才沒有被母親當面凌辱。但也因此，這樣偷偷摸摸見面的機會也沒有了。事已至此，從此眞的勞燕分飛。

唐家人對這件事非常憤怒，很快的把唐琬另嫁了「宗室子」趙士程。也等於向那位「唐氏惡婆婆」示威：你嫌我女兒不好，逼你兒子休妻。她後來嫁的人，家世、門第可勝過你家百倍！當年你那可憐的「小媳婦」，現在已是你高攀不上的「貴夫人」了！不久，陸游也已奉母命另娶王氏女爲妻。彼此只能各自在思憶中生活。

卻如天公簸弄，過了十年，陸游落第，百無聊賴的，到山陰禹蹟寺南的「沈園」遊春。無巧不巧的，就遇到了他已仳離十年的「前妻」唐琬，也在趙士程體貼照顧之下來到「沈園」遊春。兩人相見，晃如隔世。

相思相憶，腸斷魂傷的一雙有情人，乍然相見，卻又相對無言地品味著這分辨不出悲喜的重逢滋味。

唐琬向丈夫介紹了「表哥」。趙士程是寬厚的君子，既了解他們之間深摯的愛情，也崇慕陸游的詩文。於是，命家人送上了酒菜，讓他們有機會敘話。

但在百感交集之下，話又從何說起？身爲人子，不敢怨天，不敢怪父母，除了委諸情深緣淺的命，更能如何？血淚交迸，也只凝成一個刻骨銘心的「錯」！

於是，陸游在沈園的粉牆上。寫下了傳世不朽的這闋〈釵頭鳳〉：

紅酥手，黃藤酒，滿城春色宮牆柳。東風惡，歡情薄，一懷愁緒，幾年離索，錯！錯！錯！

春如舊，人空瘦，淚痕紅浥鮫綃透。桃花落，閒池閣，山盟雖在，錦書難託，莫！莫！莫！

題完了詞，他也只能告別而去。他走了之後，唐琬再三誦讀他的「心聲」，也寫下了兩闋《釵頭鳳》相和：

世情薄，人情惡，雨送黃昏花易落。曉風乾，淚痕殘，欲箋心事，獨語斜欄，難！難！難！

人成各，今非昨，病魂常似秋千索。角聲寒，夜闌珊，怕人尋問，咽淚裝歡，瞞！瞞！瞞！

在這樣感情的斲傷煎熬之下，不久唐琬鬱鬱而終；讓陸游留下了千古情恨。

這一段情恨，追隨了他的一生；他六十八歲時，因爲鼓吹愛國，竟成了他的「罪狀」，被彈劾罷官。偶到「沈園」散心，這時「沈園」已易主，當年他題《釵頭鳳》的那片牆也頹圮了。他倒是沒想到，新園主另在一塊石上刻了他的《釵頭鳳》供遊客清玩。感慨之餘，他寫一首〈禹跡寺南有沈氏小園，四十年前嘗題小闋壁間，偶復一到，而園已易主，刻小闋於石，讀之悵然〉的七言律詩：

楓葉初丹槲葉黃，河陽愁鬢怯新霜。林亭感舊空回首，泉路憑誰說斷腸？壞壁醉題塵漠漠，斷雲幽夢事茫茫。年來妄念消除盡，回向蒲龕一炷香。

七十五歲，再登「沈園」附近的「禹跡寺」眺望，情不自勝。作二絕句：

夢斷香消四十年，沈園柳老不飛綿。此身行化稽山土，猶弔遺蹤一泫然。
城上斜陽畫角哀，沈園無復舊池臺。傷心橋下春波綠，曾見驚鴻照影來。

八十一歲，又夜夢遊沈園，作二絕句：

路近城南已怕行，沈家園裡更傷情。香穿客袖梅花在，綠蘸寺前春水生。

城南小陌又逢春，只見梅花不見人。玉骨久成泉下土，墨痕猶鎖壁間塵。

可說，這一段對唐琬的深情，眞的追隨了他一輩子！這些至情至文，令人讀之唏噓。

白璧微玷〈南園記〉

一生愛國的陸游，卻在晚年，留下了一個污點。使當時和後世的人，深覺遺憾。激烈者，更責以「晚節不終」。

當時權奸韓侂胄當國，勢焰薰天。築私人園囿「南園」爲遊憩之所。陸游年已八十，應韓侂胄之請，爲撰〈南園記〉，成爲他一生的白璧之玷。

平心而論，陸游以八十高齡，而捲入這場是非，也是其情可憫。南宋自高宗以來，一直是「主和派」的天下。使一心恢復中原的仁人志士，抑鬱苦悶，有志難伸。如大旱望雲霓一般，好不容易望到了一個「主戰」的韓侂胄當權。明知他不是賢能之士，也明知時機已失，終不免心中矛盾，如溺水的人遇浮木一般，不肯放棄明知渺茫的一線希望。

試想：陸游年已屆八十，若說還存什麼「功名利祿」之念，未免無稽。然而，他何以在垂暮之年，出此下策？一個原因，可能是迫於無奈。再則就是自知生命已薄西山，這是唯一可以寄望的北伐機會了！韓侂胄的主戰，不要說對一世鼓吹恢復的陸游，是一針強心劑。即使比陸游更具戰爭經驗的辛棄疾，也雖知其不可，而不免怦然心動！只是，辛棄疾在二十三歲時，率義軍數千從「淪陷區」的江北渡江歸宋。其識見韜略，自非文人出身，並沒有眞正的對敵交鋒經驗，只憑一腔熱血，高唱恢復的陸游可比，因此持重得多。

雖然陸游作〈南園記〉，其情可憫。但《春秋》責備賢者，仍不能不爲陸游可惜！與他同一時代，又與他齊名的楊萬里，韓侂冑也曾邀請作記。楊萬里斷然拒絕，說：「官可棄，記不可作！」乃至臥家十五年以憂憤卒，又是何等風骨！

韓侂冑一旦兵敗，眾惡所歸，乃至梟首傳邊，送至金國求和。陸游也被牽累；以此得罪致仕，章穎行制詞：

> 山林之興方適，已遂挂冠。子孫之累未忘，胡為改節？雖文人不顧於細行，而賢者責備於《春秋》。某官早著英猷，寖躋膴仕。功名已老，蕭然鑑曲之酒船。文采未衰，藉甚長安之紙價。豈謂宜休之晚節，蔽於不義之浮雲。深刻大書，固可追於前輩；高風勁節，得無愧於古人？時以是而深譏，朕亦為之感慨……

一個人進退行藏，豈能不愼！

之志」：

家祭如何告乃翁

他一生愛國，直到八十五歲臨終，還留下了一首〈示兒〉詩，依然心心念念不忘「恢復

死去元知萬事空，但悲不見九州同。王師北定中原日，家祭無忘告乃翁。

宋朝有位詩人林景熙，在宋亡於元，成為「遺民」之後，讀到〈示兒〉，感慨「南宋」終究亡於元。陸游「王師北定中原日」的夢，終告落空。寫下了一首〈書陸放翁書卷後〉：

青山一髮愁蒙蒙，干戈況滿天南東。來孫已見九州同，家祭如何告乃翁？

「九州同」了，卻是南宋亡國，由異族蒙古的「元」朝統一。陸游見此，也應「無言」吧！如果為陸游一生志業做總結，也許這一闋〈卜算子〉可謂「寫照」：

驛外斷橋邊，寂寞開無主。已是黃昏獨自愁，更著風和雨。無意苦爭春，一任群芳妒。零落成泥碾作塵，只有香如故。

不取「尺二秀才」──楊萬里──

風骨過人一詩翁

楊萬里，字廷秀，號誠齋，吉水（今江西吉水縣）人。是個深具風骨的詩人，在南宋詩人中，他與范成大、陸游、尤袤齊名。和陸游一樣，他也充滿了愛國情操。時時流露在詩筆中。如〈初入淮河四絕句〉：

中原父老莫空談，逢著王人訴不堪。卻是歸鴻不能語，一年一度到江南。
船離洪澤岸頭沙，入到淮河意不佳。何必桑乾方是遠？中流以北即天涯！
劉岳張韓宣國威，趙張二相築皇基。長淮咫尺分南北，淚溼秋風欲怨誰？
兩岸舟船各背馳，波浪交涉亦難為。只餘鷗鷺無拘管，北去南來自在飛！

除了長於詩，他的詞也別具一格，筆法自然沖淡。如〈好事近〉：

月未到誠齋，先到萬花川谷。不是誠齋無月，隔一庭修竹。
如今才是十三夜，月色已如玉。未是秋光奇絕，看十五十六。

二聖玉音，千秋史筆

他的性情忠直耿介，有時令皇帝都有些「感冒」。那時，宋高宗讓位孝宗，自居「太上皇」，時人稱爲「二聖」，比之爲舜與禹。一天，兩個皇帝談起朝臣的個性，講到楊萬里，孝宗說：「這個人有性氣（有個性，有脾氣）！」

高宗說：「楊萬里直不中律（太耿直，不受約束）。」

楊萬里聽說了，十分自得，自讚道：「禹曰也有性氣，舜曰直不中律。自有二聖玉音，不煩千秋史筆。」

他驕傲的是：兩位皇帝已給了他中肯評價，不必等「蓋棺論定」了！

不取「尺二秀才」

楊萬里在湖南任漕試考官，同人看中一本卷子，擬取爲第一名。楊萬里看了之後，堅持不但不能給第一，根本不能錄取。同人力爭，楊萬里指著卷子上此人將「盡」字，簡寫爲「尽」，說：「我們總不能在放榜後，讓人家笑我們取了個『尺二秀才』吧？」

他雖然取士甚嚴，卻討厭人一天到晚賣弄學問。一天，有一個江西人去看他，拼命賣弄，自以爲淵博。楊萬里忽然對他說：「你來自江西，可不可以送我一些『配鹽幽菽』呢？」

那人想破了頭，也不知『配鹽幽菽』是什麼東西，只好道歉；請教他「配鹽幽菽」是什麼？楊萬里哈哈大笑，拿出一本「禮部韻略」，指著「豉」字下面的注。注文正是「配鹽幽菽」，他是藉此教訓那位自以爲淵博的士人呢。

未雨綢繆，不念權位

楊萬里在京爲官時，存了一筆錢，放在一個盒子裡，用鎖鎖好。鑰匙放在自己的枕頭底下，絕不許人動。這筆錢的數額，是他預估從京師回到故鄉所需的路費。他對自己的耿介性情，十分了解。因此早有了隨時「走人」的心理準備，絕不念棧權位。

他不但準備好了路費，也不許家人隨便購置家具等不便攜帶的物品。以免在離京回鄉時，增加運送攜帶的麻煩。也正因如此，他才能以忠直立朝，不瞻前顧後呢。

羊和蝤蛑

楊萬里和與他齊名的尤袤是好朋友，兩人各有一個綽號。尤袤因他姓楊，總稱他爲

「羊」。楊萬里則以諧音，稱尤袤為「蝤蛑」（螃蟹）。兩個人的文才不相上下，彼此常開玩笑。楊萬里做秘書監，尤袤對他說：「有一經句，要請秘監對：『楊氏為我』。」

楊萬里毫不遲疑道：「尤物移人。」

兩人的姓，對得天衣無縫。一天，伙食中有羊腸，尤袤笑：「秘監的錦繡腸也是可以吃的嗎？」

楊萬里笑吟：「有腸可食何須恨？猶勝無腸可食人。」

他反笑螃蟹連可吃的腸都沒有。兩人針鋒相對，誰也不讓誰。

寧死不傍權奸門

韓侂冑當權，楊萬里不容於朝廷，退休回鄉，杜門不出。原因是韓侂冑築「南園」，想借重楊萬里的名聲，自抬身價，派人跟楊萬里講條件：若楊萬里肯為他作〈南園記〉就保薦他入朝做大官。楊萬里毫不遲疑，一口回絕，說：「官可棄，記不可作。」

韓侂冑大怒，改請了陸游。楊萬里果真用到了他早準備的「返鄉費」，辭官回家。

他身在江湖，心在朝廷。家人怕他擔心，都不敢把朝中一些負面的消息告訴他。一個族侄來訪，告訴他韓侂冑如何的敗壞朝綱，危及國家。他痛哭，索取紙筆，寫下：「姦臣專權，謀危社稷。吾頭顱如許，報國無路，惟有孤憤！」呼妻兒告別，擲筆而死。

文武兼備的抗金詞人
——辛棄疾——

党「坎」辛「離」

辛棄疾，字幼安，號稼軒，山東歷城（今山東濟南附近）人。

他出生時，山東已淪陷於金人之手。但，老百姓心懷故國，「南望王師」之心極為熱切。他自幼在這樣的環境中長大，也一心歸宋。

他少年時，與後來也成為當代文學名家的党懷英同學，都受教於金代大家蔡松年。兩人都有不知當留仕於金，還是應設法南渡歸宋的「茫然」。最後決定以占卜來「憑天斷」。結果，党懷英得的是「坎」卦，辛棄疾得的是「離」卦。於是党懷英留仕於金，辛棄疾則加入抗金的義軍。最後終於率軍南渡，滿全了願望。

少年英豪

金國皇帝完顏亮死後。中原有志之士，紛紛趁機組成義軍抗金。其中耿京是山東義軍的首領，辛棄疾投到他帳下，以文才見賞，為掌書記。

那時，有一個和尚，名叫義端，最喜歡與人談兵法軍事。辛棄疾也是豪傑之士，喜歡談兵。因而與他氣味相投，時相往還，還把他引薦入耿京帳下。不料，義端本是金人派出的奸細，爲伺機刺探軍情而來。一天，義端偷盜了耿京的印信而逃。耿京大怒，要殺介紹人辛棄疾。辛棄疾道：「給我三天，我若不能把他抓到殺了，你再殺我也不遲！」

耿京原本愛才，也不眞想殺他，就同意了。辛棄疾判斷義端一定是拿了印信，投奔金人統帥告密請功去了。帶人騎著快馬追趕，果然在半路上追到了義端，殺了這個奸細。

除奸投宋

耿京組織義軍，自封爲「天平節度使」。但這「官職」是自封的，並不是得自皇帝親授。總未免有「名不正、言不順」的心虛，頗引以爲憾。因此，在紹興三十二年，命辛棄疾奉表歸宋。

辛棄疾帶了少數人馬南渡投宋。宋高宗十分高興，在建康（今南京）召見他，當面嘉許了一番。而且果眞授與耿京「天平節度使」的官銜，並給了耿京正式的節度使印信。又以承務郎、天平節度掌書記之職授與辛棄疾。命他傳旨，召耿京進京見駕。

辛棄疾高高興興達成使命，回到山東。不料就在這段時期中，耿京屬下的張安國、邵進叛變，殺了耿京，歸降金國了。

辛棄疾非常悲憤，號召了同志，直趨金兵大營。把正和金方將領喝酒慶功的兩個叛逆抓了，直奔南方投宋。

在文學史上享有盛名的辛棄疾，實在可說是文武兼資、義勇雙全的一代人傑。他詞風的豪壯，也是其來有自呢！

歸宋不得志

辛棄疾一生在仕途上起起落落。一般來說，他的「官」做得並不小。但總是被排擠，遭疑忌、受冷落。主要的原因：他是力主「恢復」的，而南宋朝廷卻主和聲浪高張。而且，以他一個「起義來歸」的義軍首領的身分，總不免受主政者的疑忌。他又是個率性熱血之輩，常做些「先斬後奏」，不按「規矩」請示的事，而「擅專」正是官場大忌。

他的一腔熱血，遇到軟弱顢頇的朝廷，眞是無揮灑處！灰心之餘，發爲詞章。詞章中的忠憤鬱勃之氣，千年以下，猶能激發人慷慨悲歌的壯懷。

人道主義

「會做官」的人，大抵都是唯唯諾諾，凡事請示的。一步路不敢多走，一句話不敢多說。所謂：官廨失火，還要請旨，問：「許不許救」！

而實際上，許多緊急事故發生，若等上疏奏報，經過朝中集議、爭論，再「批示」下來，時間上往往已經來不及了。比如地方發生災變，救災賑濟之事必須立刻進行。若等旨意下來，動輒十天半月，災民早成餓莩。

辛棄疾在外任官，就常「干犯」做官大忌，而屢被彈劾。

他差知隆興府兼江西安撫任上，江右大饑荒。他受命前往賑濟。到達災區，他首先發出告示：「閉糴者配，強糴則斬！」杜絕了屯積居奇，和「後門」。

然後，大開府庫，把公家的官錢、銀器全搜羅出來。又召官吏、商賈、儒生舉薦有才幹的人。把這些錢財「借」他們去買米，不要利息。這些人欣然往各方購米，不多時，運米的船隻源源而來。米多了，米價自然下跌，百姓因而得救。

那時，信州也有災情，太守向他求助。幕僚認爲事不干己，可以不理。辛棄疾說：「他們都是有血有肉的赤子，也都是皇上的子民！」

因而撥出十分之三的米糧，運往信州濟民。

此舉，本爲皇帝嘉許。後來卻因言官一再抨擊他自作主張，擅自動用官銀而落職。眞可稱「沒天理」！

詞壇宗匠

論詞者，每以詞風分「婉約」、「豪放」兩派。而「豪放」一派，以「蘇」、「辛」領袖群倫。事實上，此二人都不僅「豪放」而已。辛詞尤其「多元化」。婉約、閒淡之詞，也出色當行。婉約如〈祝英臺近〉：

寶釵分，桃葉渡，煙柳暗南浦。怕上層樓，十日九風雨。斷腸片片飛紅，都無人管，更誰倩、啼鶯聲住？

鬢邊覷，試把花卜歸期，才簪又重數。羅帳燈昏，哽咽夢中語：是他春帶愁來，春歸何處？卻不解、帶將愁去。

閒淡如〈西江月〉：

明月別枝驚鵲，清風半夜鳴蟬。稻花香裡說豐年，聽取蛙聲一片。

七八個星天外，兩三點雨山前。舊時茅店社林邊，路轉溪橋忽見。

蘇東坡古文、奏議、書札、詩都允爲大家。「詞」對他而言，有些像「甜點」，並不是他的作品主流。辛則以「詞」名家，也因此更精深縝密。這一點，蘇不如辛。

辛棄疾一生詞作極多。他自己最得意的兩闋是：

〈賀新郎〉

甚矣吾衰矣，悵平生、交游零落，只今餘幾？白髮空垂三千丈，一笑人間萬事。問何物、能令公喜？我見青山多嫵媚，料青山、見我應如是。情與貌，略相似。

一尊搔首東窗裡，想淵明、〈停雲〉詩就，此時風味。江左沉酣求名者，豈識濁醪妙理。回首叫、雲飛風起。不恨古人吾不見，恨古人、不見吾狂耳！知我者，二三子。

〈永遇樂〉

千古江山，英雄無覓，孫仲謀處。舞榭歌臺，風流總被，雨打風吹去！斜陽草樹，尋常巷陌，人道寄奴曾住。想當年、金戈鐵馬，氣吞萬里如虎！

元嘉草草，封狼居胥，贏得倉皇北顧。四十三年，望中猶記，烽火揚州路。可堪回首，佛狸祠下，一片神鴉社鼓。憑誰問：廉頗老矣，尚能飯否？

他每在大宴賓客時，命歌姬唱這兩闋詞。然後要在座的客人「批評指教」。客人大多一力讚美，遜謝不能挑出毛病。有些客人也提出一些意見，卻不合他的意，他又不答理。

有一次，少年岳珂（岳飛之孫）在座，他那時還未弱冠，只是個少年。挺身而出，率直的說：「待制的詞，脫略了古今軫轍，童子我哪敢有異議？如果一定要像范文正公以千金求〈嚴陵祠記〉的一字之易。我倒有些意見。」

辛棄疾喜道：「快說，快說！」

「〈賀新郎〉中前後兩片的結句：『我見青山多嫵媚，料青山見我應如是』，和『不恨古人吾不見，恨古人不見吾狂耳』，句意有些重複。而〈永遇樂〉，用的典故，稍嫌多了一點。」

辛棄疾大喜：「你說的，正切中了我的毛病！」

於是一改再改，一天能改上幾十回。改了幾個月，還是不滿意。可能因爲如此，至今所流傳下來的，還是「原本」。

留取丹心照汗青
—文天祥—

幼立大志，誓爭「忠」名

文天祥，初名雲孫，字天祥。後以天祥爲名，字履善，再改字「宋瑞」，因喜愛曾住過的文山，而號「文山」。吉州廬陵富川（今江西吉安縣）人，是宋朝末代宰相。

他小時候，看到學校裡供奉著本鄉前賢：歐陽修（諡「文忠」）、楊邦乂（諡「忠襄」）、胡銓（諡「忠簡」）的畫像。而這些人的諡號裡，都有個「忠」字。敬佩的說：「若我死後，不能在這些人中間，享後人祭祀，就算不得大丈夫！」也可以說：他從小就立志爲大宋盡忠了

三十七歲退休

他二十歲就中了進士；在殿試的時候提出，應該以天爲法則；天是「生生不息」的，所以世間政治的運作，也應「生生不息」，不能荒怠。這一篇文章，使宋理宗看了非常感動，親自拔擢爲第一（狀元）。考官爲此還特別向皇帝祝賀，說這個人：「忠肝如鐵石」！

後來，權臣賈似道稱病請求致仕（退休）；其實他一直是掌握朝政的權臣，「退休」只是準備用「以退爲進」的方式來挾持皇帝。果然，皇帝下詔不許他退休。文天祥當時正承當寫詔書的工作，就在詔書裡暗諷賈似道。賈似道大怒，指示心腹官員彈劾文天祥，文天祥覺得在這樣奸佞當道的朝廷裡，也無法有所作爲，也請求「致仕」；那時他才三十七歲。相對於賈似道的虛情假意要求退休，還眞諷刺。

烏合之衆，勤王義師

元軍南下，局勢緊急。他當即號召義兵起事勤王。他的朋友說：「現在的局面，你率這些烏合之衆抗敵，等於驅羊餵虎，自不量力！」

他說：「我知道這是自不量力！但是，我大宋立國三百多年，沒有虧待臣民。在這危急存亡之秋，若竟然沒有人響應勤王的號召，會讓我感覺憾恨的！如果因我爲勤王一死，能感悟天下的忠臣義士聞風而起，以保社稷，國家才有希望！」

又說：「與別人歡樂時共歡樂的人，在別人憂患時，也應該憂人之憂！我既然食大宋之祿，也該死大宋之事！」

最後，他眞的以身殉國了！

臨安城破，皇太后和小皇帝趙　都被挾持到北方；向元朝投降了！文天祥則開始了他抗元的事業。他在宋景炎三年（元至元十五年）冬，率領義軍，於五坡嶺（廣東海豐）結營。在軍隊造飯時，被張弘範的部隊突擊，當場被俘。他抵死不肯向張弘範屈膝。張弘範敬他是條漢子，待以「賓客之禮」，帶著他隨軍同行。

領兵到了當時被立為皇帝趙昺所在的兒州。張弘範要文天祥寫一封信招降張世傑。文天祥說：「做為一個臣子，朝廷等於是父母。我已深覺慚愧不能保全父母，還能勸另一個兒子背叛父母嗎？」

張弘範逼他提筆，他寫下了一首七言律詩〈過零丁洋〉；是〈正氣歌〉之外，文天祥最著名的作品：

辛苦遭逢起一經，干戈寥落四周星。山河破碎風飄絮，身世浮沉雨打萍。惶恐灘頭說惶恐，零丁洋裡嘆零丁。人生自古誰無死？留取丹心照汗青。

張弘範知道他抵死不肯投降，自己也勸不了他，就遣兵馬押送他到元朝的京師「大都」（今北京）去。他還是堅拒投降。因此，被關押在北京大牢裡，想用折磨他身心的苦難，來改變他的心志。他在又溼、又髒、又悶、又亂，衛生條件極差，各種濁惡的氣味混雜，非人所能忍受，他在土牢中，拘囚了四年，始終堅守初衷，不肯屈服。並寫下了〈正氣歌〉言志：

天地有正氣，雜然賦流形。下則為河嶽，上則為日星。於人曰浩然，沛乎塞蒼冥。皇路當清夷，含和吐明庭。時窮節乃見，一一垂丹青。在齊太史簡，在晉董狐筆。在秦張良椎，在漢蘇武節。為嚴將軍頭，為嵇侍中血。為張睢陽齒，為顏常山舌。或為遼東帽，清操厲冰雪。或為出師表，鬼神泣壯烈。或為渡江楫，慷慨吞胡羯。或為擊賊笏，逆豎頭破裂。是氣所磅礡，凜烈萬古存。當其貫日月，生死安足論。地維賴以立，天柱賴以尊。三綱實繫命，道義為之根。嗟予遘陽九，隸也實不力。楚囚纓其冠，傳車送窮北。鼎鑊甘如飴，求之不可得。陰房闃鬼火，春院閟天黑。牛驥同一皂，雞棲鳳凰食。一朝蒙霧露，分作溝中瘠。如此再寒暑，百沴自辟易。哀哉沮洳場，為我安樂國。豈有他繆巧，陰陽不能賊。顧此耿耿在，仰視浮雲白。悠悠我心悲，蒼天曷有極！哲人日已遠，典型在夙昔。風簷展書讀，古道照顏色。

殺身成仁，捨生取義

元朝一再請當時已經降元的南宋大臣，包括南宋隨太后和小皇帝降元的丞相留夢炎，出面勸降。結果這些人都遭到文天祥的痛罵。後來甚至派出已經被俘北上的宋恭帝趙㬎勸降，文天祥也置之不理。最後忽必烈親自召見文天祥勸降。文天祥堅貞不屈，忽必烈問他：「你有什麼願望嗎？」

他答道：「我雖蒙陛下賞識，但身受大宋厚恩，拜爲丞相，怎能腆顏爲二臣，事二姓？請賜一死，以全忠節，別無所求！」

忽必烈嘆息之餘，決定「成全」他的忠節。次日押赴刑場（柴市口），文天祥神色莊重的向著南宋首都臨安的方向跪拜，然後從容就義，得年四十七歲。

行刑後不久，有快馬飛奔而來，原來忽必烈想想，還是捨不得讓他死，下令快馬前來阻止行刑。可是晚了一步，文天祥已經身首異處。當然，對文天祥而言，是「求仁得仁」，他並不希望行刑受阻。但忽必烈卻非常惋惜，說：「好男子！不能爲我所用，殺了他，實在太可惜了！」

文天祥的妻子歐陽氏，到刑場收屍時，在他衣帶上，發現了他的絕筆：「孔曰成仁，孟曰取義；惟其義盡，所以仁至。讀聖賢書，所學何事？而今而後，庶幾無愧！」

宋朝最後三個忠臣：選擇「捨生取義」的文天祥，與陸秀夫、張世傑，在歷史上被並稱爲「宋末三傑」。

兵必至，國必亡 ——謝枋得——

末世豪傑

謝枋得，字君直，號疊山，信州弋陽（今屬江西）人，南宋遺民。

在文學史上，他也許不是排名很高的文學家。但，就風骨而論，能與他相提並論的，屈指可數。

他是生當南宋末代，那內憂外患交相侵蝕國本的時代，憂國憂民，卻充滿無力感知識分子。他代表著「知識分子的良心」，卻完全無力挽狂瀾於既倒。對他又愛又恨的君父，只能以一死相殉。他爲我們留下的詩篇，不是風花雪月的浪漫，而是椎心泣血的傷痛。

他天賦異稟，讀書五行俱下，過目不忘。這樣天賦的人，獵取功名，可以說是易如反掌。但他不是柔弱的文士，他是個以忠義自許，論起國事，就忍不住慷慨激昂，耿介剛直的讀書人。也因此，勢必不能得志。他參加科考，中了進士，卻在殿試對策時，肆言無忌的攻擊當時的丞相董槐，和宦官董宋臣。總算是當權者還有些容人之量，只把他放在第二等，派他做個小官。他自認應該名列前茅，拒不赴官。第二年參加教官考試，又取了兼經科，跟隨名臣吳潛宣撫江東西。

那時，權奸賈似道當國，賈似道才能德行，無一可稱。只因裙帶關係，做到了平章（宰相），總攬大權。他既暴虐不仁，又貪生怕死。蒙古兵已經只差沒有兵臨城下，他還一手遮天，粉飾太平。欺上瞞下，禍國殃民。皇帝則根本不知道國家已經風雨飄搖到什麼地步，還以為在丞相的「神威」之下，國泰民安呢！

謝枋得雖受過了「直言賈禍」的教訓，還是毫不容情的在參加考試時，直言「兵必至，國必亡」。這當然是犯了大忌！倒幸得宋朝有「不殺士大夫」的家法，只貶了他的官。在最重「進士」的宋代，他這進士出身的人，正式任官的時間，只有八個月，就被迫歸隱了。他曾賦詩寄意：

玉皇殿下卸恩袍，羞見鴻冥惜羽毛。天地有心扶社稷，朝廷無意得英豪。早知骨骾嬰時羔，何似山林遁跡高。次第秋風到蘭菊，歸家痛飲讀《離騷》。

而他「兵必至，國必亡」的預言，不幸言中；宋朝不久就在蒙古大軍壓境下，國破家亡了。

一門英烈

德祐二年元月，元兵兵臨南宋京師臨安城下。太皇太后謝太后奉國璽降元，宋朝亡了！謝枋得招集義兵，奮勇抗敵。但寡不敵眾，在信州城破後，變姓名逃走。其妻李氏母女被元軍所俘，爲保清白，母女連同婢女，一起懸梁自盡殉節。其母雖年老，而志不屈。人憐其孤貧，無人孝養。其母知謝枋得忠義，引以爲傲，對自己的老境的孤苦淒涼，只道：「義當然也」！

終不堪亡國之痛，含恨而死。

謝枋得在力辭元朝詔他爲官時，其母已亡故，他沉痛自述：

三十而入仕，五十而休官。平生實歷，不滿八月。俸祿無一毫歸家養親，已不可言孝……

言外之意，在國家多難之際，「孝」已成爲奢侈，畢竟還有「忠孝不能兩全」可說。若再不「忠」，那還是人嗎？一家三代，個個大義凜然，眞可謂一門英烈了。

求仁得仁

謝枋得國破家亡，逃匿在閩境山中，每東向而哭故國。人不知其故，只以爲他是個瘋子。有志之士，常爲留有用之身，以待時機，而忍死苟生。爲了生活，他隱名建陽市中賣卜，以他所學的易理，爲人解惑。但，他於身外物，已全不縈於心。有人問卜，他只收米，不收錢，不過以此糊口度日而已。這奇特的行徑，惹來別人的注意。終於發現了他就是謝枋得，當地士紳爭相延聘，以教子弟。他賦詩寄慨：

十年無夢得還家，獨立青峰野水涯。天地寂寥山雨歇，幾生修得到梅花！

梅花冰姿傲骨，不畏嚴霜厲雪，他以「修到梅花」，表明了他寧死不屈的堅定志節。不幸的消息陸續傳來：崖州這宋朝最後的根據地，在元將張弘範的猛烈攻擊下，也告失守。陸秀夫背幼帝趙昺在崖州投海。張世傑也因海上覆舟，死於海難。文天祥被俘不屈而死，他存的最後的一點希望，都幻滅了。元朝，統一了整個中國。

爲了收買人心，元朝命降元的官吏，推薦賢能之士入仕於元。他因而隱居不出，深怕被人識破行藏。寫了一首〈慶全庵桃花〉明志：

尋得桃源好避秦，桃紅又是一年春。花飛莫遣隨流水，怕有漁郎來問津。

但他的名聲和志節都是元朝極力想羅致的。行臺御史程文海薦賢才三十二人，排名第一名的，就是謝枋得。謝枋得寫了封信辭謝，寫得沉痛：「宋室孤臣，只欠一死！」而且：「子有父母之喪，君命三年不至其門，所以教天下之孝也。未有冒匿喪服而可以我聘召者。」

他的推拒，卻使元朝羅致之心更切。丞相忙兀臺親臨相訪，執手好言相勸，他說：「堯舜之時，有巢由；成湯之時，有隨光；周武之時，有夷齊。今日容一謝枋得，採薇於西山，又何損於國家？而且，我母喪未葬，名姓不祥，不敢赴召！」

忙兀臺雖引以爲憾，卻嘉許其忠義，沒有勉強他。

可是，他的麻煩，並未到此爲止。福建省來了個參政魏天祐，一心想拿他獻給朝廷邀功，逼他北行。他知不可免，誓以死相抗，作詩別友：

雪中松柏愈青青，扶植綱常在此行。天下久無龔勝潔，人間何獨伯夷清？義高便覺生堪舍，禮重方知死甚輕。南八男兒終不屈，皇天上帝眼分明！

他被押在大都憫忠寺，見壁間的曹娥碑，嘆道：「你只是一個小女子，還能爲盡孝，不惜一死。我能不如你嗎！」

他立意絕食求死。尚書留夢炎，是他的故人，一再勸他。他道：「我今年也六十多歲了，只欠一死，難道還能屈節移志嗎？」

他只剩奄奄一息，留夢炎讓醫生把藥拌在米湯裡餵他吃，他潑在地上，說：「我一心只想死，你還想留我活嗎？」

終於餓死在似乎爲他而命名的「憫忠寺」裡。

〈人月圓〉與亡國宗姬——吳激——

「國籍」難以歸屬

吳激，字彥高，號東山散人。宋代建州（今福建建甌）人。

他的父親吳栻，曾是北宋神宗朝進士，徽宗朝宰相。他的岳父米芾，則是與蘇軾齊名，宋代四大書法家「蘇（蘇軾）、黃（黃庭堅）、米（米芾）、蔡（蔡襄）」之一。他本身能文、能詩，也工書畫，在當代也算是位「知名之士」。

但對後世而言，卻很難給他「定位」；他出身於宋朝的宰相之家，是沒有疑問的。但他的後半生，卻流落到了當時的「大金」，並成爲大金的「翰林待制」。

金熙宗皇統二年，派他到深州（今河北深州市）爲太守。但他在到任的第三天就去世了。金熙宗深爲震悼，賜他的兒子錢百萬，田三頃，粟三百斛；可知對他的器重禮遇。

他原籍是中國極南方的福建人，竟然流落到當時被視爲「胡地」的北方，並終此一生；金的首都，在當時的「燕京」（今北京市）。說來，這對他實在是無可奈何之事。

他是在北宋欽宗靖康二年，奉大宋朝廷之命，出使大金。但因爲他的文名與才華，太讓文化相對落後的大金君臣傾心了！也因此被大金「扣留」；並不是留下當「人質」爲談判籌碼，而是堅定的要留他「爲己所用」，根本不許他返宋。而就在他使金的第二年，金人就攻破了汴京；「靖康之難」發生了，北宋亡國了！在這樣的情況之下，他也無奈的被迫出仕於金。

他的一生，在時間上，跨越了北宋、南宋。在空間上，又分屬於宋、金兩個「國家」。也因此，《全宋詞》中，沒有他的名字，後人也只能把他列爲「金代詞人」；畢竟「金」在文化的歷史長流裡，是時間短暫，而且不太被注意的。這也成爲他的文章、詩詞少爲人知的原因。

他有詞集《東山詞》，但或者也因此而不傳；後人所知，也就只有寥寥幾闋詞而已，而最爲人熟知的！竟只一闋。

他的文章，被當世推崇爲可比庾信、徐陵。詞又與金代的首屈一指的文學名家蔡松年共稱「吳蔡體」，評論者認爲他的詩文：「多憶國懷鄉之什，造語清婉，哀而不傷。」

也由此可知他的文學成就，奈何多已失傳。

一詞傳世〈人月圓〉

他唯一「傳世」，讓後世耳熟能詳的詞是〈人月圓〉。題目是〈宴北人張侍御家有感〉：

南朝千古傷心事，猶唱後庭花。舊時王謝、堂前燕子，飛向誰家。恍然一夢，仙肌勝雪，宮鬢堆鴉。江州司馬，青衫淚濕，同是天涯。

這闋詞有個故事背景：

他應邀到官員張侍御家參加宴會。宴會中，少不得有許多侍宴侑觴的鶯鶯燕燕；歌姬、舞妓，侍兒、侍婢。這些女子，個個都花枝招展，笑靨迎人。他卻注意到其中一人，相同的鮮麗衣飾，掩不住她隱隱出塵的脫俗氣質，她也如其他人一樣，勸酒、吹笛娛賓。而眉宇之間，又帶著淡淡的哀愁。神情落寞，楚楚可憐，與現場歡喜熱鬧的氣氛，極不協調。

看到他的目光，始終盯在這個女子身上。現場有人奇怪，以為他是對她心存愛慕。他解釋說：「不是的！我覺得她氣質不凡，舉止風範，不似民間小戶人家出身。不知怎麼會屈身為府中侍兒？不禁有點好奇。」

他這一說，大家也都感覺了。去問主人，主人也不知她的身世來歷。就命她向吳激陳述自己的「身世」。她含淚道：「我本不是民間女子……」

吳激問：「那，你是出身宦門了？可有夫家？」

她低頭垂淚答道：「我本是宣和宗姬，嫁欽慈太后侄孫爲妻……」一言把所有人都震懾了；「宣和」是宋徽宗的年號。他把過去公主、郡主的稱號，改爲「帝姬」、「宗姬」。由此可知，她竟是大宋封「王」宗室家的「宗姬」（郡主）出身。夫家則是神宗妃子，徽宗生母，追封爲「欽慈太后」的陳氏家族！

可以想見，「當年」她在宮中，身份高貴，文武百官誰敢仰望？而如今，竟落得在小小的總侍御家，做一個可以任人輕薄調笑的侑酒侍兒！

在追問之下，才知道：她是在「靖康之亂」時，與後宮妃嬪、宮眷同時被金兵俘虜到北方，淪落爲奴，才輾轉流落到張侍御家爲侍兒的！

在聽了這個故事之後，令所有在場的人都非常感慨。主人建議以此爲題作詩填詞。吳激也寫下了〈人月圓〉；他用了幾個典故：像象徵「亡國恨」的「後庭花」；象徵「沒落貴族」的「舊時王謝堂前燕」，象徵在「天涯淪落」感慨的「江州司馬青衫淚」。雖然這些典故都出於前人的詩，卻是「借古人酒杯，澆自己塊壘」，寫出了他自己，和這位萍水相逢，淪落異邦宗姬深沉的家國之痛，和思士懷鄉之情。也成爲他一生的「代表作」。

〈人月圓〉壓〈念奴嬌〉

當場，另有一位也跟他一樣使金被扣留的宇文虛中。因爲他的官和名聲都比吳激大，對自己才華更是自負，非常傲慢。對算是他「前輩」的吳激，也大大咧咧的，只稱之爲「小吳」。

當時，宇文虛中他也以這個題目，作了一闋〈念奴嬌〉詞：

疏眉秀目。看來依舊是，宣和妝束。飛步盈盈姿媚巧，舉世知非凡俗。宋室宗姬，秦王幼女，曾嫁欽慈族。干戈浩蕩，事隨天地翻覆。

一笑邂逅相逢，勸人滿飲，旋旋吹橫竹。流落天涯俱是客，何必平生相熟。舊日黃華，如今憔悴，付與杯中醁。興亡休問，為伊且盡船玉。

先完稿的他，是十分自鳴得意的。還傲慢的喊：「小吳！你也來一闋吧！」

但在看到吳激寫出這一闋〈人月圓〉之後，爲之甘拜下風；覺得吳激寫的字數雖不多，但所寄託的感傷悲慨，遠勝於自己的作品。

甚至，一向自認在「大金國」中，文章稱「冠」的他，後來別人找他寫文章詩詞時，他也不敢再「擺譜」了。常請別人去找吳激寫；眞可謂是「改容相敬」！

國朝第一人——蔡松年——

隨父降金，落籍眞定

蔡松年，字伯堅，晚年自號蕭閒老人。他本是杭州人，長於北宋首都汴京（開封）。宣和末年，他父蔡靖守燕山府（今北京），他追隨上任。在「靖康之亂」宋室南渡之後，已身在北方的他，根本無法追隨朝廷南遷，也因此隨父降金。在金太宗天會年間，除眞定府（今河北正定）判官，自此落籍於眞定；也成爲「金人」。

他一生可說是「官運亨通」，完顏宗弼（金兀朮）攻宋，與岳飛交戰時，他曾擔任兼總軍中六部事。累官至右丞相，封衛國公，還曾代表大金出使南宋、高麗。

蔡松年曾與海陵王（完顏亮）是好朋友。完顏亮弒金熙宗篡位自立之後，曾拔擢蔡松年爲吏部侍郎。不久，又升遷爲戶部尚書。

完顏亮自立登基後，因爲蔡松年的先祖，都爲大宋舊臣。就故意讓他高居顯位，並派他爲賀宋正旦使節，以悚動南宋君臣的視聽；也有點羞辱的意味。在他回到金國後，又任他爲吏部尚書，屢遷至尚書左丞，封郜國公。又拜右丞相，封衛國公。

海陵疑忌，毒殺松年

由於他是在靖康之難後，才歸降入金的宋人，其實完顏亮對他一直心存疑忌；事實上，他在他的詞作中，也是常自然流露著「故國之思」的。而且，完顏亮給他的官職越高，他越感覺不安，甚至有「身寵神辱」的憂懼。

他卒於正隆四年。但當時的人都懷疑：其實他是被海陵王完顏亮毒殺滅口的；因爲他察覺了完顏亮準備征伐南宋的事，曾經試探過完顏亮的口風，爲完顏亮所忌，因此毒殺了他。

但完顏亮爲了隱瞞事實眞象，又想一手遮天，掩天下人耳目，對他的死表示非常悲痛。除了親自到他家祭悼，並加封他爲吳國公，又賜諡「文簡」。並任命他的兒子蔡珪爲翰林修撰，蔡璋則賜進士第。並遣翰林待制蕭籲護送靈柩，歸葬於他所落籍的眞定。歸葬之日，下詔：四品以下官員，都要出京相送十里。一切喪葬費用，都由公家支付。可說是「備極哀榮」了。

一代文宗，金詞始祖

蔡松年文詞清麗，尤工樂府（詞），與吳激齊名，當時人稱「吳蔡體」。還曾被元好問推崇爲「國朝第一手」。

講到「豪放詞」，大家立刻會聯想到的，一定是「蘇（蘇軾）辛（辛棄疾）」。但「辛」詞並不是直接傳承於「蘇」的，他的老師是誰？蔡松年！

辛棄疾不像許多數的南宋臣民那樣，是隨著宋室南遷，由北方到江南的。他本是山東濟南人，在他出生的時候，濟南已經淪陷於金人之手了。所以可以說：他是在「金國」統治之下長大的！少年時代投師讀書，他的老師之一，就是蔡松年！還與一位也非常有名的金代文學家党懷英同學。由辛棄疾和党懷英這兩位「高足」，就可證明蔡松年本身在當代的文學造詣與聲望。

由辛棄疾詞的「源頭」，不是蘇軾，而是蔡松年！亦可知，元好問說：蔡松年的詩詞文章是「國朝第一人」，並不是「浪得虛名」！

他詩文俱工，尤工於詞，而且寓豪放於清麗，時人稱他「兼得蘇（蘇軾）、秦（觀）二家之長」！他有一闋詞〈念奴嬌．借東坡先生赤壁詞韻〉：

倦遊老眼，負梅花京洛，三年春物。明秀高峰人去後，冷落清輝絕壁。花底年光，山前爽氣，別語揮冰雪。摩挲庭檜，耐寒好在霜傑。人世長短亭中，此身流轉，幾花殘花發。只有平生生處樂，一念猶難磨滅。放眼南枝，忘懷樽酒，及此青青發。從今歸夢，暗香千里橫月。

由這一闋詞「借東坡先生韻」，可知他對蘇軾的崇慕；他的詞「豪放」的部份，也的確是傳承蘇軾的。而另一首〈月華清〉卻極婉約清麗，可比美秦觀。

樓倚明河，山蟠喬木，故國秋光如水。常記別時，月冷半山環佩。到而今、桂影尋人，端好在竹西歌吹。如醉，望白蘋風裡，關山無際。可惜瓊瑤千里，有年少玉人，吟嘯天外。魯粉清輝，冷射藕花冰蕊。念老去、鏡裡流年，空解道人生適意，誰會？更微雲疏雨，空庭鶴唳。

他有詞集《明秀集》傳世，更被後人視爲金詞的「開山鼻祖」！

「問人間，情是何物？」作者
——元好問——

金代文宗

元好問，字裕之，號遺山山人。山西秀容（今山西忻州）人，世稱「遺山先生」。是金、元之際著名文學家。也是氣節過人的思想家。

在「中國文學史」，上他是傑出的「少數民族文學家」之一。就種族來說，他的祖先是鮮卑人，系出北魏的拓拔氏。就國籍而言，他歸屬於「金」；他生於金章宗元年。三十一歲，得中進士，出仕於金。在金亡於元後，隱居不仕。

他出身書香門第，自稱是唐代詩人元結的後裔。七歲能詩，被當代人稱爲「神童」。十四歲，師事當代名家郝天挺。致力於古籍的研讀，打下堅實的根柢。六年後，學成，遍遊名山大川，作〈箕山〉、〈琴臺〉等詩。金國當時的文壇領袖，禮部尚書趙秉文一見，驚嘆爲「當世奇才」，大力推許。使他在一夕之間，名滿京師。

他的詩詞、文章都被視爲金代宗匠，爲一代冠冕。後人推崇他是「集兩宋之大成」，而且成爲亂離之後，碩果僅存的文學巨擘。更稱許他「文章獨步天下三十年」，並非溢美之詞。

亂世流離，人生轉捩

他出身於仕宦世家，襁褓中就過繼給叔父元格爲子。元格非常重視他的教育，不管自己被派到什麼地方做官，都敦聘當地學問最好的人也教元好問讀書。爲他的學問打下了堅實的基礎。

但聰明也罷，學問根柢堅實也罷，甚至他少年時已具有相當的「文名」了，但想要達成自己「學以致用」的理想，還是得經由科考入仕。而恨考這種事，可「由命不由人」了！從他十六歲去參加科考；也就是在路上寫下〈摸魚兒〉「問人間情是何物」起，一直失意於功名；也讓他從對功名利祿的熱中，漸漸冷卻。在他年過三十，得中「進士」時，又發生了一直賞識他的趙秉文被朝廷以「濫放及第」的罪名被貶官。使他深深感覺了官場的不公平和醜惡。一怒之下，棄不就選。趙秉文再三勸說他不要任性。他才在三年之後，應「宏辭科」考試，任國史院編修；這也是後來他對「修史之志」始終堅持的原因之一。

接下來的一段時間，他一直展轉各地任地方縣令，也眞正的直接的接慰到廣大的百姓，而了解了民生疾苦。

而在他四十二歲的那年，對他來說也是人生最痛苦的階段；他的母親、妻子，女兒相繼去世，而且他視如恩師的趙秉文也去世了！更嚴重的是：蒙古大軍南下，破了汴京，「大金」也瀕臨了危亡。他在流離中，眞正體會了「亡國之痛」，也了解了百姓在亂世中的痛苦。

國可亡，史不可泯

金亡之後，他唯一的願望，就是爲金修史。當時，金國實錄，都保存在順天張萬戶家裡。他爲了修金史，特地去拜訪張萬戶。本來張萬戶也同意了，後來因樂夔從中阻撓，不得如願。他慨嘆的說：「我不能讓一代史跡，就此泯滅不傳！」

於是，決心盡一己之心，爲金代保存史料。他在家中築了一個亭子，就在亭中進行保存史料的著述，因此將亭命名爲「野史亭」。

他用寸紙細書，把所見所聞的金國君臣言行，行誼，都一一採集記錄下來。積少成多，最後他留下記錄的總數，達一百多萬字。他把這些記錄，合編爲《壬辰雜編》；現在流傳的金史，有許多都是根據他這部書中的資料完成的。

實際上，他自己的詩作中，也有許多對當時亂離的記載。可以說是「以詩寫史」。他一生推崇杜甫，他自己的際遇、詩風，也可算是杜甫一脈了。以他的〈續小娘歌〉爲例，眞可稱是一字一淚：

太平婚嫁不離鄉，楚楚兒郎小小娘。三百年來涵養出，卻將沙漠換牛羊。

問人間，情是何物

在中國歷史上，「金」是一個處於夾縫中的「國家」。在文學史上，對中國而言，金國是「異族敵國」。而且又不曾如元朝，成爲一個朝代。時間既不長，人才又不多，也就常被疏忽遺忘。因此，一般人對元好問，遠不如對那些唐宋名家熟悉。

但，近年，元好問忽然「紅」了起來；許多人，雖然仍不知道「元好問」何許人，對他的〈摸魚兒〉詞：「問人間，情是何物？直教生死相許」，倒是琅琅上口，耳熟能詳。究其原因，也許會令元好問哭笑不得；那是因爲金庸的武俠小說《神鵰俠侶》中，引用了這闋詞。而這部武俠小說，又一再的被拍成電影、電視，因而深植人心。只是，大多數武俠小說讀者，未必知道這闋詞的作者，和作品背景。

元好問作這闋詞時，才十六歲。他因往并州赴試，經過汾水。路上遇到一個捕雁人，向他說了一個故事：早上捕雁人捕了一隻雁，殺了。另一隻脫網而去的雁，卻悲鳴不已，盤旋上空，不肯離去。最後，這本已脫網的雁，竟然自高空投地自殺，殉情而死！元好問聽了這故事，非常感動。便買下了這隻死雁，鄭重葬在汾水畔，並累石爲識，命名爲「雁丘」。同行的人，都作詩詠唱，他也作了〈雁丘辭〉。如今流傳的〈摸魚兒〉，是他後來根據〈雁丘辭〉又改定過的：

問人間，情是何物，直教生死相許。天南地北雙飛客，老翅幾番寒暑。歡樂趣，離別苦，是中更有癡兒女。君應有語，渺萬里層雲，千山暮景，隻影為誰去。

橫汾路，寂寞當年簫鼓。荒煙依舊平楚。招魂楚些何嗟及，山鬼自啼風雨。天也妒！未信與，鶯兒燕子俱黃土。千秋萬古，為留待騷人，狂歌痛飲，來訪雁丘處。

以詩論詩

研究中國詩學的人，都知道元好問有三十首「論詩」的絕句詩。以詩論詩，並不始於他，而始於「詩聖」杜甫的〈戲為六絕句〉。他在杜甫的啓發下，依據時代，以三十首絕句論詩。始於漢魏，終於南宋。不僅是「詩論」，也是縮影的詩史了。

他，詩法李（白）、杜（甫），文承韓（愈）、歐（歐陽修），詞繼蘇（軾）、辛（棄疾），可以說都是「名門正派」。他崇尚自然，以樸素、眞誠、崇高為貴。反對賣弄聰明，炫耀技巧。他自己的作品，也的確具備了他所推崇的「一語天然萬古新，豪華落盡見眞淳」的大家風範，足以服人。故而對後代詩人，可以說在理論上，或實質上，都留下了豐厚的文化遺產。

他對文學的另一貢獻，是編了一部金詩總集：《中州集》。把金代文學家的作品，以「斷代」的方式，保存了下來。除了文學價值之外，也爲金史留下了旁證的資料。所以他自己把《壬辰雜編》和《中州集》，合稱爲「野史」，眞可謂用心良苦！

金代詞壇盟主

他不但被當代人視爲「一代文宗」，更視爲金代的「詞壇盟主」；認爲他的詞直追北宋的蘇軾！

他的詞，不僅言情，也言志，而且寫出了自己的襟抱塊壘。如：〈鷓鴣天〉

候館燈昏雨送涼，小樓人靜月侵床。多情卻被無情惱，今夜還如昨夜長。
金屋暖，玉爐香。春風都屬富家郎。西園何限相思樹，辛苦梅花候海棠。

只近浮名不近情。且看不飲更何成。三杯漸覺紛華遠，一斗都澆塊磊平。
醒復醉，醉還醒。靈均憔悴可憐生。《離騷》讀殺渾無味，好個詩家阮步兵！

〈人月圓〉

重岡已隔紅塵斷，村落更年豐。移居要就，窗中遠岫，舍後長松。

十年種木，一年種穀，都付兒童。老夫惟有，醒來明月，醉後清風。

〈江城子〉

醉來長袖舞雞鳴，短歌行，壯心驚。西北神州，依舊一新亭。三十六峰長劍在，星門氣，郁崢嶸。

古來豪俠數幽并，鬢星星，竟何成！他日封侯，編簡為誰青？一掬釣魚壇上淚，風浩浩，雨冥冥。

詞中寄託的感慨，展現襟抱、情懷，都從他的人生際遇啓悟而來；眞不是一般詞人可及！

忽必烈旁邊的顧問禪師 ——劉秉忠——

開國元勳「聽書記」

劉秉忠，初名劉侃，字仲晦。他曾經出家爲僧，法名「子聰」，號「藏春散人」。後來受忽必烈重用，復原姓，並賜名「秉忠」。成爲元朝的「開國元勳」，和「典章制度」的制定者。

他的祖先，曾爲遼國仕宦大族。曾祖父任金朝邢州節度使，家居邢州（今河北邢台），自此成爲邢州人。

劉秉忠自幼風骨秀異，聰穎好學，八歲入學，日誦文數百言。十七歲爲邢臺節度使府令史，時常鬱鬱不樂，感嘆：「我家世代爲官，而今淪爲書記小吏。大丈夫生不逢時，只有隱退，以待時而起。」

便棄官隱居山中。「天寧寺」虛照禪師收他爲徒，他剃度爲僧，法名「子聰」。後雲遊雲中，留居南堂寺，修爲日深，成爲當代知名的僧侶。

忽必烈當時尚在藩邸，還沒登基。高僧海雲禪師奉召，路過雲中時，聽說南堂寺有位子聰禪師博學多才，就邀他同行。

他拜見忽必烈後，應對稱旨，忽必烈問了他很多問題。因他於書無所不讀，於天文、地理、律曆、占卜無不精通，使忽必烈十分愛重，把他留在身邊當「顧問」。他雖居藩邸，但不易僧服，也不受官職，人稱「聰書記」。

殺戮中的佛心

他父親去世，他返回邢州奔喪，忽必烈賜金百兩爲治葬之用。服喪期滿，便召還。他上書數千百言。忽必烈對他的這番議論，甚爲讚賞。他又上言道：「邢州戶口原有萬餘，因爲戰事頻仍，百姓流散，現竟不滿數百。若能派眞定的張耕、洺水的劉肅這樣的好官去治理，安撫百姓，必定很快能恢復舊觀。」

忽必烈聽了他的話，果然就派了這兩人去主持邢州政事。他們到任之後，興利除弊，獎勵農桑，不數月，人口就增加了幾十倍，史稱「邢州大治」。而成爲元代治理地方的重要典範地區，也成爲元朝執政的里程碑。

忽必烈對他言聽計從；元代開國。從擘劃建立大都（今北京），到典章制度的制訂，多出於「聰書記」之手。

他是一個智者，也是一個仁者。雖然是元代開國元勳的重臣，但另一方面，他畢竟飽讀詩書，又出身佛門，所以淡泊謙沖，一直是個視功名如糞土的高潔之士。進退行藏之間，更具備了大政治家的器度和遠見。後人比之如三國的諸葛亮，明朝的劉基，可知推重之一般。

但因爲他是漢人，祖先曾在遼、金爲官，他又輔佐元世祖忽必烈，使後世對他的定位褒貶不一。有的因他是漢人，視之爲「漢奸」，這是有點可笑的事；在「血緣」上，他也許是漢人。但顯然他家幾代人，都從不是「宋朝」的「臣民」，也談不上「背叛」。

秉忠根據《易經》中「大哉乾元」，而將忽必烈政權，命名爲「大元」。同時他亦向忽必烈進言「治亂之道，繫乎天而由乎人」。並讓忽必烈了解「可以馬上取天下，不可以馬上治天下」，主張參照漢人法律，改善法度、革除弊政。他在元朝開國期間政治的種種措施，是不能不視之爲「賢宰良臣」的。

雖然仕元，他仍處處以百姓爲念。以天下爲己任，又喜推薦賢士進入仕途；元代開國許多的「名臣」，都出於他的獎掖拔擢。

他其實是以「漢人」古聖先賢的理想政治藍圖，來開創「元」朝的。有一說：他當初，以「上天有好生之德」要求忽必烈答應：即使在戰爭中，也不可濫殺無辜。忽必烈答應了，他也因此把自己「賣」給了這項承諾。蒙古每打勝仗，軍中慶功，他從不參加。而於別帳茹齋，爲亡者念經超渡。這也許是一種矛盾。但不能不說他在殺戮中，仍稟持著「佛心」。

下詔還俗，復姓賜名

元世祖（忽必烈）登基；至元五年，拜劉秉忠光祿大夫，位至太保，並參領中書省事（宰相）。不僅如此，還下詔：命他還俗，改服娶妻。並以翰林學士竇默之女妻之，賜還原姓「劉」，並賜名「秉忠」。他雖奉詔還俗，平居還是齋居蔬食，澹然不異夙昔。

他的修養和心性，從詩、詞、曲中，都能讓人感受他蕭散淡泊和謙沖閒適的情懷，也可見他的修養和人生境界；這在中國的文學家中是極少見的。如七言律詩〈雲內道中〉：

遠水平蕪開野花，塞雲漠漠際寒沙。閒禽向晚無投樹，倦容逢秋更念家。
萬里經年走風雨，一身無計臥煙霞。來朝又上居延道，懷古思君改鬢華。

詞〈三奠子〉

念我行藏有命，煙水無涯。嗟去雁，羨歸鴉。半生形累影，一事鬢生華。東山客，西蜀道，且還家。

壺中日月，洞裡煙霞。春不老，景長嘉。功名眉上鎖，富貴眼前花。三杯酒，一覺睡，一甌茶。

〈江月晃重山〉

杜宇聲中去住，蝸牛角上輸贏。金甌名字盡人爭。秋鴻影，湖水鏡般明。

楊柳煙凝露重，蓮花月冷風清。萬年枝穩鵲休驚。鄰家笛，夜夜故園情。

〈木蘭花慢〉

到閒人閒處，更何必，問窮通。但遣興哦詩，洗心觀易，散步攜筇。浮雲不堪攀慕，看長空、淡淡沒孤鴻。今古漁樵話裡，江山水墨圖中。

千年事業一朝空。春夢曉聞鐘。得史筆標名，雲台畫像，多少成功。歸來富春山下，笑狂奴、何事傲三公。塵事休隨夜雨，扁舟好待秋風。

從這些詩詞中，我們確定：他不是「漢奸」；他是在亂世中超脫功名利祿，以天下蒼生爲念的「仁者」。

用功讀書到被父母阻止

——張養浩——

幼有義行，好學不倦

張養浩，字希孟，號雲莊，山東濟南人，是元朝文學大家。他的《雲莊樂府》在元曲中有很高的評價。

顯然，「養浩」二字，「養」的是「浩然之氣」。而「希孟」，所「希」的是「孟子」。他倒也沒有辜負這好名、好字，且在他幼年時，就表現了出來。

一天，他在路上，遠遠見到有人遺落了一個包袱。趨前一看，包袱中有許多銀子，而那個人已走遠了。小小年紀的他，不顧一切，在後面追趕。終於把失主追到，把包袱還給了失主。

他從小好學，才十歲，別的孩子正是貪玩，不肯好好讀書的時候。他就自動自發，手不釋卷的勤學苦讀。別人家的父母，爲孩子不肯讀書上進煩惱。他的父母卻爲了他太愛讀書，怕他太過勤苦而煩惱，常阻止他讀書太用功。爲了不讓父母擔心，他只好不出聲的默讀。有時晚上等父母睡了之後，再點燈偷偷的看書。這樣的孩子，眞令現今家有不肯好好讀書孩子的父母羨煞！

清官循吏

當時的山東按察使焦遂，聽說了他的好學，薦他爲東平學正。因此，得以遊學京師。他曾上書給當時的平章（宰相）不忽木，不忽木見到他的文章，大加嘆賞，保舉他入御史臺。

任內，他生病了。不忽木以宰相之尊，親自到他家探望。見到他家中簡樸得近於寒陋，眞的是「家徒四壁」。不由嘆道：「這才是御史臺眞正的支柱呀！」

後來，他外放堂邑當地方官。人家都說，官舍殺氣重，住進官舍的人，都不能倖免「死於非命」的命運。因此，許多到此任職的人，都不願住進官舍，寧可花錢另外租房子住。他卻認爲「邪不勝正」，不顧當地人的規勸，搬進去住。果然，一點事也沒有發生。

當地人很迷信，而且信仰的不是正規的宗教，而是一些怪力亂神的邪教，立有許多奉祀邪神的淫祠。他對這種傷風敗俗的邪教淫祠，深惡痛絕。下令拆毀了三十多座淫祠，使風氣爲之一新。

當時，有一種規定：凡是當過強盜的，一定在初一、十五要到官府報到。張養浩對這種規定很不以爲然，他說：「這些人本是良民。在荒年時，爲飢寒所迫，才不得已淪落爲盜。他們已經受過了法律的制裁，也洗心革面，重新做人了。如今，還這樣的把他們當強盜看待！等於隔一段日子，就重新宣布一次他們罪狀，這個做法，是斷絕他們的自新之路呀！」於是，他下令廢除這一規定。使這些改過自新的人，都感激得落淚，互相勸誡：「我們一定要好好做人，不要辜負了張公的德意呀！」

他離開後十年，地方父老還為他立碑頌德，可見他多麼受百姓的愛戴。

直言賈禍

張養浩有一首曲〈山坡羊・懷古〉：

峰巒如聚，波濤如怒，山河表裡潼關路。望西都，意踟躕，傷心秦漢經行處。宮闕萬間都做了土。興，百姓苦！亡，百姓苦！

從這支曲子裡，我們可以看到一個充滿了「悲天憫人」情懷的仁者形象。的確，張養浩就是這樣一個具有仁民愛物之心的人。也因此，為了天下百姓的福祉，不惜忤逆權貴，也招致自己一生的仕途坎坷。

他在元仁宗時，拜為監察御使，上萬言書言事，指摘時政弊端。他的直言無隱，當然不免踢到了當權者的疼腳。按個罪名，罷了他的官。他知道對方恨他入骨，恐有性命之憂，只得換了姓名逃走。

有了這樣的教訓，他卻還是沒有學乖。英宗即位，再召他爲官。時逢上元，英宗準備大事鋪張，靡費奢華的在內廷張燈爲鰲山，張養浩認爲浪費民脂民膏，供一人享樂，不是明君的作爲，又上疏直諫。英宗聽說此事時，爲之大怒。覽疏之後，卻爲他的忠忱感動，說：「除非張希孟，沒人敢說這話。」不但不加罪，還賞賜了他，以表揚他的忠直。這是他的運氣好，英宗總還算「聖明」，否則，恐怕又要招致禍端了。

鞠躬盡瘁

元朝的政治，並不清明。張養浩也知道自己的個性，不合適做官。這樣犯顏直諫，在他是出於「忠愛」。但，皇帝雖然容諒，又有多少當權者能容得了這樣的忤逆呢？對整個政治，他充滿了無力感。於是，以「歸養老父」爲名，棄官退歸林下。在這段日子裡，朝廷再三徵召他出來做官，他都不爲所動。在他的《雲莊樂府》中，有一支〈十二月帶堯民歌〉，也許是他這一階段心境的寫照：

從跳出功名火坑，來到這花月蓬瀛。守著這良田數頃，看一會雨種煙耕。到大來心頭不驚，每日家直睡到天明。

見斜川雞犬樂昇平，繞屋桑麻翠煙生。更杖藜無處不堪行，滿目雲山畫難成。泉聲響時仔細聽，轉覺柴門靜。

最後，他還是出山了。卻不是爲了做官，而是爲了濟民；元文宗天曆二年，關中大旱。任命他爲陝西行臺中丞，負責賑災的工作。「屢徵不起」的他，散盡家財，給鄉里間貧苦的鄉親父老後，即日束裝就道。

他一路上，賑濟飢民，埋葬餓莩。到任之後，沒有在家住過，把公署當家，救荒除弊，勤政撫民。受惠的災民無以計數，而他自己，也因過於勞瘁，卒於任上。百姓聞訊哀哭，如失父母。在他，也算是求仁得仁，死而無憾了吧？

你儂我儂的神仙眷侶

——趙孟頫、管仲姬——

宋朝宗室，元代名臣

趙孟頫，字子昂，號松雪道人。別號鷗波，宋末吳興（今浙江湖州）人。他是宋朝的宗室，宋太祖之子秦王趙德芳的後裔。宋太祖駕崩之後，弟弟趙光義繼位，隨後太祖的兩個兒子都去世了，留下了是否爲宋太宗殺害的疑團。自此宋代宗支，轉爲太宗一脈。直到宋室南遷，高宗無子，義子孝宗繼位；孝宗是出於當年的秦王趙德芳一支，也可說：直到這時，宋室天下才「歸還」於太祖一脈。

趙孟頫出於孝宗之兄趙伯圭家族。孝宗賜給這哥哥的府第在湖州，所以子孫們都算是湖州人了。

趙孟頫出生於宋代末年，從小聰明好學。不久宋亡於元，他居家力學。到元世祖至元年間，行台御史奉命搜求「江南隱逸」，他以才學被推薦入朝。

元世祖見到他才氣英邁，神采煥發，望之如「神仙中人」大喜。不顧朝臣認爲：他是宋朝宗室，不該太親近的「警告」，就讓他坐於右丞之上。並命他起草頒布天下的詔書。他援筆立就，世祖大喜：「我心裡想他，他都寫出來了！」

任命他爲兵部郎中。當時，桑哥爲丞相，他是個嚴守時間上班的人，絕不遲到。誰遲到，就要受笞刑（挨打）。有一天，趙孟頫遲到了，受了笞刑。他向都堂訴說此事，右丞李葉立時向皇帝反應：「自古『刑不上大夫』，爲了養其廉恥，教以節義。而且，羞辱了士大夫，也等於是羞辱朝廷，萬萬不可！」

桑哥聽說，馬上召來趙孟頫，誠懇慰問道歉。從此，就不再有高官受刑了。

有一次，他騎馬經過御牆外，那條道路非常狹窄難走。一個馬失前蹄，竟然跌到旁邊的河裡了。皇帝聽說了這件事，立時下命將御牆移動兩丈，把道路拓寬；可知對他的器重。

皇帝很器重他，但想要重用他，都會受到臣子們的掣肘反對。只能讓他做個沒什麼實權的「集賢直學士」。

他自己也非常了解：他簡直「裡外不是人」，宋朝的遺臣、遺民，對他入仕於元，是非常不諒解的。而以他「宋朝宗室」的身份，在朝廷上，也難免受到蒙古同僚的猜忌。事實上，所以皇帝想要他參與政事，他也力辭不就。

但爲了表示對他的尊重，皇帝還是傳旨：「趙孟頫出入宮門不禁！」

每次召見他，必以治國之道向他請教，他也有許多的建言。

雖然如此，他還是心有數：皇帝越他的信任，會使朝廷中的蒙古大臣越對他疑忌，因此力請外放。皇帝無奈，只好讓他到濟南去當濟南路總管府事。這個官職的政事清簡，十分閒空。皇帝知道：他的書法可稱「當代第一」，就命他寫「金字藏經」。寫成後，成爲國家典藏的「國寶」。

元仁宗即位，召他回京爲集賢侍講學士，後來又拜爲翰林學士承旨。一般皇帝對臣子都是「直呼其名」的，但爲了表示對他的尊重，皇帝都稱他的字：「子昂」；這是非常的禮遇。他曾經累月的不進宮。皇帝問左右：「爲什麼好久沒見到『趙學士』了？」

左右回答說：「趙學士年紀大了，天氣嚴寒，他怕冷。」

皇帝馬上賜給他最暖和的貂皮衣。他因爲思念故鄉，請求南歸。皇帝答應了，還一再的賞賜衣物、錢財。也不時的催他入京。他稱疾無法回京。英宗皇帝就派使者到他的家鄉，請他寫《孝經》。

他六十九歲去世，英宗追封他爲「魏國公」，諡文敏。可稱「一世尊榮」。

詩書畫三絕

趙孟頫在詩、書、畫上，都有很高造詣，可稱「詩書畫三絕」。他的詩作有《松雪齋集》傳世。書法上，精通行書、楷體，爲楷書四大家（歐陽詢、顏眞卿、柳公權、趙孟頫）之一，並獨創「趙體」，對後代書法藝術影響很大。

他從江南至大都（今北京）任官後，吸收了北方「用筆簡率」的古樸畫風，並師法唐朝王維、五代董源的畫風，創作法〈鵲華秋色圖〉與〈水村圖〉，開啓以「寫意」爲主，集前代之大成，不拘風格的風格。也開創了後世的「文人畫」一派。

他的畫反璞歸眞，古樸自然。除了山水畫之外，他的畫作題材非常廣泛：舉凡人物、動物、花鳥、竹石無所不畫，在書畫上的成就，後世幾無人能及！他還提出了「書、畫筆法相同」的理論，在畫法上也有其獨創性；並且身體力行，以本身的作品爲後代「示範」。

他前期的畫作，設色獨到，雖極爲絢麗，仍歸於自然。後期則多作淡墨畫，近乎白描。繪畫作品最有名的就是〈鵲華秋色圖〉。如今仍典藏於台北「故宮博物院」，並被視爲「鎭院之寶」！

神仙眷屬，你儂我儂

趙孟頫的夫人管道昇，字仲姬，又字瑤姬，是浙江德清人。她從小聰明穎慧過人，家學淵源，工詩善畫，而且才貌雙絕。或也因爲如此，不免心高氣傲，高不成、低不就的，直到二十八歲，才嫁了門當戶對，且在才學上也「勢均力敵」的趙孟頫。就過去女子及笄之年（十五歲）就可以論婚嫁來說，可眞算得「晚婚」了！

她的書法成就，與東晉的衛夫人衛鑠（王羲之的老師）齊名，二人並稱爲中國「書壇二夫人」。而年輩還在衛夫人之上的，則是蔡邕之女蔡琰（字文姬）；蔡琰的書法，直接傳承於她大書法家的父親蔡邕。而衛夫人的老師鍾繇，則是蔡琰的弟子。

她嫁給趙孟頫之後，不論是吟詩唱和，或是寫字、繪畫，都夫唱婦隨，可稱得是「神仙眷屬」。

到趙孟頫被徵召入京，當然她也「夫榮妻貴」；先被封為「吳興郡夫人」，後來又被封為魏國夫人；因此世稱「管夫人」。

但趙孟頫也跟一般的男人一樣，到了中年之後，老夫老妻的，覺得失去新鮮感了。而且管夫人為他生育了三男六女，當然容顏也無復當年了。於是起心動念想要納妾。這在當代，是很稀鬆平常的事；那家沒有三妻四妾呢？只是他們的感情一直很好，使他當面說不出來。那也沒關係，他擅長詩詞，就隨手寫了一首小詞「明示」：

我為學士，你做夫人，豈不聞王學士（王羲之）有桃葉、桃根，蘇學士（蘇軾）有朝雲、暮雲。我便多娶幾個吳姬、越女無過分，你年紀已四旬，只管佔住玉堂春。

管夫人接到這首詞，一不哭，二不鬧，當然更不上吊。只是你以詞來，我以詞往，寫下了流傳後世著名的〈我儂詞〉：

你儂我儂，忒煞情多，情多處，熱如火。把一塊泥，捏一個你，塑一個我，將咱兩個一起打破，用水調和。再捏一個你，塑一個我；我泥中有你，你泥中有我。與你生同一個衾，死同一個槨。

讀了這首詞，趙孟頫頓時「良心發現」；深覺懊惱；有這樣才華品貌都出眾的妻子，夫復何求？立時打消了納妾的念頭。兩人經此一事，心照不宣，感情卻更爲深厚了。

最後，他們眞的是「生同一個衾，死同一個槨」；兩人死後合葬，合葬墓碑上，刻的是「魏國公趙孟頫、魏國夫人管仲姬」之墓。

不如歸去〈漁歌子〉

其實，趙孟頫不但在朝廷上受朝臣的疑忌，也因爲他以「宗室」的身份「事敵」也備受漢人的有氣節的人士非議。這一種無奈與痛苦，只有管夫人最了解。在他六十歲的時候，管夫人寫了數首〈漁歌子〉，勸其歸隱還鄉。

其一：

遙想山堂數樹梅，凌寒玉蕊發南枝。山月照，曉風吹，只為清香苦欲歸。

其二：

南望吳興路四千，幾時回去霅溪邊。名與利，付之天，笑把漁竿上畫船。

其三：

身在燕山近帝居，歸心日夜憶東吳。斟美酒，膾新魚，除卻清閒總不如。

其四：

人生貴極是王侯，浮名浮利不自由。爭得似，一扁舟，吟風弄月歸去休！

趙孟頫當然了解她的心意，也跋語讚曰：「此《漁父詞》皆相勸以歸之意，無貪榮苟進之心。」

也作詞二首又畫了畫，以和夫人之韻，以寄嚮往歸隱之情。

其一：

渺渺煙波一葉舟，西風落木五湖秋。盟鷗鷺，傲王侯，管甚鱸魚不上鉤。

其二：

儂在東南震澤州，煙波日日釣魚舟。山似翠，酒如油，醉眼看山百自由。

一門風雅

元仁宗非常喜愛趙孟頫的書法，也知道不但他的妻子管仲姬，他們的兒子趙雍，也都擅長此道。因此：命人將他們三人的書法裝裱爲捲軸，下令將此軸藏於秘書監。

他十分得意的說：「要讓後世的人，知道我朝曾有這樣『一門風雅』的家庭；一家夫婦、父子都擅長書法！」

其實還不僅於此；管道昇一心一意的相夫教子，以傳承書香畫藝，栽培子孫後代爲務。他們的兒子趙雍、趙奕，和孫子趙鳳、趙麟、趙彥徵都成爲名冠一時的畫家。外孫王蒙的畫作，更以「元氣磅礴」且具有開創性爲人稱許，與黃公望、吳鎮、倪瓚並稱爲著名的畫界的「元四大家」。

《竇娥冤》原本是大團圓結局？
——關漢卿——

元雜劇第一人

關漢卿，號齊叟，元大都（今北京）人。曾任太醫院尹。他精通音律，擅長歌曲，能親自演唱。又擅長編劇，出色當行，是個當代著名的戲劇家。他既不依傍權門，也不歸隱山林，而是自覺的，以編寫當代的主流文學「雜劇」為工具，來揭發現實社會中的「黑暗面」，為強權統治下的民眾發聲。

中國自古以來，四民是「士農工商」；知識份子「士」是「四民之首」。但元朝把人民職業分成十等：官、吏、僧、道、醫、工、匠、娼、儒、丐；讀書人的地位，甚至還在娼妓之下！

在這種心靈和人格的壓抑和摧殘之下，他的戲劇，大多貼近平民百姓的生活層面；以平民百姓、妓女、奴婢、窮書生等為主角，寫出他們的悲歡離合的人生悲喜。他一生寫了六十七種劇本（有些有後世人存疑），現存還有十八種。最有名的有《竇娥冤》、《蝴蝶夢》、《魯齋郎》、《救風塵》、《望江亭》、《拜月亭》等。而被視為「元雜劇第一人」。

不朽悲劇《竇娥冤》

其中，被公認的代表作《感天動地竇娥冤》，是傑出的悲劇，劇情悲慘到令人不忍卒睹。通過女主角「竇娥」含冤負屈，以一個「孝婦」，被惡人誣告，又遇糊塗官以「毒死公公」（事實上，她的婆婆是個寡婦，她根本沒有公公！所謂「公公」是一對無賴張驢兒父子，欺凌她家沒男丁，又家境富裕；父親覬覦她婆婆的家財，兒子垂涎她的美色，強迫她屈從。因爲她的反抗，在她婆婆病中，想毒死她婆婆。不料，這杯毒湯，卻被自己父親誤喝而死。張驢兒以此威逼她改嫁，因竇娥不從，而以「毒死公公」的罪名告官，她堅不招供，官員就要打她的婆婆逼供，她因而屈招）的罪名判死刑，被綁上法場問斬的悲劇。其中幾段她臨斬時的唱詞，將她的悲憤噴薄而出，非常震撼人心：

〔端正好〕沒來由犯王法，不提防遭刑憲，叫聲屈，動地驚天！頃刻間遊魂先赴森羅殿，怎不將天地也生埋怨？

〔滾繡球〕有日月朝暮懸，有鬼神掌著生死權，天地也，只合把清濁分辨，可怎生糊突了盜跖、顏淵？為善的受貧窮更命短，造惡的享富貴又壽延。天地也，做得個怕硬欺軟，卻元來也這般順水推船。地也，你不分好歹何為地？天也，你錯勘賢愚枉做天！哎，只落得兩淚漣漣。

……

（卜兒云）孩兒，痛殺我也！

（正旦云）婆婆，那張驢兒把毒藥放在羊肚兒湯裏，實指望藥死了你，要霸佔我為妻。不想婆婆讓與他老子吃，倒把他老子藥死了。我怕連累婆婆，屈招了藥死公公，今日赴法場典刑。婆婆，此後遇著冬時年節，月一十五，有 不了的漿水飯，瀽半碗兒與我吃；燒不了的紙錢，與竇娥燒一陌兒。則是看你死的孩兒面上！

〔快活三〕念竇娥葫蘆提當罪愆，念竇娥身首不完全，念竇娥從前已往幹家緣。婆婆也，你只看竇娥少爺無娘面。

〔鮑老兒〕念竇娥伏侍婆婆這幾年，遇時節將碗涼漿奠；你去那受刑法屍骸上烈些紙錢，只當把你亡化的孩兒薦。

（卜兒哭科，云）孩兒放心，這個老身都記得。天那，兀的不痛殺我也！

（正旦唱）婆婆也，再也不要啼啼哭哭，煩煩惱惱，怨氣沖天。這都是我做竇娥的沒時沒運，不明不暗，負屈銜冤。

（劊子做喝科，云）兀那婆子靠後，時辰到了也。

（正旦跪科）（劊子開枷科）

（正旦云）竇娥告監斬大人，有一事肯依竇娥，便死而無怨。

（監斬官云）你有甚麼事？你說。

（正旦云）要一領淨席，等我竇娥站立；又要丈二白練，掛在旗槍上：若是我竇娥委實冤枉，刀過處頭落，一腔熱血休半點兒沾在地下，都飛在白練上者。

（監斬官云）這個就依你，打甚麼不緊。

（劊子做取席站科，又取白練掛旗上科）（正旦唱）

〔耍孩兒〕不是我竇娥罰下這等無頭願，委實的冤情不淺；若沒些兒靈聖與世人傳，也不見得湛湛青天。我不要半星熱血紅塵灑，都只在八尺旗槍素練懸。等他四下裏皆瞧見，這就是咱萇弘化碧，望帝啼鵑。

（劊子云）你還有甚的說話？此時不對監斬大人說，幾時說那？

（正旦再跪科，云）大人，如今是三伏天道，若竇娥委實冤枉，身死之後，天降三尺瑞雪，遮掩了竇娥屍首。

（監斬官云）這等三伏天道，你便有沖天的怨氣，也召不得一片雪來，可不胡說！（正旦唱）

〔二煞〕你道是暑氣暄，不是那下雪天；豈不聞飛霜六月因鄒衍？若果有一腔怨氣噴如火，定要感的六出冰花滾似綿，免著我屍骸現；要什麼素車白馬，斷送出古陌荒阡！

（正旦再跪科，云）大人，我竇娥死的委實冤枉，從今以後，著這楚州亢旱三年！

（監斬官云）打嘴！那有這等說話！（正旦唱）

〔一煞〕你道是天公不可期，人心不可憐，不知皇天也肯從人願。做甚麼三年不見甘霖降？也只為東海曾經孝婦冤，如今輪到你山陽縣！這都是官吏每無心正法，使百姓有口難言！

（劊子做磨旗科，云）怎麼這一會兒天色陰了也？（內做風科，劊子云）好冷風也！

（正旦唱）

〔煞尾〕浮云為我陰，悲風為我旋，三樁兒誓願明題遍。（做哭科，云）婆婆也，直等待雪飛六月，亢旱三年呵，（唱）那其間才把你個屈死的冤魂這竇娥顯！

據說，當初關漢卿原想寫的是先苦後甘的「大團圓」結局（後世也有人把竇娥當場問斬的悲劇，改爲她的父親做了官回來，救下了她。誤傳死亡的丈夫也中舉回來，全家團圓）。但他的妻子萬氏，卻認爲那樣就太平淡凡俗了。建議他就寫成悲劇。卻因此成就了他不朽的地位；《竇娥冤》成爲元雜劇「四大悲劇」（關漢卿《竇娥冤》、馬致遠《漢宮秋》、白樸《梧桐雨》、紀君祥《趙氏孤兒》）之首。甚至因此，關漢卿被中國人視爲東方的「莎士比亞」。

賢妻醋婦

關漢卿的妻子萬氏，出身於大戶人家，算得是一位名門閨秀。因此也讀書、識字、能詩。嫁了貧窮的才子關漢卿，也勞而無怨的甘心食貧爲才子婦。她不僅讀書識字，而且很有見識，關漢卿對她也十分敬愛。也常是關漢卿作品的第一個讀者，能給關漢卿提出很好的意見；建議他不要寫得太高雅，因爲雜劇本來就是屬於平民百姓的民間戲劇，應該儘量的通俗，貼近百姓的接受程度。

她知道：作爲一個劇作家，是不能「閉門造車」的，需要廣泛的接觸各個階層。而且關漢卿本來也是個「風流才子」，又能歌擅唱，不免在秦樓楚館與那些青樓名妓們有許多的互動往還。她這方面也算大度能容，並不在意。

她出身大家，過門時，帶了一個年紀還小的丫頭陪嫁。過了幾年，她在勞悴中無復當年姿容，而這小丫頭倒成長爲青春少女，風姿楚楚，玉立亭亭。關漢卿見到這青春美貌的丫頭，不覺動心。寫了一首小令：

鬌鴉，臉霞，屈殺了在陪嫁。規模全似大人家，不在紅娘下。巧笑迎人，娓娓回話，真如解語花。若咱得了她，倒卻葡萄架。

萬氏算得是關漢卿的文章知己，也常在他的書房檢讀他的作品。看到這闋詞，驚覺：關漢卿竟在「覬覦」她的這個陪嫁丫頭！吃起了「窩邊草」來！

他在外面如何，她可以放任。吃「窩邊草」，卻不是她可以容忍的。她覺得為了個丫頭，夫婦兩個爭爭鬧鬧也有失體面。好！他既然寫了這首小令來試探，她也用文字給他回覆。於是她寫了一首七言詩，還命這丫頭送去給關漢卿：

聞君偷看美人圖，不似關羽大丈夫。金屋若將阿嬌貯，為君喝徹醋葫蘆！

關漢卿見到這首詩，知道萬氏是絕不會容許自己納這陪嫁丫頭爲妾的，只好訕訕地自己下台，放棄納妾之念。

夫子自道〈不伏老〉

關漢卿不僅能寫雜劇，他的散曲也寫得非常好。而關漢卿到底是怎麼一個人呢？他自己寫了〈《南呂一枝花．不伏老》〉的「自供」，把自己交代得清清楚楚：

〔一枝花〕攀出牆朵朵花，折臨路枝枝柳。花攀紅蕊嫩，柳折翠條柔，浪子風流。憑著我折柳攀花手，直煞得花殘柳敗休。半生來折柳攀花，一世裏眠花臥柳。

〔梁州〕我是個普天下郎君領袖，蓋世界浪子班頭。願朱顏不改常依舊，花中消遣，酒內忘憂。分茶竹，打馬藏鬮；通五音六律滑熟，甚閒愁到我心頭？伴的是銀箏女銀臺前理銀箏笑倚銀屏；伴的是玉天仙攜玉手並玉肩同登玉樓；伴的是金釵客歌金縷捧金樽滿泛金甌。你道我老也，暫休。佔排場風月功名首，更玲瓏又剔透。我是個錦陣花營都帥頭，曾玩府遊州。

〔隔尾〕子弟每是個茅草岡、沙土窩初生的兔羔兒乍向圍場上走，我是個經籠罩、受索網蒼翎毛老野雞踏踏的陣馬兒熟。經了些窩弓冷箭鑞槍頭，不曾落人後。恰不道「人到中年萬事休」，我怎肯虛度了春秋。

〔尾〕我是個蒸不爛、煮不熟、捶不匾、炒不爆、響璫璫一粒銅豌豆，恁子弟每誰教你鑽入他鋤不斷、斫不下、解不開、頓不脫、慢騰騰千層錦套頭？我玩的是梁園月，飲的是東京酒，賞的是洛陽花，攀的是章臺柳。我也會圍棋、會蹴踘、會打圍、會插科、會歌舞、會吹彈、會咽作、會吟詩、會雙陸。你便是落了我牙、歪了我嘴、瘸了我腿、折了我手，天賜與我這幾般兒歹症候，尚兀自不肯休！則除是閻王親自喚，神鬼自來勾。三魂歸地府，七魄喪冥幽。天哪！那其間才不向煙花路兒上走！

明代朱權在《太和正音譜》中，對他的評價是「瓊宴醉客」。說他是「可上可下」之才；也就是「雅俗通吃」。而自稱是「銅豌豆」的他，恐怕可以解讀爲「軟硬不吃」吧！

千古留名《西廂記》——王實甫——

當代歧視，千古留名

王實甫，一說，名德信，字實甫，而「以字行」；所以後人所熟知的，就是「王實甫」了。他是元代大都（今北京）人，可能和關漢卿同時而稍晚。

對他的生平。文獻的記錄很少。應該是曾做過官，可能也不很得意。所以在退隱後，寄情於勾欄酒肆，教坊青樓，以寫作雜劇自娛。

「劇作家」，就現代來說，算是相當爲人敬重，而且可以「名利雙收」的事業。而在元朝，「士」已列爲「十民」之九，只略勝於「丐」，並不受重視。更何況，他寫的又是屬於下階層市井間流傳的雜劇。當然更爲「自命清高」的官場官員、和「望重士林」的精英們鄙視了。

而當時鄙視他的人，如今安在？恐怕他們絕對想不到：王實甫後來竟因此而留名於「中國文學史」，成爲元代數一數二的元曲「雜劇大家」；元曲四大家一般都認爲是：關（漢卿）、馬（致遠）、白（樸）、鄭（光祖）。但也有人爲王實甫不平，認爲他比鄭光祖更有資格列入，而改爲：關、馬、白、王（實甫）。

宋趙、金董、元王競寫《西廂》

王實甫的作品不少，而最爲世所知的，是他的《西廂記》。這取材於元稹所作唐傳奇《鶯鶯傳》的故事，從唐代就已經開始「熱門」了；許多詩人都爲《鶯鶯傳》寫過詩。

宋朝蘇軾的好友趙令畤，曾寫了十二闋的《元微之崔鶯鶯商調蝶戀花詞》；簡稱稱《商調．蝶戀花》，把原本簡單的「傳奇小說」分節，在每一段在文字之後，附一闋〈蝶戀花〉，寫成了可以說唱的「鼓子詞」。

元稹最早的《鶯鶯傳》和趙令畤的「鼓子詞」，男主角都只是個只貪戀美色，卻不負責任的人。講了一堆爲自己脫罪的歪理。反說崔鶯鶯是個可以成爲「禍水」的「尤物」，自己如何的「忍情」逃離。卻又在崔鶯鶯已別嫁後，以「外兄」（表兄）的身分，透過崔的丈夫，要求見面。崔鶯鶯寫了兩首詩堅拒：

自從消瘦減容光，萬轉千迴懶下床。不為旁人羞不起，為郎憔悴卻羞郎。

棄置今何道，當時且自親。還將舊時意，憐取眼前人。

始亂終棄的「張生」，眞令人覺得「噁心」，讓人非常厭惡。

趙令時的「鼓子詞」中情節，基本是依循元稹原作，沒有後來董、王兩本《西廂記》那麼複雜。但在雙方分別之際，他也寫出了崔鶯鶯的傷別之情：

> 碧沼鴛鸞交頸舞，正恁雙棲，又遣分飛去。灑翰贈言終不許，援琴請盡奴衷素。曲未成聲先怨慕，忍淚凝情，強作霓裳序。彈到離愁淒咽處，絃腸俱斷梨花雨。

到了金代，出現了董解元的諸宮調《西廂記》。「解元」，本來是鄉試第一名的稱謂。但這位「董解元」的生平身世無可考。他是否眞的中過「解元」？是民間藝人的「藝名」或文士的「外號」，還是一般民間對讀書人的「敬稱」，也讓後世存疑；因為這種「敬稱」自古有之；像宋朝，對具有文名的讀書人或文官，民間都尊稱為「學士」；可並不表示他是「翰林學士」。

在情節上，董解元的《西廂記》就與《鶯鶯傳》就不一樣了。鶯鶯不再是軟弱讓人玩弄後，被棄另嫁的女子，張生也對愛情非常堅貞，原本在元稹和趙令時筆下都相當簡略的「紅娘」，也重要了起來，而且更為嬌俏可人，甚至成為戲中非常大的「亮點」。而且，也把原本的故事，改寫成了「大團圓」的結局。

「諸宮調」屬於一種民間流傳民俗曲藝的「說唱藝術」，性質有點像後世南方的「彈詞」，或北方的「大鼓書」。可以一個人唱，也可以幾個人輪流演唱。

在《董西廂》中的「長亭送別」：

〔黃鐘宮〕〔出隊子〕最苦是離別，彼此心頭難棄捨。鶯鶯哭得似癡呆，臉上啼痕都是血，有千種恩情何處說。

夫人道：「天晚教郎疾去。」怎奈紅娘心似鐵，把鶯鶯扶上七香車。君瑞攀鞍空自顛，道得個「冤家寧耐些」。

〔尾〕馬兒登程，坐車兒歸舍；馬兒往西行，坐車兒往東拽：兩口兒一步兒離得遠如一步也！

〔仙呂調〕〔點絳唇纏令〕美滿生離，據鞍兀兀離腸痛。舊歡新寵，變作高唐夢。回首孤城，依約青山擁。西風送，戍樓寒重，初品《梅花弄》。

〔瑞蓮兒〕衰草萋萋一徑通，丹楓索索滿林紅。平生蹤跡無定著，如斷蓬。聽塞鴻，啞啞的飛過暮重。

同一情節，《王西廂》寫得更美，正可對比：

〔正宮〕〔端正好〕碧雲天，黃花地，西風緊，北雁南飛。曉來誰染霜林醉？總是離人淚。

〔滾繡球〕恨相見得遲，怨歸去得疾。柳絲長玉驄難系，恨不倩疏林掛住斜暉。馬兒迍迍的行，車兒快快的隨，卻告了相思迴避，破題兒又早別離。聽得道一聲「去也」，鬆了金釧；遙望見十里長亭，減了玉肌：此恨誰知？

（紅云）姐姐今日怎麼不打扮？（旦云）你那知我的心裡呵！

〔叨叨令〕見安排著車兒、馬兒，不由人熬熬煎煎的氣；有甚麼心情花兒、靨兒，打扮得嬌嬌滴滴的媚；準備著被兒、枕兒，只索昏昏沉沉的睡；從今後衫兒、袖兒，都搵做重重疊疊的淚。兀的不悶殺人也麼哥？兀的不悶殺人也麼哥？久已後書兒、信兒，索與我淒淒惶惶的寄。

後世有一傳說：他寫到「〔端正好〕碧雲天」的那一段。心血嘔盡，倒地而亡，後面的第五本，是關漢卿為他把《西廂記》續完的。也有人說《西廂記》是關漢卿寫的，由王實甫續完。這些也都是聊備一說，存參可矣。

明代朱權《太和正音譜》評王實甫：

王實甫之詞，如花間美人，鋪敘委婉，深得騷人之趣。極有佳句，如玉環之出浴華池，綠珠之採蓮洛浦。

而清代金聖嘆則將古往今來的書籍，選出了六大才子書：第一才子書：《莊子》（作者：莊子）；第二才子書：《離騷》（作者：屈原）；第三才子書：《史記》（作者：司馬遷）；第四才子書：《杜詩》（作者：杜甫）；第五才子書：《水滸傳》（作者：施耐庵）；第六才子書：《西廂記》（作者：王實甫）。將王實甫的《西廂記》列爲「第六才子書」，也算推崇備至了。

怎當她臨去秋波那一轉

《西廂記》一出，崔鶯鶯和張生、紅娘的故事，經過戲曲傳唱，幾乎「家喻戶曉」。即使不識字的人，也都聽過這個故事、看過這個戲，對其中人物與故事情節耳熟能詳。

明代的士子丘瓊山，到一所寺廟遊玩，驚見這廟的四壁之上，都畫著《西廂記》中的情節，畫中人物栩栩如生，非常驚訝；因爲當時《西廂記》雖然風行，但還是被衛道人士指爲

「淫書」的；一般人都不太敢明目張膽的公然閱讀、談論，何況是「清修之地」的「空門」呢？他責問寺中老僧：「空門中怎麼會有這些畫？」

廟裡的老僧回答他說：「老僧由此悟禪。」

丘問：「從何處悟？」

老僧說：「是『怎當她臨去秋波那一轉。』」

這一故事流傳，爲《西廂記》增添了讓人啼笑皆非的趣味色彩。

《西廂記》第一折〈驚豔〉中；廟裡的小和尚法聰，帶著張生在廟裡各處遊玩。見到與侍婢紅娘到花園遊玩的崔鶯鶯，驚爲天人。崔鶯鶯發現有不認識的男人在場，還盯著她看。回頭望了一眼，就帶著紅娘離開了，留下了神魂顛倒的張生；他本來只是經過「普救寺」，準備馬上進京趕考的。爲了找機會接近崔鶯鶯，就向廟方租了房間住了下來；也因此才有了後面的情節。這一句戲詞，是張生唱的〈賺煞〉：

餓眼望將穿饞口涎空咽，空著我透骨髓相思病染，怎當她臨去秋波那一轉！休道是小生，便是鐵石人也意惹情牽。近庭軒，花柳爭妍，日午當庭塔影圓。春光在眼前，爭奈玉人不見，將一座梵王宮疑是武陵源。

到了清朝，有個才子尤侗，寫了篇遊戲文章；用《西廂記》中「怎當她臨去秋波那一轉」的八股文，更令人絕倒：

想雙文之目成，情以轉而通焉。蓋秋波非能轉，情轉之也。然則雙文雖去，其猶有未去者存哉。

……

惟見盈盈者波也，脈脈者秋波也，乍離乍合者，秋波之一轉也。吾未之見也，不意於臨去時遇之。

吾不知未去之前，秋波何屬。或者垂眺於庭軒，縱觀於花柳，不過良辰美景，偶爾相遭耳。猶是庭軒已隔，花柳方移，而婉兮清揚，忽徘徊其如送者奚為乎？所云含睇宜笑，轉正有轉於笑之中者。雖使覥修　於靦面，不若此際之銷魂矣。

吾不知既去之後，秋波何往。意者凝眸於深院，掩淚於珠簾，不過怨粉愁香，淒其獨對耳。惟是深院將歸，珠簾半閉，而嫣然美盼，似恍惚其欲接者奚為乎？所云渺渺愁余，轉正有轉於愁之中者。雖使覩羞目於燈前，不若此時之心蕩矣。此一轉也，以為無情耶？轉之不能忘情可知也。以為有情耶？轉之不為情滯又可知也。人見為秋波一轉，而不見彼之心思有與為之一轉者。吾即欲流睞相迎，其如一轉之不易受何！

此一轉也，以為情多耶？吾之惜其止此一轉也。以為情少耶？吾又恨其餘此一轉達也。彼知為秋波一轉，而不知吾之魂夢有與為千萬轉者。吾即欲閉目不窺，其如一轉之不可卻何！

噫嘻！

招楚客於三年，似曾相識；傾漢宮於一顧，無可奈何。

有雙文之秋波一轉，宜小生之眼花繚亂也哉！抑老僧四壁畫西廂，而悟禪恰在個中。蓋一轉者，情禪也，參學人試於此下一轉語！

尤侗的這篇遊戲「八股文」當代盛傳。甚至傳到宮中，順治見而喜之。待他讀完，指著篇末一句：「參學人試於此下一轉語。」笑著問他身邊的高僧木陳忞：「請老和尚示下！」

木陳忞合十：「這，不是山僧境界！」

順治大笑，又問隨木陳忞來京的首座弟子天岸昇：「天岸如何？」

天岸昇合十：「不風流處也風流！」

又一說與和尚的問答生於康熙和國師宏覺和尚。總之，由此可知，這一段「公案」在清初流傳之廣！

枯籐、老樹、昏鴉

—馬致遠—

東林才子，仕途坎坷

馬致遠，原名視遠。元滄州東光（今河北東光）人。著名的元代戲曲家。生平不詳。只知他自幼家境清寒，因好學苦讀，在鄉里間頗具才名。在他徬徨於前途時，曾經到東光的「鐵佛寺」參拜，並向寺中長老請教。

這位長老是位有道高僧，見他氣宇不俗，而功名心切，提醒他說：「非淡泊無以明志，非寧靜無以致遠！你生於東籬，志在千里，來日定成材成器。但須牢記：你的才華，應用在爲民謀求福利，而不應該只爲自己求富貴。」他因此改名致遠，字千里，號東籬。

他少年時追求功名，但並不得志。直到中年，才得中進士入仕；但經過長期的落魄，加上早年長老的開釋，也看透了世事世情。晚年歸隱林泉，過著「酒中仙、塵外客、林間友」閒散的生活。

《漢宮秋》名劇傳世

馬致遠著有雜劇十三種，現存的還有《漢宮秋》、《岳陽樓》、《任風子》、《陳摶高臥》、《薦福碑》、《青衫淚》、《黃粱夢》等七種。而以《漢宮秋》最有名。

《漢宮秋》全名爲《破幽夢孤雁漢宮秋》。寫的是漢元帝時代，王昭君出塞和親的故事。但他寫的並不符合王昭君眞實的歷史；歷史的記載，當時是匈奴希望和漢朝維持友好的關係，而來自請爲「漢家女婿」，並沒有陳兵威脅。而且因昭君和親，使當時漢胡之間維持了數十年的和平。他在《漢宮秋》則是讓昭君在漢胡交界的黑江投水自盡；加重了「悲劇」的性質，而成爲「元代四大悲劇」之一。

在第三折元帝送別昭君，寫得曲盡人情：

〔梅花酒〕呀！俺向著這迥野悲涼。草已添黃，兔早迎霜。犬褪得毛蒼，人搠起纓槍，馬負著行裝，車運著餱糧，打獵起圍場。他、他、他，傷心辭漢主；我、我、我，攜手上河梁。他部從入窮荒；我鑾輿返咸陽。返咸陽，過宮牆；過宮牆，繞迴廊；繞迴廊，近椒房；近椒房，月昏黃；月昏黃，夜生涼；夜生涼，泣寒螿；泣寒螿，綠紗窗；綠紗窗，不思量！

〔收江南〕呀！不思量，除是鐵心腸；鐵心腸，也愁淚滴千行。美人圖今夜掛昭陽，我那裡供養，便是我高燒銀燭照紅妝。

「秋思」一曲〈天淨沙〉

馬致遠也長於散曲。其中最膾炙人口的是〈天淨沙．秋思〉：

枯籐、老樹、昏鴉，小橋、流水、人家。古道、西風、瘦馬，夕陽西下，斷腸人在天涯。

九個詞組，彷彿在我們眼前描繪出一幅生動的圖畫，也曲曲傳達出「斷腸人」寂寞蒼涼的心境。

明代朱元璋之子，通曉音律的寧王朱權，曾在他的著作《太和正音譜》中給馬致遠很高的評價：「東籬之詞，如朝陽鳴鳳，其詞典雅清麗，可與靈光景福兩相頡頏。又有振鬣長鳴，萬馬皆瘖之意。又若神鳳飛於九霄，豈可與凡鳥共語哉！」

這樣的評價，也推崇到極致了吧！

元曲冠冕——白樸——

一代宗師教養成人

白樸，初名恆，字仁甫。後改名「樸」，字太素，號蘭谷，元隩州（今山西河曲縣）人，元代雜劇（元曲）著名劇作家。

他出身官宦之家，他的父親白華，曾任金朝樞密院判官，也是當代的著名文士。

他幼年時，正當金、元交替階段，飽經戰亂流離之苦。母親與許多金代官宦妻女，被叛軍所虜，母子離散；這對年僅七歲的白樸，是刻骨銘心的痛苦。爲此他不再吃葷食。

他在戰亂時才七歲，他的父親爲救國奔走，居無定所。母親失散後，他幸運的遇到了父親的好友，並被這位「中國文學史」上，金代首屈一指的大文學家元好問收養。

元好問視他如己出，當時天下大亂，元好問自己的生活也很艱困，但一直把他帶在身邊，親自教養。因此，白樸在啓蒙階段，深受元好問的引導指點。隨跟著元好問讀書，文學修養自然深厚。

元好問在「金」（女眞）爲「元」（蒙古）所滅之後，以金代「遺民」自居，致力爲金

「修史」。因此，白樸在元代的文學家中，也是最有氣節風骨和學養的。雖屢有機會出仕，但都推辭不就。

元好問對他非常疼愛。白樸幼年時，曾經患染瘟疫，生命垂危。元好問顧不得傳染的危險，晝夜將他抱在懷中照顧。也許這也算是一種心理治療吧，他竟於得瘟疫後第六日出汗而痊癒。

在他十二歲時，元好問終於找到了他的父親，將他送還。他又在父親的督教下讀書、習文。元好問對他非常讚賞，常在到他家拜訪時，考較他的學識是否長進。他也不負所期，讓元好問十分滿意，覺得他是白家兄弟中最優秀出眾的，曾作詩相贈，有：「元白通家舊，諸郎獨汝賢」之句，可見對他的賞識。

兼擅愛情悲喜劇

白樸也是元雜劇大家；爲「元曲四大家」之一。他的作品很多，最有名的是《梧桐雨》（全名《唐明皇秋夜梧桐雨》），寫唐明皇與楊貴妃的故事，也被列爲元雜劇的「四大悲劇」之一。其中一段是寫唐明皇夢中見到楊貴妃，醒後的悲痛，寫得刻骨銘心：

〔雙鴛鴦〕斜嚲翠鸞翹，渾一似出浴的舊風標，映著云屏一半兒嬌。好夢將成還驚覺，半襟情濕鮫綃。

〔蠻姑兒〕懊惱，窨約。驚我來的又不是樓頭過雁，砌下寒蛩，檐前玉馬，架上金雞；是兀那窗兒外梧桐上雨瀟瀟。一聲聲灑殘葉，一點點滴寒梢，會把愁人定虐。

〔滾繡球〕這雨呵，又不是救旱苗，潤枯草，灑開花萼，誰望道秋雨如膏。向青翠條，碧玉梢，碎聲兒必剝，增百十倍，歇和芭蕉。子管里珠連玉散飄千顆，平白地 甕番盆下一宵，惹的人心焦。

〔叨叨令〕一會價緊呵，似玉盤中萬顆珍珠落；一會價響呵，似玳筵前幾簇笙歌鬧；一會價清呵，似翠巖頭一派寒泉瀑；一會價猛呵，似繡旗下數面征鼙操。兀的不惱殺人也么哥！則被他諸般兒雨聲相聒噪。

〔倘秀才〕這雨一陣陣打梧桐葉凋，一點點滴人心碎了。枉著金井銀床緊圍繞，只好把潑枝葉做柴燒，鋸倒。

〔帶云〕當初妃子舞翠盤時，在此樹下，寡人與妃子盟誓時，亦對此樹。今日夢境相尋，又被他驚覺了。（唱）

〔滾繡球〕長生殿那一宵，轉回廊，說誓約，不合對梧桐并肩斜靠，盡言詞絮絮叨叨。沉香亭那一朝，按霓裳，舞六幺，紅牙箸擊成腔調，亂宮商鬧鬧炒炒。是兀那當時歡會栽排下，今日淒涼廝輳著，暗地量度。

（高力士云）主上，這諸樣草木，皆有雨聲，豈獨梧桐？

（正末云）你那里知道，我説與你聽者。（唱）

〔三煞〕潤蒙蒙楊柳雨，凄凄院宇侵簾幕。細絲絲梅子雨，裝點江干滿樓閣。杏花雨紅濕闌干，梨花雨玉容寂寞。荷花雨翠蓋翩翩，豆花雨綠葉瀟條。都不似你驚魂破夢，助恨添愁，徹夜連宵。莫不是水仙弄嬌，蘸楊柳灑風飄？

〔二煞〕口床口床似噴泉瑞獸臨雙沼，刷刷似食葉春蠶散滿箔。亂灑瓊階，水傳宮漏，飛上雕檐，酒滴新槽。直下的更殘漏斷，枕冷衾寒，燭滅香消。可知道夏天不覺，把高鳳麥來漂。

〔黃鐘煞〕順西風低把紗窗哨，送寒氣頻將繡户敲。莫不是天故半人愁悶攪？前度鈴聲響棧道。似花奴羯鼓調，如伯牙《水仙操》。洗黃花潤籬落，漬蒼苔倒墻角。渲湖山漱石竅，浸枯荷溢池沼。沾殘蝶粉漸消。，灑流螢焰不著。綠窗前促織叫，聲相近雁影高。催鄰砧處處搗，助新涼分外早。斟量來這一宵，雨和人緊廝熬。伴銅壺點點敲，雨更多淚不少。雨濕寒梢，淚染龍袍。不肯相饒。共隔著一樹梧桐直滴到曉。

而他寫的另一部《牆頭馬上》（全名《裴少俊牆頭馬上》），又被稱爲元雜劇的「四大愛情劇」；另三部愛情劇是：關漢卿的《拜月亭》、王實甫的《西廂記》、鄭光祖的《倩女離魂》。這四部戲，結局都是「大團圓」，也被視爲元代的「四大喜劇」。

兼擅散曲一大家

除了戲曲，他也兼擅散曲。有一組寫春、夏、秋、冬的〈天淨沙〉十分有名。

〈春〉

春山暖日和風，闌干樓閣簾櫳，楊柳鞦韆院中。啼鶯舞燕，小橋流水飛紅。

〈夏〉

雲收雨過波添，樓高水冷瓜甜，綠樹陰垂畫簷。紗廚藤簟，玉人羅扇輕縑。

〈秋〉

孤村落日殘霞，輕煙老樹寒鴉，一點飛鴻影下。青山綠水，白草紅葉黃花。

〈冬〉

一聲畫角譙門，半庭新月黃昏，雪裡山前水濱。竹籬茅舍，淡煙衰草孤村。

還有一首〈沉醉東風．漁夫〉也爲世人熟知：

黃蘆岸蘋渡口，綠楊堤紅蓼灘頭。雖無刎頸交，卻有忘機友。點秋江白鷺沙鷗。傲殺人間萬户侯，不識字煙波釣叟。

後世對白樸的評價甚高，如朱權《太和正音譜》：「白仁甫之詞，如鵬摶九霄。風骨磊塊，詞源滂沛，若大鵬之起北溟，奮翼凌乎九霄，有一舉萬里之志，宜冠於首。」而王國維的《人間詞話》也說：「白仁甫《秋夜梧桐雨》劇，沈雄悲壯，為元曲冠冕。」

倩女離魂——鄭光祖——

官場失意，劇壇稱尊

鄭光祖，字德輝，元平陽襄陵（今山西襄汾縣）人，是元代著名的雜劇家和散曲家。與關漢卿、馬致遠、白樸共稱「元曲四大家」。

和另三位不同的是：他主要活動的地區在南方，在江南，他是戲劇圈中的「巨匠」。由歷史資料，我們知道：他早年也曾習儒爲業，但一直很不得意。後來補授杭州路爲吏，位卑職小。因爲人耿介正直，不善與官場上那些「官僚」們周旋，因此，在勢利的官場上，受到許多官員的輕視侮慢，可說是很不得意的。

也因此，他把自己的失意寄託到山水、文學，感情則寄託到中下階層的瓦肆（劇場）伶工、勾欄（青樓）歌妓身上。他以雜劇的創作，爲一生志業，把他的文學才華，都寄託在這「民俗曲藝」上，在當時的「演藝界」享有很高的聲譽。這些他的「知音」們，都尊稱他爲「鄭老先生」，對他非常禮遇；當然也彌補了他在官場冷暖炎涼中，感情和自尊上所受的傷害。

他的作品也通過這些伶工、歌姬，在民間造成廣泛的流傳。甚至，一生不得意的他，死後，也是由這些敬愛他的伶工們，將他火葬於杭州的靈隱寺中。

倩女離魂

他的作品主題，分兩大類；一種可稱是「歷史劇」像：《醉思鄉王粲登樓》、《輔成王周公攝政》、《虎牢關三英戰呂布》、《細柳營》、《哭晏嬰》、《後庭花》等；只看題目，就知道取材於歷史。另一類，則是愛情故事，如：《倩女離魂》（全名《迷青瑣倩女離魂》）、《傷梅香》（全名《傷梅香騙翰林風月》）等。

他的作品雖然不少，最受矚目，甚至因此列入「元曲四大家」的，還是《倩女離魂》。這故事取材於唐代陳玄祐的傳奇小說《離魂記》。但經過他的改編，刻劃出了所謂「官宦家庭」嫌貧愛富和功名利祿取向的「勢利」。

男主角王文舉與女主角張倩娘，雙方的父親是好朋友，早年已爲他們「指腹爲婚」。但因王文舉父母雙亡，又還沒有中舉，劇中那位「岳母」，就明明白白的對他說：「三輩兒不招白衣秀士」。就是以「中舉」爲成婚的「條件」；換言之，若王文舉不能得中「進士」，就休想成親！而且，在王文舉去探望她時，命她女兒稱王文舉爲「哥哥」；等於暗示：他不一定能成爲倩娘的丈夫；若他不能「功成名就」，也許就只能當兄妹了。

雖然王文舉信心滿滿，認爲自己一定能得中。張倩娘卻非常不放心；既怕他若不能得中，母親會作梗毀婚。而因她父親去世，家道已然沒落。又怕他得中了，有京師官高爵顯人家，會想方設法的把女兒嫁他，捷足先登。因此，她的形體，在送別了王文舉之後，留在家中，病得氣息奄奄。魂魄卻幻化爲另一形體，追趕而去。

當時王文舉是不肯接納她的，甚至提出「聘則爲妻，奔則爲妾」有礙風化爲理由，勸她回去。這一段寫得相當精彩：

（正末云）這等夜深，只聽得岸上女人聲音，好似我倩女小姐，我試問一聲波。

（做問科，云）那壁不是倩女小姐麼？這早晚來此怎的？

（魂旦相見科，云）王生也，我背著母親，一徑的趕將你來，咱同上京去罷。

（正末云）小姐，你怎生直趕到這裡來？

（魂旦唱）

〔麻郎兒〕你好是舒心的伯牙，我做了沒路的渾家。你道我為甚麼私離繡榻？待和伊同走天涯。

（正末云）小姐是車兒來？是馬兒來？

（魂旦唱）

〔麼〕險把咱家走乏。比及你遠赴京華，薄命妾為伊牽掛，思量心幾時撇下。

〔絡絲娘〕你拋閃咱比及見咱，我不瘦殺多應害殺。

（正末云）若老夫人知道，怎了也？

（魂旦云）他若是趕上咱待怎麼？常言道做著不怕！

（正末做怒科，云）古人云：「聘則為妻，奔則為妾。」老夫人許了親事，待小生得官，回來諧兩姓之好，卻不名正言順。你今私自趕來，有玷風化，是何道理？

（魂旦云）王生！（唱）

〔雪裡梅〕你震色怒增加，我凝睇不歸家。我本真情，非為相唬，已主定心猿意馬。

（正末云）小姐，你快回去罷！

（魂旦唱）

〔紫花兒序〕只道你急煎煎趲登程路，元來是悶沉沉困倚琴書，怎不教我痛煞煞淚濕琵琶。有甚心著霧鬢輕籠蟬翅，雙眉淡掃宮鴉。似落絮飛花，誰待問出外爭如只在家。更無多話，願秋風駕百尺高帆，盡春光付一樹鉛華。

（云）王秀才，趕你不為別，我只防你一件。

（正末云）小姐，防我那一件來？

（魂旦唱）〔東原樂〕你若是赴御宴瓊林罷，媒人每攔住馬，高挑起染渲佳人丹青畫，賣弄他生長在王侯宰相家。你戀著那奢華，你敢新婚燕爾在他門下？

〔正末云〕小生此行，一舉及第，怎敢忘了小姐！

〔魂旦云〕你若得登第呵，（唱）

〔綿搭絮〕你做了貴門嬌客，一樣矜誇。那相府榮華，錦繡堆壓，你還想飛入尋常百姓家？那時節似魚躍龍門播海涯，飲御酒，插宮花，那其間占鰲頭、占鰲頭登上甲。

〔正末云〕小生倘不中呵，卻是怎生？

〔魂旦云〕你若不中呵，妾身荊釵裙布，願同甘苦。（唱）

〔拙魯速〕你若是似賈誼困在長沙，我敢似孟光般顯賢達。休想我半星兒意差，一分兒抹搭。我情願舉案齊眉傍書榻，任粗糲淡薄生涯，遮莫戴荊釵、穿布麻。

〔正末云〕小姐既如此真誠志意，就與小生同上京去，如何？

〔魂旦云〕秀才肯帶妾身去呵，（唱）

〔麼篇〕把艄公快喚咱，恐家中廝捉拿。只見遠樹寒鴉，岸草汀沙，滿目黃花，幾縷殘霞。快先把雲帆高掛，月明直下，便東風刮，莫消停，疾進發。

非常有趣的是：王文舉得中狀元當了官，寫信給岳母，告知此事，並說將同小姐一起回來。這位倩娘小姐，卻跟「自己」吃醋吃得「死去活來」：

（正旦唸書科，云）「寓都下小婿王文舉拜上岳母座前：自到闕下，一舉狀元及第。待受官之後，文舉同小姐一時回家。萬望尊慈垂照，不宣。」他原來有了夫人也！兀的不氣殺我也！

（氣倒科）

（梅香救科，云）姐姐，甦醒者！

（正旦醒科）

（梅香云）都是這寄書的！（做打淨科）

（正旦云）王生，則被你痛殺我也！（唱）

〔哨遍〕將往事從頭思憶，百年情只落得一口長吁氣。為甚麼把婚聘禮不曾題？恐少年墮落了春闈。想當日在竹邊書舍，柳外離亭，有多少徘徊意。爭奈匆匆去急，再不見音容瀟灑，空留下這詞翰清奇。把巫山錯認做望夫石，將小簡帖聯做斷腸集。恰微雨初陰，早皓月穿窗，使行雲易飛。

〔耍孩兒〕俺娘把冰綃剪破鴛鴦只，不忍別遠送出陽關數里。此時有意送征帆，無計住雕鞍，奈離愁與心事相隨。愁縈遍、垂楊古驛絲千縷，淚添滿、落日長亭酒一杯。從此去，孤辰限，凄涼日，憶鄉關愁雲阻隔，著床枕鬼病禁持。

〔四煞〕都做了一春魚雁無消息，不甫能一紙音書盼得，我則道春心滿紙墨淋漓，原來比休書多了個封皮。氣的我痛如淚血流難盡，爭些魂逐東風吹不回。秀才每心腸黑，一個個貧兒乍富，一個個飽病難醫。

〔三煞〕這秀才則好謁僧堂三頓齋，則好撥寒爐一夜灰，則好教偷燈光鑿透鄰家壁，則好教一場雨淹了中庭麥，則好教半夜雷轟了薦福碑。不是我閒淘氣，便死呵死而無怨，待悔呵悔之何及！

〔二煞〕倩女呵病纏身，則願的天可憐。梅香呵我心事則除是你盡知。望他來表白我真誠意，半年甘分耽疾病，鎮日無心掃黛眉。不甫能捱得到今日，頭直上打一輪皂蓋，馬頭前列兩行朱衣。

〔尾煞〕並不聞琴邊續斷弦，倒做了山間滾磨旗。劃地接絲鞭別娶了新妻室。這是我棄死忘生落來的！

（梅香扶正旦下）

直到王文舉與小姐的魂一起歸來，兩個小姐合體，才知道「私奔」的，原來就是她的「魂」。

朱權《太和正音譜》，也給了鄭光祖很高的評價：「鄭德輝之詞，其詞出語不凡，若咳唾落乎九天，臨風而生珠玉，誠傑作也。」

散曲一大家

鄭光祖不僅是戲曲名家，他的散曲也有他的特色。不僅寫「情」，他也用之以抒懷言志，如三首〈正宮塞鴻秋〉，引用古人酒杯，澆自己不平之氣：

門前五柳江侵路，莊兒緊靠白蘋渡。除彭澤縣令無心做，淵明老子達時務。頻將濁酒沽，識破興亡數，醉時節笑捻著黃花去。

雨餘梨雪開香玉，風和柳線搖新綠。日融桃錦堆紅樹，煙迷苔色鋪青褥。王維舊畫圖，杜甫新詩句。怎相逢不飲空歸去。

金谷園那得三生富，鐵門限枉作千年妒。汨羅江空把三閭污，北邙山誰是千鍾祿？想應陶令杯，不到劉伶墓。怎相逢不飲空歸去。

南戲之祖 ——高明——

元末明初，清官能吏

高明，字德誠。自號菜根道人。元朝末年溫州瑞安（今浙江溫州）人。瑞安屬古永嘉郡，永嘉亦稱東嘉，所以他又被尊稱爲「東嘉先生」。是元末明初的戲曲大家。

他出身於書香門第，家中伯叔輩、兄弟輩都擅長詩文。他也從小鄉居讀書習文。因爲元代根本不重視漢人的文化，也不重視科考。所以讀書人在心情上是很苦悶鬱卒的。他在四十歲才有機會參加科考，得中了進士。歷任處州（今浙江省麗水市）錄事、江浙行省丞相掾、福建行省都事等職。他清廉而練達，特別關心民間疾苦。在處州任內，曾平反冤獄，而被稱許爲「斷案如神」。更因「勤政愛民」深受百姓愛戴。在他任職期滿調職時，處州百姓自發的爲他立碑紀念。

元末天下大亂，他辭官歸隱，旅居於寧波，以讀書寫作自娛；他的《琵琶記》也在這個階段完成。

元末，各方爭舉義旗，逐鹿中元。方國珍起兵叛變，因爲他熟悉濱海事務，當時的行省長官邀他入幕。但他因性格剛直，在官僚體系中落落寡合，頗受同僚排擠。所以，在方國珍接受招撫之後，雖然長官還是想留任他，他覺得也沒有必要留在官場了，毅然當即辭官。

中郎蔡邕，蒙冤不白

在元代劇作家中，他是少數的「南方人」。他寫的戲曲《琵琶記》，風格也不同於北方諸家，而被視爲「南劇之祖」。也爲後世明、清「傳奇」（戲曲）奠基。

他的《琵琶記》，是由當時流傳的《趙貞女蔡二郎》改編；其實，這個故事在宋朝就流傳甚廣；南宋的詩人陸游，有一首小詩〈小舟游進村，舍舟步歸〉：

斜陽古柳趙家莊，負鼓盲翁正作場。死後是非誰管得，滿村聽說蔡中郎。

可知在陸游的時代，這個故事已傳唱天下了。

「蔡中郎」，歷史上確有其人；就是漢代大儒蔡邕（字伯喈）。但是他的一生遭際，與這個故事天差地別，幾有雲泥之判！

東漢末年，是漢朝政治最黑暗的時期，所謂的「桓、靈」之世，連「三國」時代的劉家子孫劉備都痛恨。當時的朝政爲宦官把持；漢靈帝就曾「宣稱」兩個太監：「張常侍是我父，趙常侍是我母」！在這種縱容之下，西漢末代的政治腐敗到「不亡沒天理」。

蔡邕不但是文學家、史學家、書法家，音樂家，也是當代朝野欽重的一代大儒。他眼睜睜的看著政治腐敗，國勢垂危，皇帝又宣稱「下詔求直言」，因此冒死寫奏章放入「皀囊」；這等於表示是「極機密文件」，除了皇帝，沒有人能拆看。但是，他沒想到：皇帝的親信太監，對這一點根本就不放在心上。在皇帝看過之後，意識到恐怕說了他們什麼，竟然偷看。發現內容都在指責太監專權，朝中的「正人」盡去（被殺或流放），和朝政的種種缺失；希望皇帝整飭朝綱。

太監們爲之大怒，準備殺他，幸有比較正直的太監力保，才把他流放到五原（今蒙古包頭）去。甚至還有太監派了人路上追殺他。還好，這個人還算有良心，知道原因之後，反而警告他小心，沒有傷害他。

好不容易得到赦免，他又得罪了當時的五原太守王智，而要陷害他。他只好流亡江南避禍。最後還因董卓逼他出山，不得不出仕。而在董卓死後，又被當時嫉妒他才學人望的司徒王允，指他爲「董卓一黨」，冤死獄中；也因此才引發了董卓死後的天下大亂。

《琵琶記》傳說的故事，與眞實一生坎坷的蔡邕完全不相關。因爲這些通俗「民間曲藝」的流傳，「蔡邕」數百年間，蔡邕一直蒙受著「千古奇冤」！最明確的一點：漢朝根本就沒有「科舉制度」，當然也不可能有蔡邕「上京趕考」，考中了狀元，被牛丞相強迫「招贅」的情節！竟把一個當代被視爲「孝子楷模」的蔡邕，演成了對父母不孝，讓父母在荒年活活餓死，而且不認髮妻「惡名昭彰」的壞人！因爲原始的劇情，那個蔡二郎（後來訛傳，成了「蔡中郎」）小人得志後，竟貪戀功名利祿，入贅相府。拋棄雙親和妻子，是個背棄父母、糟糠的不孝子、薄情郎。趙貞女（後來有了名字「趙五娘」）則在家侍候公婆，在飢荒之年，贍養公婆，竭盡孝道。公婆餓死，她以羅裙包土，修築墳塋，然後身背琵琶，上京尋夫。可是蔡二郎不僅不肯相認，竟還放馬踩踹，致使上天震怒，蔡二郎被暴雷轟死（這個角色定位，比較像「秦香蓮」故事中的「陳世美」）。趙、蔡兩個人物，完全是至孝與不孝的強烈對比。

直到《琵琶記》出，雖然也還是入贅相府，但在高明的筆下，男主角卻是有千般的苦衷與不得已。所謂的「三不從」：他不想應舉，父母不從；不想招贅，岳父不從。不想爲官，皇帝不從；雖並未「還原」蔡邕本人的歷史眞相，至少轉變爲讓人同情的角色了。而陸游說得對：「死後是非誰管得，滿村聽說蔡中郎。」除非研究歷史的人，又誰知蔡邕眞正的人生際遇！這名字現在還能「家喻戶曉」，都來自《琵琶記》。甚至於近代學人寫他的女兒蔡琰的故事，還認爲她的母親是「趙五娘」！爲她設定了一個「姨母」趙四娘！

開啓明、清傳奇的「南戲之祖」

高明的《琵琶記》成爲「南戲」之祖，而且開啓了後世的明、清傳奇（戲曲）。

《琵琶記》中最膾炙人口的一段，是「糟糠自厭（饜）」；寫在荒年中，趙五娘爲了孝親，把剩的一點米糧留給公婆吃，自己卻背地吃糠裹腹的情節：

〔山坡羊〕（旦上）亂荒荒不豐稔的年歲，遠迢迢不回來的夫婿，急煎煎不耐煩的二親，軟怯怯不濟事的孤身體，芳衣盡典，寸絲不挂體，幾番拚死了奴身己，爭奈沒主公婆教誰看取。（合）思之，虛飄飄命怎期？難挨，實丕丕災共危！

〔前腔〕滴溜溜難窮盡的珠淚，亂紛紛難寬解的愁緒。骨崖崖難扶持的病身，戰兢兢難捱過的時和歲。這糠我待不吃你啊！教奴怎忍飢？我待吃你啊！教奴怎生吃？思量起來，不如奴先死，圖得不知他親死時。（合前）

（白）奴家早上安排些飯與公婆吃。豈不欲買些鮭菜，爭奈無錢可買。不想婆婆抵死埋怨，只道奴家背地自吃了什麼東西，不知奴家吃的是米膜糠秕！又不敢教他知道，只得迴避。便使他埋怨殺我；我也不敢分說。苦！這糠秕怎的吃得下？（吃吐介）

〔雙調過曲〕〔孝順歌〕（旦）嘔得我肝腸痛，珠淚垂，喉嚨尚兀自牢嗄住。糠那！你遭礱被舂杵，篩你簸颺你，吃盡控持；好似奴家身狼狽，千辛萬苦皆經歷。苦人吃著苦味；兩苦相逢，可知道欲吞不去。（外、淨潛上探覷介）

〔前腔〕（旦）糠和米本是相依倚，被簸颺作兩處飛；一賤與一貴。好似奴家與夫婿，終無見期！丈夫，你便是米啊！米在他方沒處尋，奴家，恰便似糠啊！怎的把糠來救得人飢餒；好似兒夫出去。怎的教奴供膳得公婆甘旨。（外、淨潛下介）

〔前腔〕（旦）思量我生無益，死又值甚的？不如忍飢死了為怨鬼。只一件，公婆老年紀，靠奴家相依倚；只得苟活片時。片時苟活雖容易；到底日久也難相聚。謾把糠來相比：這糠啊！尚兀自有人吃！奴家的骨頭，知他埋在何處？

高明在劇中，採用了輪番交替「對照」的方式；一段寫蔡伯喈在相府榮華富貴中，思念父母妻子，又有苦難言的痛苦。另一段寫趙五娘在家鄉災荒時孝養父母的艱難；她糟糠自厭，而公婆聽到她在吃東西，還誤解她不孝。後來知道了眞相，搶著吃糠，而噎死的情節。寫得絲絲入扣，動人心絃。被後世推爲「南劇之祖」絕不誇張。也得到後世極高的評價。

呂天成《曲品》：「串插甚合局段，苦樂相錯，具見體裁，可師可法，而不可及也。」

王世貞《藝苑卮言》：「則誠所以冠絕諸劇者，不唯其琢句之工，使事之美而已。其體貼人情，委曲必盡，描寫物態，彷彿如生，問答之際，了不見扭造，所以佳耳。」

朱彝尊《靜志居詩話》：「聞則誠填詞，夜案燒雙燭，填至《吃糠》一出，句云『糠和米本一處飛』，雙燭花交為一，洵異事也。」

高明散曲〈秋懷〉

他也長於散曲，有一寫〈秋懷〉的套數（指戲曲或散曲中連貫成套的曲子），頗爲可誦：

《商調．秋懷》

〈二郎神〉

從別後，正七夕穿針在畫樓，暮雨過紗窗涼已透。夕陽影裡，見一簇寒蟬衰柳。水綠蘋香人自愁，況輕折鸞交鳳友。合得成就，真個勝似腰纏跨鶴揚州。

〔前腔〕風流，恩情怎比牆花路柳？記待月西廂和你攜素手。爭奈話別匆匆，雨散雲收？一種相思分做兩處愁，雁來時音書未有。（合前）

〔集賢賓〕西風桂子香韻幽，奈虛度中秋。明月無情穿戶牖，聽寒蛩聲滿床頭。空房自守，暗數盡譙樓上更漏。合如病酒，這滋味那人知否？（合前）

〔前腔〕功名未遂姻緣未偶，共一個眉頭。惱亂春心卒未休，怕朱顏去也難留。把明珠暗投，不如意十常八九。（合前）

〔黃鶯兒〕霜降水痕收，迅池塘猶暮秋。滿城風雨還重九。白衣人送酒，烏紗帽戀頭，思那人應似黃花瘦。合怕登樓，雲山萬疊，遮不得許多愁。

〔前腔〕惟酒可忘憂，這愁懷不殢酒。幾番和淚見紅豆，相思未休。淒涼怎受？老天知道和天瘦。（合前）

〔貓兒墜〕綠荷蕭索無可蓋眠鷗，碧粼粼露遠洲。羈人無力冷颼颼，合愁，早知道宋玉當時頓覺傷秋。

〔前腔〕一簇紅蓼相映白蘋洲，傍水芙蓉兩岸秋，想他嬌豔倦凝眸。（合前）

〔前腔〕無情紅葉偏向御溝流，詩句上分明永配偶，對景觸目恨悠悠。（合前）

〔餘音〕一年好景還依舊，正橘綠橙黃時候，強把金樽開懷斷送秋。

禁書《水滸傳》——施耐庵——

施耐庵何許人

講起「施耐庵」，很多人都會立即反應：《水滸傳》的作者！沒錯，大家都對「施耐庵」這個名字耳熟能詳。現在看到的《水滸傳》作者也都署名「施耐庵」。但「耐庵」二字，其實不是他的「名」，也不是他的「字」，而是他的「別號」；卻成爲他最爲人熟知的「姓名」。而且，這個人物一直都有爭議；甚至還有人懷疑「無其人」，只是隱名者故意用的名字。

就現有的記載：施耐庵，原名彥端，字肇瑞，號子安，「耐庵」是他的「別號」。祖籍江蘇蘇州，原本是個「舟人之子」（父親以撐船操舟爲業）。他生於元成宗元貞二年的興化（今江蘇泰州）。十三歲入私塾，十九歲中秀才，二十九歲中舉人，三十六歲中進士；與後來成爲明朝開國功臣的劉基（字伯溫），爲進士同榜的「同年」。

他中進士之後，曾經在錢塘當過縣尹的小官。但當時當這樣的小「漢官」，事事受制於「高高在上」歧視漢人的蒙古官員。他受不了這種壓力，憤而辭官，回到蘇州，設館教書。

後來，收了一個絲綢商人之子爲學生；這個學生，就是後來寫《三國演義》的羅貫中！眞可說是「明師出高徒」了。

身逢亂世

元惠宗至正十六年，處處有人起事反抗元朝的暴政。張士誠本是販賣私鹽出身的人，也起兵抗元。張士誠有個屬下，跟施耐庵有親戚關係，向張士誠推薦他的才幹。張士誠請他入幕，當了軍師。在他的策劃之下，張士誠從興化打到了蘇州。但張士誠其實是首鼠兩端的人，打了個勝仗，就十分得意；在高郵「建國」，國號「大周」，自命「誠王」，還有了「天佑」的年號，也風光一時。

但三年後，在元軍和方國珍的夾擊之下，不敵，就降了元朝，封爲太尉。也鯨呑蠶食的擁有了數十萬兵馬。勢力壯大，又反元自立爲吳王。可說一直在反反覆覆。

施耐庵不一樣，他認爲既打著「民族大義」的旗幟起事，好歹也應該繼續爲百姓奮鬥，不能勝驕敗餒。而且張士誠相當剛愎，不能聽人勸諫，他覺得「道不同不相爲謀」，就離開了張士誠的陣營。也在這一時期，開始了《水滸傳》的寫作。

水滸傳的原型

他寫《水滸傳》，並不是憑空「杜撰」；事實上，《水滸傳》的許多人物都有原型，而故事也有所本。

這個故事，其實從南宋時期就流傳了。南宋龔開有《宋江三十六人贊》，也就是《水滸傳》「三十六天罡」的原型；不但有名有姓，連外號都全！還加上了評論：

呼保義宋江：不稱假王，而呼保義。豈若狂卓，專犯忌諱？智多星吳學究（吳用）：古人用智，義國安民，惜哉所為，酒色粗人！玉麒麟盧俊義：白玉麒麟，見之可愛。風塵太行，皮毛終壞。大刀關勝：大刀關勝，豈雲長孫？……

另有無名氏《大宋宣和遺事》；宣和是宋徽宗晚年的年號。他有「浪子皇帝」之稱。任用奸佞蔡京爲宰相，又任用親信，打壓異己，歛聚天下之財爲一己享受。北宋，可以說就是斷送在宋徽宗君臣之手。以《水滸傳》中講的「花石綱」、「生辰綱」等各種名目，壓榨百姓。「綱」，意指一組運輸船隊，通常十艘船稱一「綱」，專門給皇帝運送花石的船就叫「花石綱」。

這些給皇帝運送南方太湖石、名花異卉，爲他造皇家園林「艮嶽」的船隊所過之處，當地的百姓要供應錢糧、出勤服役。有的地方，甚至爲了讓船隊順利通過，拆毀橋樑，鑿壞城郭。不但江南，大凡運河所經之處，百姓都受到貪官惡吏的橫徵暴斂，苦不堪言。

《大宋宣和遺事》書中，講到王安石變法致禍，宋徽宗用蔡京等變本加厲，倒行逆施，民不聊生。也講到宋江等三十六人聚嘯於「梁山泊」，最後被張叔夜平定。據說，施耐庵就是在舊書店，看到張叔夜平定宋江一「黨」的記載，才下決定寫《水滸傳》的。事實上，這些零星又繁富的記載，已經提供了《水滸傳》的基本架構。也可以了解：在南宋時，已有相關故事的「話本」流傳民間了。

這一類話本，起初是在「說書人」口中傳唱，並不一定刻版印行成「文字書」（古代沒有刻版印行，也常有「手抄本」流傳）。但一定在流傳說唱中，隨著時間，由不同的人不斷的「添枝加葉」，使故事更爲飽滿充實。也可以說，這個故事，在民間已經流傳超過百年了。才由施耐庵在這些基礎架構上，寫成了近於「白話」的長篇「章回小說」《水滸傳》。

照圖「作文」，因書入獄

《水滸傳》規模龐大；單是「梁山泊」中的好漢，他在最早的話本記載的三十六個「天罡星」之外，又添加了七十二個「地煞星」。再加上其他朝野人物。想要在小說中「駕馭」這麼多人物，既不能面目模糊，也不能個性混淆。眞的頗不簡單。

據說施耐庵本身不但能文，也能畫，他就將這些書中原始人物：三十六天罡的形貌，一一畫出來貼在牆上；人物的形貌、性格，爲人、言行，一下都「具體」了，因而「下筆如有神」；一個個栩栩如生的活在他的文字中。相傳，他在寫「武松打虎」時，還做了個紙老虎，放在書桌上，在摹想中跟牠對打！

他自己人生經驗豐富。從小生長在低下貧苦的勞動階層，對平民百姓的「民生疾苦」一定感同身受。在官場中，面對那些作威作福，欺壓善良的官僚。和小人得志橫行霸道的嘴臉，豈能無感？他曾跟隨張士誠，當然身邊也有一夥子同心抗元，一腔熱血，志同道合的「哥們」……想必這些也都成了他寫這些人物性格的「樣版」了。

他處於元末明初，選擇這個民間流傳話本的故事，改寫成《水滸傳》，當然有「以古喻今」的用意；反抗政府，爲暴政之下呻吟的百姓發聲。卻沒想到，當初也以「抗暴」爲名，高舉義旗，以「平民起義」爲號召的朱元璋，一旦奪得了天下，就希望百姓乖乖的當「順民」。而視《水滸傳》爲「毒蛇猛獸」了。

事實上，朱元璋是個心胸狹窄的人。在他興兵起義的時候，知道施耐庵曾經輔佐過張士誠，而且頗有建樹，曾多次派與施耐庵「同年」的劉伯溫去「徵召」施耐庵出來佐助他。當時，施耐庵雖然已離開了張士誠，但並沒有追隨朱元璋的意願。因此，東逃西躲，推推托托的，就是不願爲他所用。到朱元璋得了天下，看到了《水滸傳》，心裡有鬼的認爲這些是針對著他來的！「新仇舊恨」齊發，竟說：「此倡亂之書也，是人胸中定有逆謀，不除之必貽大患。」

也不想想：他自己不就是「胸中定有逆謀」，而「造反」抗元起家的？眞是「只許官家放火，不許小民點燈」！甚至還以此爲罪名，把施耐庵抓起來關了一年。並把其實早已有「手抄本」流傳於民間的《水滸傳》，列爲「禁書」，禁止出版。

施耐庵在劉伯溫想方設法的緩頰之下，才由獄中釋放出來。因爲年紀大了，又在獄中吃了苦、受了氣，還沒回到家就去世了。

這本書，後來由他的弟子羅貫中整理出完整的書稿（所以很多人認爲，這本書應該算他和羅貫中「合寫」的），也希望爲他出版。但當時的出版商不敢刻這算是「官方」的「禁書」。所以直到羅貫中也去世，都一直沒有等到出版的機會。

直到嘉靖中葉，才由抗金名將宗澤的後裔，明朝列爲「後七子」的文學家宗臣，從施耐庵的後人手中，得到這部埋沒已久的書稿，將《水滸傳》正式刻版發行。這時距施耐庵之死，已超過一百年了。

將民間說唱加工而成的《三國演義》

——羅貫中——

師生互補，俱成名家

羅貫中，名「本」，「貫中」是他的「字」；而一直「以字行」；原因之一，也可能因為他是「單名」不好稱呼。因此，後世都只知道他叫「羅貫中」。他自號「湖海散人」；由這一個「號」也可以想像其人崇慕自然，率性不拘禮俗了。他的原籍有很多說法；一說是山西太原人，另一說是山東東平人。甚至還有說他是錢塘（今杭州）人。是元末明初的小說家。

他父親是一個絲綢商人。他七歲啓蒙，在私塾讀四書五經。十四歲，因母親病故，只能輟學，跟隨父親在蘇州、杭州等出產絲綢的南方做生意。但是羅貫中只喜好文學，對「商」這一行不感興趣。在得到父親同意之後，他到慈谿，追隨當代的著名學者趙寶豐讀書。

元末天下大亂，群雄崛起，他也曾投到張士誠的陣營當幕僚。經歷了張士誠三心兩意，一下抗元，一下降元，見元朝勢衰，又想稱王。覺得張士誠沒有「人君之象」，不可能成事，就離開了張士誠，準備回家。卻在半路上遇到鄉親，聽說他的父親已去世，繼母也已改嫁的消息；他既不在家，當然他父親的遺產也可能被繼母席捲改嫁了，頓然覺得「有家歸不得」。

正好，他在蘇州遇到了施耐庵。當時施耐庵正在寫《水滸傳》，他覺得，這也是讀書人貢獻一己才學的方式。就拜施耐庵爲師，追隨著施耐庵，開啓了他們師生的「文章事業」。

施耐庵很器重也很信任他，他跟在施耐庵身邊，爲施耐庵整理、抄寫文稿。也從其間得到很多的啓發，並開始了自己的《三國演義》的寫作。

元惠宗二十六年，他聽說恩師趙寶豐去世。他是個非常重情尚義的人，立刻趕赴慈溪祭弔恩師並協助料理喪事。等辦完了趙寶豐的喪事，再回去找施耐庵的時候，施耐庵已因避世離開了蘇州。他一時也不知施耐庵的下落，只好留下繼續寫他的《三國演義》。當時，他一定沒有想到：他們師生二人所寫的書，竟在後世同列於中國的「四大小說」（《水滸傳》、《三國演義》、《西遊記》、《紅樓夢》）。

恩師遇難，奔走求援

他一邊寫書，一邊設法打聽施耐庵的消息。終於得到的消息卻是：《水滸傳》犯了剛登上天子寶座：「大明」開國皇帝朱元璋的忌，不但書被查禁，施耐庵也被捕入獄了！

他一聽說，忙趕到當時的首都南京救援。他知道：當時唯一可以救施耐庵的人，就是與他進士「同年」，目前已成為明朝的「開國功臣」的劉伯溫。他想方設法的找到劉伯溫，懇請他伸出援手救施耐庵。施耐庵終於出獄，他忙雇船，準備送施耐庵回興化施家去。但在半路上，施耐庵因年老，又受了一年的牢獄之災，身體衰弱，染病而亡。羅貫中非常傷心，協助施家辦理了喪事，又想為老師施耐庵出版《水滸傳》，完成他的未竟之志。

帶著恩師的書稿，他特意到當時的出版重鎮：福建建陽去，希望能找到書商出版。可是這本書是皇帝親自下令列為「禁書」的，沒人敢碰。有一說，他為了想讓「水滸傳」解禁，加寫了後面的三十回；不但讓宋江接受朝廷「招安」，還為朝廷所用，去打方臘。以表示這本書並沒有與政府「對抗」的意思。但直到他去世，也沒有達成心願。

三國演義，後發先至

《水滸傳》和《三國演義》都沒在作者生前正式出版。雖然羅貫中一心一意要讓《水滸傳》問世，但他自己寫的《三國演義》出版，還是在《水滸傳》之前；但距他去世，也相隔超過百年了！

其實，和《水滸傳》一樣，《三國演義》也早就有「話本」在民間「說書」的圈子裡流傳。甚至宋朝已有「專業」講史，說「三國」的藝人！而宋、元時代，演出相關「三國」的劇目，多達三十餘種！元英宗至治年間，就已出現新安虞氏所刊刻的《三國志平話》；那時羅貫中才剛出生。所以《三國演義》嚴格的說，也不能算羅貫中的「創作」。而和《水滸傳》一樣，是羅貫中將民間說唱、戲劇「三國」的內容加工，轉換爲「小說」的形式。

也因爲他的《三國演義》比《水滸傳》出版早，雖然施耐庵的《水滸傳》寫作應在他的《三國演義》之前，但以出版來說，《三國演義》反而成爲中國出版史上「第一部」長篇的「章回小說」。

但羅貫中所寫「三國」的史觀難免偏頗；也不知是他天生比較「忠愛」，承續了民間流傳話本的說法，還是受到施耐庵《水滸傳》遭禁的影響，使他堅守以「蜀漢」爲正統的立場，不惜「扭曲」事實；《三國演義》顯然以「蜀漢」爲正統。蜀漢群臣，幾乎全是「好人」，關羽和諸葛亮更被「神化」得離譜。而曹魏君臣；尤其是曹操。東吳君臣；尤其是周瑜，則都被「醜化」到離譜的地步。「觀點」可說是非常不公平的！然而由於《三國演義》小說，和改編戲劇的傳播力量，竟然使得這一「觀點」在一般的百姓心目中生根，成爲「定論」！

當然，就如羅貫中是汲取前人的傳說，寫成章回小說。他的書也一樣在繼續被後人增刪改寫；事實上，《三國演義》在不同的時代，也有不同的版本；眞正「初版」的版本，因爲距他去世的時間太久，恐怕都已不是羅貫中所寫的《三國演義》（原名《三國志通俗演義》）的原貌了。他當初的版本內容究竟如何？似乎也無法深究了。

唐伯虎的眞面目 ——唐寅——

傳奇故事掩眞面目

提到唐寅，一般人的直覺反應是：「畫家」。當然並沒有錯，唐寅是明代畫壇的重要人物，以畫名世。卻也因此，畫名掩蓋了文名。更可悲的是：稗官野史、小說、戲劇，給他塗上了傳奇的色彩。把一個坎坷失志之貧士，串演成了享盡天下艷福的風流才子。雖說畫名掩文名，畫名恐怕還不及「唐伯虎點秋香」之名大！

世俗之人，每每接受小說、戲劇的「教育」，而把編造的「傳奇」當成史實。爲「傳奇」所「誤」者，又豈僅唐寅一人而已？

名、字連環套

唐寅，明代江蘇吳縣（今江蘇蘇州）人，號六如居士。他名「寅」，是因他生於明朝的成化六年，歲次「庚寅」。在十二生肖中，「寅」爲「虎」。因此，他初字「伯虎」。又因屬「虎」，而改字「子畏」；以虎可畏之故。因此，他自刻一印：「維庚寅我以降」。這一印文，倒鬧出過一個笑話。

他是蘇州人，在吳中頗享盛名。有一位蘇州士人，出遊外鄉。遇到了一個「附庸風雅」的縉紳，問：「姑蘇，誰最擅寫生？」

「文徵仲（徵明）先生。」

「他有沒有佩服的人！」

「有！他最佩服唐子畏！」

那縉紳恍然大悟：「怪不得我看過一方印，刻著『維唐寅我以降』呢！」

這位縉紳，可比美《紅樓夢》中的薛蟠！

坎坷失志，屈打成招

唐寅幼年便能作文，但不以科舉爲意。性情孤傲，與世俗之輩難以投合。所投緣的，唯有「狂生」之目的張靈。兩人終日縱酒高歌，不事生產。他的父親預言：「此兒必成名！卻恐怕難以成家立業。」

吳地名士祝允明（號枝山）勸他謀一正途出身。他答應了，便息交絕遊，閉戶讀書。弘治十一年，參加鄉試，舉第一。座主非常欣賞他的文章，回朝後，出示學士程敏政，程敏政也大爲讚賞。

正巧，進士會試就由程敏政爲主考。而有一位與唐寅同行北上的富家子徐經，賄賂了程敏政的家人，以致試題外洩。事發，言官彈劾此案。與徐經同行的唐寅，被牽扯在內，同遭逮捕。他百口莫辯，無以自白，謫爲吏。唐寅引以爲恥，不肯就任。

回家後，他益發放浪形骸，自言：「大丈夫，雖不成名，要當慷慨，何乃效楚囚？」因而自己刻石：「江南第一風流才子」，以此自許。

此「風流」與小說中的「風流」有異。小說中，他妻妾滿堂。實則，他失意後，細故出妻，寂寞潦倒至極。

對他涉入弊案一事，各方捕風捉影，眾說紛紜，難下定論。他在〈與文徵明書〉中寫著：

天子震赫，召捕詔獄。身貫三木，卒吏如虎。舉頭搶地，洟泗橫集。而後崑山焚如，玉石皆燬。下流難處，眾惡所歸。

顯然「屈打成招」，實是冤枉。對他最尊敬的朋友，他自剖：

瀝膽濯肝，明何嘗負朋友？幽何嘗畏鬼神？

能。

此言正氣凜然！當不是於心有愧者說得出來的。傳說他爲友所賣，由此看來，或有可

放誕任達，不矜細行

唐寅（伯虎）、張靈（夢晉）、祝允明（枝山）都是狂士。湊在一處，行事放誕不經，往往驚世駭俗。

下雪天，他們沒錢買酒。三人便化裝成乞丐，沿街打鼓板，唱「蓮花落」行乞。乞得錢來，沽酒痛飲，豪情萬丈。道：「這種快樂，可惜李太白不知道！」

唐寅夏天造訪祝允明。正好祝允明酒醉，脫光了衣服，伏案振筆疾書，根本不理他。他開玩笑道：「無衣無褐。何以卒歲？」

祝允明頭都不回，接口：「豈曰無衣？與子同袍！」

唐、祝二人極爲放誕，卻交了一個端方嚴謹，行不逾矩的好朋友文徵明。這位端方君子，別說眠花宿柳的狎邪之遊不曾有過。連一般聲色之事，都敬而遠之。在人品操守上，絕無瑕疵。

他們雖然對文徵明也十分敬愛，卻又嫌他太古板了，總想盡辦法來作弄這位道德君子。

有一次，假意約他遊石湖，卻預先把一群妓女藏在舟中。文徵明不疑有他，欣然赴約。酒酣耳熱之際，妓女們忽然蜂湧而出，包圍文徵明。鶯聲燕語，搔首弄姿，把文徵明嚇得落荒而逃。

雖然如此，唐寅對文徵明的確是極爲敬服的。曾在信中寫：

> 昔項橐七歲而為孔子師，顏、路長孔子七歲。寅長徵仲七閱月，願例孔子以徵仲為師。非詞伏也，蓋心伏也。詩與畫，寅得與徵仲爭衡。至其學行，寅將捧面而走矣！寅師徵仲，惟求一隅共坐，以消鎔其渣滓之心耳！

佯狂遠禍

寧王宸濠，素存野心，企圖造反。在表面上，爲了博取禮賢下士的名聲，命人持百金到蘇州禮聘唐寅入府。宸濠的勢力很大，唐寅又在窮愁潦倒中，不敢開罪，只有應聘前往。

來到寧王府中，寧王相待極爲禮遇。但，唐寅卻從蛛絲馬跡中，看出了寧王心懷不軌。如不能設法脫身，日後必遭牽累。殺身之禍，迫在眉睫。奈何身在虎口，稍一不慎，導致寧王起疑的話，馬上就可能會被滅口。

他素有狂名，索性變本加厲的「發瘋」。終日縱酒使性，胡作非爲。寧王遣使至，他佯狂箕踞謾罵，乃至「露其醜穢」，做出種種不堪情事。使者回報，寧王受不了他的「瘋狂」，道：「我本以爲唐生賢，原來是個瘋子！」因而打發他回家。不久，寧王果然舉事造反，爲王守仁所平。唐寅幸逃一劫，不能不說他的智計過人了。

小說中，寫他「九美團圓」；左擁右抱，享盡人間艷福。是因他曾畫過一幅「九美圖」。只是，這「九美圖」中的九美，可不是他的妻妾，而是寧王物色來，準備獻給皇帝，希望誘使皇帝沉迷美色的美女。後人卻因他所畫的「九美圖」，附會到他身上，而流傳出「唐伯虎點秋香」的傳奇故事。

夢兆不虛

據說，唐寅幼時曾夢見有人送他一擔墨，因而以文章書畫名家。他曾以詩言志：

不煉金丹不坐禪，不為商賈不耕田。閒來寫就青山賣，不使人間造業錢！

可知他雖行爲狂誕，人品卻高潔。只是以狂誕忤世忤人，因而落拓一生。

他晚年曾祈夢於九鯉湖，夢見有人寫了「中呂」二字給他看。醒來跟人說起，卻無人能解。

一日，偶至山中，見壁上題有蘇東坡〈滿庭芳〉詞，詞牌下自注「中呂」二字，字形與他夢中所見無異。

他大驚，細讀這闋詞。讀至「百年強半，來日苦無多」，為之默然。

他回家後，不久就病死了。卒年五十四歲；正應了「百年強半，來日苦無多」之語。

書畫三不賣——文徵明——

小不了了大時佳

文徵明，是明代有名的書畫家。中國文人畫家，無不擅文能詩。所以文學家列傳中，也少不了他一席之地。

大多數詩文名家，都自幼穎異。有不少且有「神童」之譽。文徵明，卻是個例外。他小時侯，發育遲緩，據說到了八、九歲，還口齒不清，遲鈍呆笨。許多人都認爲這孩子天資愚魯，不可教也！但他的父親文林，卻如卞和識璞玉一般，認爲這孩子是開竅遲「大器晚成」的一型，絕不放棄對他的教育。他果然不負父望，十歲之後，明悟大開。學業突飛猛晉，讀書過目成誦。十四、五歲，便已有文名。較之當初比他優秀出眾的同學，更有過之。所以，「小時不了了，大未必不佳」。不能輕易放棄對「笨孩子」的教育。文徵明之所以未被埋沒，實在要歸功於他父親苦心孤詣，不肯任他「放牛」呀！

狷介高潔

文徵明，明代蘇州人。本名壁，徵明是他的字。後以字行，改字徵仲，號衡山。他出身仕宦世家，但世代祖、父皆以清廉聞名。因此，雖是宦門子弟，家境還是相當清寒。

他父親曾任溫州知府，頗有政聲。在文徵明十六歲時，父親亡故。吏民知道他家寒素，湊集白銀千兩爲奠儀。文徵明稟持家風，堅拒不受。吏民因此建「卻金亭」以爲紀念。

巡撫俞諫，知道他家清貧。準備了些銀錢，想資助他，卻苦無名目。

有一天，他路上遇見巡撫。見他身上穿著一件敝舊的藍衫，俞諫指著他的衣衫說：「你的衣服，怎麼舊成這樣？」

文徵明假作不知他的用意，笑道：「剛才淋了雨呀。」

巡撫又問他：「早晚間，生活有困難嗎？」

他答：「早晚都有粥吃，沒有困難。」

見他廉潔淡泊如此，那個「紅包」，硬是送不出去。

良師益友

他父親一生廉潔，沒有留下財物給他，卻給他留下了幾位才學兼備的父執。這些父執，吳寬擅文，李應禎擅書，沈周擅畫，都成了他的良師。也造就他成爲明代書畫「四大家」之一，更成爲「吳門畫派」的領袖。

除了良師外，更有祝明允、唐寅、張靈、徐禎卿等友。彼此切磋琢磨，畫藝更加精進。

祝明允、唐寅、張靈等，在性格上來說，與文徵明相去極遠。文徵明是行規步矩的端方君子。那幾位卻放誕任眞，不受拘檢，特立獨行之士。在許多傳說故事中，總寫那三人如何捉弄戲謔文徵明，設計他陷入脂粉陣中，嚇得他落荒而逃。令人發噱。

但從這些人後來的際遇看，文徵明的保守、端方、高風亮節，還是「善有善報」的。唐寅等晚年都陷入窮愁潦倒的困境。唯有文徵明，晚年豐足安樂，享高壽九十歲，無疾而終。

稱病遠禍，學行服人

明武宗時代，寧王宸濠暗懷謀反的野心。以禮賢下士爲名，招攬四方才俊之士。有人因畏其勢，有人慕其權，有人貪其利，而入其彀中。

文徵明當時四十多歲，正在巓峰時期，以詩、文、書、畫「四絕」名世。才名四方遠播，寧王豈肯放過？甘辭厚幣禮聘他。他心知宸濠不是安善之輩，豈肯同流合污？一再稱病婉拒，終於全節保身。比之唐寅入寧王府後，再佯狂逃出，顯然更勝一籌。

唐寅狂傲一世，目無餘子。唯對文徵明低首下心，稱之爲「師」。所「師」者，如唐寅所云：「詩與畫，寅得與徵仲爭衡。至其學行，寅將捧面而走矣！」

文徵明學行令人欽服，由此可見。袁宏道在上引〈又與徵仲書〉後評：「真心實話。」

唐寅自云：「非詞伏也，蓋心服也！」

對文徵明學行「心服」的人，顯然不僅唐寅而已。

薦舉入京，翰林待詔

明武宗正德末年，巡撫李充嗣薦文徵明於朝，授翰林院待詔。這是十分清貴的官職，一般都由進士科第中簡拔。文徵明卻不循正式科考，因才學而得皇帝賞識授官。也因此在同事中，頗受排擠。

武宗駕崩，世宗即位。詔文徵明參與修《武宗實錄》。頗為皇帝稱美，常侍經筵。逢年過節的賞賜，亦與那些正科進士出身，自命不凡的翰林詞臣相等，使那些官僚頗為嫉妒不平。文徵明處在這樣情況下，也頗不愉快。再三上書皇帝請求辭官還鄉，到五十八歲，終於獲准解職還鄉。得以如鳥歸舊林，魚返深淵一般，脫離了官場的「苦海」。

書畫三不賣

文徵明既以詩、文、書、畫「四絕」名世，求書、求畫的人，絡繹不絕。他以書畫累積，建了一座精雅的房舍，命名為「玉磬山房」，居住其中讀書、寫字、作畫，恬淡自適的過日子。

他雖以書畫爲生，卻不是有求必應的。有三種人，他是「謝絕」的：一是藩王及宦官，二是有錢有勢的達官貴人。三是蠻夷之邦的使者。

有宗室藩王，派使者送珠寶珍玩給他，希望與他結交。他連封皮都不啓，原封退還。文氏家風、氣節，在他身上表露無遺！

翻案文章〈滿江紅〉

岳飛「風波亭」一案，向來歸咎於漢奸秦檜。文徵明讀史，卻另有見解。以岳武穆最有名的〈滿江紅〉爲調，和了一闋詞翻案：

拂拭殘碑，敕飛字依稀堪讀。慨當初倚飛何重，後來何酷！果是功成身合死，可憐事去言難贖。最無辜堪恨更堪憐，風波獄。

豈不惜，中原蹙！且不念徽欽辱！但徽欽既返，此身何屬？千載休談南渡錯，當時自怕中原復。笑區區一檜亦何能？逢其欲！

詞中激憤的指出，「風波獄」的主謀，其實是宋高宗。仔細想想，文徵明實在是目光如炬，善於讀史者！

《牡丹亭》讓人腸斷而死
——湯顯祖——

書香世家，四代秀才

湯顯祖，字義仍，號海若。又號清遠道人、若士、繭翁，齋名「玉茗堂」。明末江西臨川（今江西撫州）人。他出身於一個非常典型的「書香世家」，但他的祖上四代，都沒有「功名」；不曾「中舉」，都只是「白衣秀才」。古代讀書人是很受敬重的，四代秀才，使他家雖非富貴，也算是當地的「鄉紳」，是很爲人敬重的體面家族了。

他的祖父湯懋昭在鄉里間，以樂善好施爲人欽重。他出生的時候，祖父已年近七旬。和一般讀書人一樣，他在得到了「秀才」資格之後，也努力參加「鄉試」（舉人考試），但都沒有中舉。曾爲人「作幕」；也就是給官員們當「師爺」，處理文書之類的工作。他的祖父也曾四度給人當幕僚，後來返鄉歸隱，以學道求仙，寄託心中的嚮往。

所以，湯顯祖可以說從小對這些屬於「虛無縹渺」的學道求仙，「超現實」的鬼神靈異之事就不陌生了。這些對他來說耳熟能詳的故事，也成爲他後來創作戲劇的基礎。

另一方面，他父親湯尚賢性情嚴正剛直，出身於書香世家，從小讀書，也都有尊崇儒教的傳統。湯顯祖生長成這樣的家庭，當然從小就識字讀書，也依循著父、祖的軌跡，按部就班（秀才、舉人、進士）參加科考；這由他家爲他命名「顯祖」，就可知這一家族在他的身上寄託了多少的期待！

十四歲，他就補入臨川縣學爲諸生；也就是通過了考試，成爲「秀才」。古人視「秀才」爲「宰相根苗」；宰相也都是這樣按部就班一步一步考上來的！所以有了「秀才」的頭銜，在鄉里之間也都會受到相當的尊重。他天資穎慧，習作當時求取功名必不可少的「八股文」爲「窗課」，也都得心應手。

當時各級考試，都由朝廷派「學官」主持。公務之餘，湯家以鄉紳的身份招待。學官看到這個「小秀才」，當即出了個題目：「書案」，要他「破題」；也就是以「八股文」的格式，就題目寫出「提綱絜領」的開頭兩句。他當即回答說：「形而上者之謂道，形而下者之謂器」，這引申於《周易．繫辭》的兩句話，立時贏得滿座的稱許讚揚。

名師高徒

他家雖然四代「白衣」；沒有功名，但他的父親在他補諸生後，帶他去拜當地名師。徐良傅曾在嘉靖十七年曾中過進士，任吏部給事中。出仕八年後，因得罪首相夏言，而革職爲民。由他以「言官」的身份，不惜得罪首相的作爲，可知他是一個非常正直剛毅的人。這位老師不同於一般傳統的老師，以教「四書五經」，「八股文」爲主要任務。反之，他讓湯顯祖廣泛接觸了史書的《左傳》、《史記》。和文學選集《昭明文選》。又教他讀「唐宋八大家」言之有物的古文和詩詞歌賦。也因此，使他養出了不同於一般士人的思維、眼界和文學氣質。

湯顯祖的另一位老師羅汝芳，也是進士出身。他是繼承王守仁的主張，「以不學爲學」，強調「赤子良心，不學不慮」，造就「良知良能」、「百姓日用即道」的學者。湯顯祖也接受了他思想體系。這也奠定了他日後出仕爲「父母官」，勤政愛民的基礎。

進士落第，非戰之罪

他家裡給他取的名字「顯祖」，還眞預言了他日後「強爺勝祖」的未來。

他的祖、父四代「白衣」未得功名，他則在二十一歲就中了鄉試第八名「舉人」，取得了參加禮部春試（進士考試）的「門票」。而且，當時他已寫了不少文學作品，也擁有一些文名了。而這文名，給他帶來的卻不是光榮，而是麻煩坎坷。

他到北京參加禮部春試（進士考試）。當時，明朝的權相是張居正。他自己有三個兒子，也準備參加進士考試。他希望自己兒子們都能「名列前茅」的得到進士。爲了防堵「悠悠之口」，總要結交幾個當代有名聲的舉人來陪襯。於是，再三的找人去拉攏湯顯祖，希望他能跟兒子們交朋友，也藉此提升他「貴二代」兒子們「禮賢下士」的聲望。以張居正的想法，這是「利己利人」的事；既能成全了他的兒子，湯顯祖也能因他的「提拔」而中「進士」，是名利雙收的好事。

但沒想到，會遇到這麼「不識抬舉」的「道學君子」；這可以「攀龍附鳳」成爲宰相兒子好友的機會，卻違背了湯顯祖的家教，與他從他的老師那兒學到的氣節、人格。他不願意讓自己做這樣沒有風骨的齷齪事；他認爲做這樣的事，如士人「失格」，女子的「失身」，絕不能苟同！對張居正的「好意」，不識相的拒絕了。張居正當然大怒，他也馬上嘗到了「得罪權貴」的報應——他參加了四次的進士考試，都落第而歸！進士是三年一試。從第一次到第四次，讓他前後荒廢了十年光陰。

他其實對「時文」（應考的「八股文」）並不是那麼有興趣，只是爲了功名，不得不然。在失意之中，找到了另類寄託；轉向了詩賦、戲曲；這也成爲他後來成爲後世口中「中國莎士比亞」的契機。

而就在張居正死後的第二年，他再度參加禮部春試——進士考試時，他就得中了「進士」；由此而知，他前四次的「落第」還眞是「非戰之罪」！

拒傍權貴，失意仕途

他得中進士的那一年，當時的宰相張四維的兒子張甲征，和首輔申時行的兒子申用懋、申用嘉，都與他是「同榜進士」；在科舉時代的風氣中，同榜的進士彼此稱「同年」；而「同年」之間的關係，視如「同學」。他換言之，他因此有了當朝權貴的三個兒子爲「同年」。這是別人求之不得的「門路」；他若與他們結成好友，是很容易得到提拔援引的。他當時已相當有名了，這兩位宰相和其他居高位的官員，也很想與他結交；暗示他拜他們爲師。但他的表現卻是「淡泊名利」，特立獨行。也因此，在這種情況下，他當然也很難「平步青雲」了。

明神宗萬曆十二年，他被任命爲南京的「太常博士」；正七品的小官。這個職務主管祭祀、禮樂，是個沒什麼公務的閒差。當時的京師在北京，所有的官員，都希望在「天子腳下」任職；就當時而言，被派到陪都「南京」，就有點「下放」的意味了。

一些少壯派的知識份子與言官，在南京集結成一股客觀批判朝政的輿論力量（即晚明的「東林黨」）。這倒是與湯顯祖本身的性情吻合的。雖然，當時也有些愛護他的人諄諄勸誡，要他少跟這些人接近，多與「老成人」交往；這些出於「鄉愿」的好意，又豈是他能聽得進耳的？

興學育才，釋囚觀燈

萬曆十九年春，天上發生星變；古人視彗星爲不祥之兆。萬曆不檢討自己用人失當，因政治腐敗，導致民不聊生，處處民變。一方面說要廣開「言路」，徵「直言極諫」。另一方面，反而以「罰俸」來懲處言官。

湯顯祖看不過去；若國家受到星變的警告，該受懲處的，也是執政的宰相和權貴要員吧？言官指陳朝政缺失，往往沒有得到政府採納，反而動輒得咎。到了星變的時候，卻又被怪罪了！

既然朝廷假惺惺的「號稱」廣開言路，他就上《論輔臣科臣疏》嚴辭彈劾：對萬曆朝二十年的的政治，作了一個整體總檢討：「陛下經營天下二十年於茲矣。前十年之政，張居正剛而有慾，以群私人囂然壞之。後十年之政，申時行柔而有慾，又以群私人靡然壞之。」

而且批判當時的首輔申時行和科臣楊文舉、胡汝寧權傾朝野，以權謀私，剋扣救災賑糧！以致民怨四起，到處民變！

這一下，有如披了逆鱗；神宗帝其實從萬曆十七年就不上朝聽政了（時間長達二十六年），執政的人，正是被罵的申時行等權貴。當然爲之大怒，當即把湯顯祖貶謫「下放」到雷州半島的徐聞縣去當典吏。

雷州，位於廣州的西南端。對以「中原」，或長江流域，富庶的江南爲主要生活地區的中國人來說，流放「嶺南」（「五嶺」之南。五嶺是：越城嶺、都龐嶺、萌渚嶺、騎田嶺、大庾嶺五座山組成。當時的「嶺南」，包括了現在的廣西、廣東、海南，和湖南、江西交界的一部份）。不但偏遠，且由於水土、氣候與中原地區迥異，又因氣候炎熱潮溼，充滿了所謂的「瘴厲之氣」。謫臣流放至此，往往都不敢期待「生還」！

其實湯顯祖眞正在徐聞的時間非常短；像他這樣芝麻綠豆的小官，政府下令之後，也沒誰盯著他管。似乎也沒有規定，他必須幾時要上任「報到」。所以他五月奉詔，先回到故鄉臨川度夏，一直住到了秋天，才再啓程南下。到達嶺南之後，還一路在韶關、羅浮、南海、番禺以甚至澳門等地遊山玩水，玩了個盡興，才從陽江取道海路到達徐聞；這時，已經是這年的年底了，他這一路，足足走了半年！

第二年春天，遇到「大赦」，轉官遂昌（屬今浙江麗水）縣令。他這一趟可就走得快了；春天還沒過完呢，他已走馬上任！

他覺得終於能眞正的爲老百姓做點什麼了，於是以「政事輕簡」爲行政作風；省刑罰、輕賦稅，不找百姓「麻煩」。除弊之外，還要「興利」，他建射堂，修書院，鼓勵百姓習射、讀書以培養文武人才。這些措施，當然很快的得到了百姓的認同愛戴。

不僅對一般老百姓，他還在遂昌做過兩件「驚世駭俗」的創舉。

任職大半年，快過年了，家家戶戶都歡樂團圓。他卻想起那些關在監獄裡的囚犯；將心比心；他們在過年的時候，也不能回家與家人團聚。「每逢佳節倍思親」，何況過年？他們必然想家，家人也一定想念他們。眼睜睜的看著別人全家團聚，豈不難過傷心？他覺得這實在「太不人道」了！於是，他提出了一個辦法：如果家人願意具結擔保：在大年初四，一定送這些囚犯回獄，他就讓這些囚犯回家過年！

當時他的屬下一聽都嚇壞了，當然紛紛勸阻，他卻堅持要做。消息傳出，當即有三十戶在地的人家表示願意出面擔保：一定會在大年初四送囚犯回獄！他也說到做到：眞的讓這些人回家過年了！

這些人也都是有良知的，知道「父母官」是冒了多大的險，承擔了多大的壓力來讓他們回家過年。也乖乖的按時自動投回獄中。這件事當然驚動了四面八方，也驚動了朝廷。但因爲囚犯全部「回籠」，沒有出事，也無奈他何。

有了這一回，讓他對「人性本善」更增加了信心。又在元宵節，自己觀賞「花市燈如晝」的時候，想到：這些獄中的囚犯，聽到外面煙花火炮放得那麼熱鬧，心中會多麼嚮往元宵燈節到處火樹銀花的那一番盛景！於是又有了創舉：這一回，連家人作保都省了，直接打開獄門，規定了回來的時間，就釋放了所有的囚犯出獄看燈。而到了規定時間，所以囚犯也一個不少的都自動回籠；所謂「人心都是肉做的」，面對這樣眞正「愛民如子」的「父母官」，他們也不會忍心做出傷害他的事吧？

他的遂昌縣令也只做了一任；因爲萬曆二十四年，朝廷爲了宮殿焚毀重建，和寧夏、朝鮮兩處用兵，戰爭龐大的軍費開支，不斷的加賦、加稅。還派出太監到各州、府、縣「勒索」；事實上，就是這樣繁重的賦稅，致使百姓民不聊生，而造成流寇的崛起，更導致明朝的滅亡！而且，也種下後來「大清」雖以異族入主中原統治，在大清朝廷「永不加賦」的承諾之下，又經歷了「康雍乾」的盛世，百姓日子好過了。雖然有許多「士大夫」以「異族統治」倡導「反清復明」，百姓卻沒有配合意願的後果；「復明」？回去過「民不聊生」的苦日子？當然不要！

他可以在「縣太爺」的職權之內勤政愛民，但無以抵擋朝廷的需索無度，使他對政治灰心極了。他在回京「述職」之後，上了辭呈，自動辭官「不玩了」。

玉茗堂四夢

湯顯祖返回故鄉，在他的「玉茗堂」中，以「著述」終老。

所謂「玉茗」，是極爲罕見的茶花品種；甚至認爲是天下唯一一棵純白色山茶花；也唯有此花，可與「瓊花」相比。據說，臨川在宋代時曾有一棵，當時就有人建了「玉茗堂」。但到湯顯祖的時代，其實這棵「玉茗花」已經絕跡了。或許湯顯祖就是以此花自喻高潔吧？

他在晚年，留下了曠世傑作：《玉茗堂四夢》（又稱《臨川四夢》）：《還魂記》（即《牡丹亭》）、《紫釵記》、《邯鄲記》、《南柯記》；這四部書中都以「夢」爲故事的重點，所以稱「四夢」。當代的學者王思任在點評《玉茗堂四夢》時，曾概括「四夢」的「立言神旨」：《邯鄲》，仙也；《南柯》，佛也；《紫釵》，俠也；《牡丹亭》，情也。

《邯鄲記》取材於唐傳奇沈既濟的〈枕中記〉。一個失意書生盧生，在往邯鄲的旅店裡，遇到道士呂翁，訴說自己的不遇與不平。呂翁給了他個枕頭，他在睡夢中，經歷了數十年的榮華富貴，到一夢醒來，發現店主人蒸的黃粱都還沒熟。自此悟道；所以說「仙也」。

《南柯記》取材於唐傳奇李公佐的〈南柯太守傳〉，敘說唐朝廣陵的遊俠之士淳于棼，在酒醉中，夢到進入「槐安國」，成爲南柯郡太守。並與瑤芳公主成婚，當了駙馬。他努力的讓百姓休養生息，政績卓著，深受皇帝器重，還和公主生育五男二女。誰知發生了戰爭，受到了侵略。公主憂恐病重身死。淳于棼失了倚靠，又遭人誣陷他通敵。奉喪還朝後，因公主已死，責令他返鄉。他乘牛車出了槐安國境，在被紫衣使者喚醒後，發現自己酒醉睡在床上，他兩個朋友在一邊洗腳，太陽還高掛西方。

他依著記憶尋找當時進入「槐安國」的路徑，結果，發現所謂的「槐安國」，祇是院子裡一棵槐樹下的大螞蟻窩。由此頓悟：萬事皆「空」。所以說是「佛也」。

《紫釵記》出於唐傳奇蔣防的〈霍小玉傳〉。其實他早年就曾寫過了《紫簫記》，但不曾完稿。且因其中的人物，被視爲影射張居正。引出一些人的不滿、打壓。直到他的晚年，才改寫爲《紫釵記》。

故事是寫唐代的「霍王」死後，庶出之女「霍小玉」不容於王府，流落民間。與才子李益之間遇合的故事。「紫釵」則是指霍王在日，爲愛女霍小玉及笄上鬟時，霍王特別請玉工以紫玉爲她打造的「紫玉釵」。

他們兩情相悅，當李益考上進士，放官鄭縣主簿，準備回家省親後上任時，霍小玉知道：以李家的門第，不容私娶。就對李益說：二十二歲的李益，距「壯年」（三十歲）還有八年。請他把這八年給她。到時候，她將無怨無悔的自己披緇入道（當尼姑），讓李益另結高門。

李益答應了，還信誓旦旦答應她：到任後，八月就來接她。結果他回到家，家中已經爲他訂了「五姓女」盧氏表妹的親事。李益因負心另娶，知道霍小玉癡情苦盼，他到了長安，也逃避不願意見她。這件事使他的朋友都非常不以爲然，卻又無法勉強他。

當時，這件事流傳甚廣，都認爲李益薄倖，辜負了霍小玉的癡情。因此惹出俠客「黃衫客」出面打抱不平。他挾持強迫李益去見霍小玉。霍小玉當時已病得奄奄一息，在痛責他負心之後，死在他懷中。其中的轉折，就在於「黃衫客」的行俠仗義。所以說是「俠也」。

《還魂記》則出於明代的「話本小說」：〈杜麗娘慕色還魂記〉。人物、情節大略相仿，只是原著相當俗套；雙方家世「門當戶對」，男家知道兒子與鬼相戀，女家知道女兒復生，都好像不以爲意，欣然認可！但經過湯顯祖的「改編」後，柳夢梅成了沒落世家的寒門書生，杜麗娘的父親對這件「荒誕」的親事堅決反對，甚至吊打女婿。使這人鬼相戀的劇情，因而高潮迭起。而且人物鮮活，性格與心理刻畫，尤其寫杜麗娘的傷春之情，入木三分。尤其文辭之美，更是令人讀之滿口餘香，讚賞、感動，引起天下讀者的共鳴。

故事情節：南安太守之女杜麗娘，因讀《詩經．關雎》傷春。在遊園後，夢中見到了一個書生柳夢梅，兩情相悅，並在夢中歡好。醒後思念成疾而死。後來她父親轉任，留下孤墳，因不捨女兒，建了道觀，將祭掃之事交給石道姑照顧。柳夢梅來到當地，因病住進道觀，與杜麗娘的鬼魂相會，她在確定了他的感情之後，要他聯合道姑掘墓開棺，並因此而復生。並在道姑主持之下，嫁給了柳夢梅。因故事主題是她因情而死，因情而生，所以說是「情也」。

《牡丹亭》至今還「長紅」於崑劇舞台，尤其以〈遊園〉、〈驚夢〉、〈尋夢〉、〈離魂〉、〈拾畫〉、〈叫畫〉幾折，更是膾炙人口。如〈遊園〉的〈皀羅袍〉：

原來姹紫嫣紅開遍，似這般都付與斷井頹垣。良辰美景奈何天，便賞心樂事誰家院？朝飛暮卷，雲霞翠軒。雨絲風片，煙波畫船。錦屏人忒看的這韶光賤！

〈好姐姐〉

遍青山啼紅了杜鵑，那荼蘼外，煙絲醉軟，那牡丹雖好，他春歸怎佔的先？閒凝眄，生生燕語明如剪，聽嚦嚦鶯聲溜的圓。

又如〈尋夢〉中的〈江兒水〉：

偶然間心似繾，梅樹邊。似這般花花草草由人戀，生生死死隨人願，便酸酸楚楚無人怨。待打并香魂一片，陰雨梅天，啊呀人兒呵！守的箇梅根相見。

這些動人的詞句，深深打動了讀者的心。也使後人只知有湯顯祖的《牡丹亭》，而不知有什麼明代「話本小說」了。

湯顯祖的四部戲劇中，又以《還魂記》（即《牡丹亭》）最受矚目，一問世，就驚動了文壇。也奠定了他不朽的文學地位。

文字業障，影響深遠

《牡丹亭》一出，頓令洛陽爲之紙貴，成爲當時「排行榜」上最暢銷的書。所有讀過書，或在舞台上看過《牡丹亭》的人，都在腦海裡留下了杜麗娘純眞深情的美好形象。也都嚮往著那「爲情而死，爲情而生」的美麗愛情境界。甚至有人因爲此書腸斷而死。其中最有名的就是婁江女子俞二娘。

俞二娘是個典型的「文學少女」，她芳齡十七歲，本身是個待字閨中的才女。如癡如狂的深愛著《牡丹亭》，因爲她本身也如杜麗娘一般，是個情竇初開的青春少女，深爲能寫出這樣一部曠世巨著的才子湯顯祖著迷。反覆誦讀之不足，更用蠅頭小楷，在書側詳加批注。甚至認定「非此人不嫁」！

也許，在她的幻想中，湯顯祖的形象，就是《牡丹亭》中的柳夢梅；是個才華横溢的「俊雅青年」！然而，現實是殘酷的！後來她才知道：湯顯祖不但已有妻子，而且還是個兒女成群的老頭子；當《玉茗堂》文集出版時，湯顯祖已經五十七歲，論年齡都能當她祖父了！她本以爲她能跳脫「世俗之見」，以爲自己是個可以單純「愛才」，可以不計較他年齡、相貌的！然而，事實並不是如此。而且，他已有妻室兒女，以她的出身，恐怕也未必能屈身爲妾。在失望傷心之下；最後，《牡丹亭》從她的手中滑落，她也腸斷而死。

湯顯祖聽說了這件事，又看到她細細批注的《牡丹亭》，非常難過；沒想到，他的《牡丹亭》竟然造成了這樣的悲劇！爲了哀悼這位「知音」，他還寫了兩首詩悼念，前附小序：

婁江女子俞二娘秀慧能文詞，未有所適，酷嗜《牡丹亭》傳奇，蠅頭細字批註其側，幽思苦韻，有痛於本詞者，十七惋憤而終。

畫燭搖金閣，真珠泣繡窗。如何傷此闋，偏只在婁江。

何自為情死，悲傷必有神。一時文字業，天下有心人。

與他同爲江西人的蔣士銓，後來以湯顯祖的故事爲主題，寫了一部《臨川夢》，書中的女主角之一，就是俞二娘。

「身殉」《牡丹亭》的，不僅一個俞二娘。揚州還有個叫金鳳鈿的女子，酷愛《牡丹亭》，感動之餘，給湯顯祖寫了信。信上抒發了自己婚姻不幸的痛楚，還表示願意委身下嫁湯顯祖。當時的交通和郵政不是那麼方便。而她信發出之後，就引領期盼著湯顯祖能給她覆信。朝思暮想的，終於相思成疾。等到湯顯祖接到信趕到揚州時，金鳳鈿已經去世了。湯顯祖深感失去了知音的悲痛，便出資爲她營建了廬墓。

當時，爲這本書感動的，還有許多人；像著名的明代才女馮小青，也有一首〈題牡丹亭〉的七言詩傳世：

冷雨幽窗不可聽，挑燈閒讀《牡丹亭》。人間亦有癡於我，豈獨傷心是小青？

又相傳：杭州有位色藝雙絕的崑劇演員商小玲，特別擅演《還魂記》。她大約曾經歷感情方面的創傷，滿腹幽怨無從抒發，因長久壓抑，而積鬱成疾。每當演到杜麗娘「尋夢」時，淒婉纏綿的情思糾結，常使她情難自禁，悲從中來，觀眾也看得如癡如醉。

某日，她又演《牡丹亭．尋夢》，當她演的杜麗娘唱至：「待打并香魂一片，陰雨梅天，守得箇梅根相見」時，倒地不起。觀眾原只以爲她是進入了角色。直到演春香的丫鬟上場，入園來尋找小姐時，才發現她已氣絕身亡了。

世人也不會忘記《紅樓夢》裡與《牡丹亭》相關的情節：林黛玉在大觀園中聽到梨香院中的女孩子們唱《牡丹亭．遊園、驚夢》中的幾句：「原來姹紫嫣紅開遍，似這般都付與斷井頹垣。良辰美景奈何天，便賞心樂事誰家院……」、「只為你如花美眷，似水流年……你在幽閨自憐……」

林黛玉如醉如癡的情景，或許正是大多數深閨女子讀《牡丹亭》的寫照。

讓人不太明白的是：當時這一類所謂的「淫詞豔曲」，往往是閨中女孩子們「禁書」；甚至連賈寶玉也不敢公然閱讀。但似乎卻不避諱她們「看戲」。《紅樓夢》第十八回：元妃省親演戲，欣賞齡官，要她再演兩齣戲。管理戲班的賈薔，點的就是〈遊園〉、〈驚夢〉。是因齡官執意不肯演出這「非本角」的戲，換了別的戲，才沒有演。而當時，可是賈府所有的「姑娘們」都在場的，如果演了……

歌頌愛情的通俗文學家——馮夢龍——

馮夢龍是誰

馮夢龍、字猶龍，又字公魚，號龍子猶、墨憨齋主人、顧曲散人、綠天館主人；還有許多別號；眞是「號繁不及備載」。他是明朝時長洲（今江蘇蘇州）人，本身是個文學家，與其兄畫家馮夢桂、其弟詩人馮夢熊，在當代並稱「吳下三馮」；由此可知馮家一定是個書香世家，而且是相當具有文化底蘊的人家。

講到「文學家」，範圍甚廣；就我們所知道的「文學家」，有些專精於一門，文章好；詩好；詞好……但也有一些文學家，好像「十八般『文藝』樣樣精通」；馮夢龍就是屬於這樣的文學家。除了學術的領域，他兼擅詩文、傳奇小說、戲曲、筆記等；爲了保留地方民歌，編纂了「山歌」的專輯《童痴一弄・掛枝兒》、《童痴二弄・山歌》。他也是史學家，寫了《東周列國志》等相關歷史書。又在明朝亡國之際，寫了編纂了《甲申紀事》、《中興偉略》記錄了明亡之後的種種現象，也爲後人留下了許多史料。

他所寫的文類之多，也讓人嘆爲觀止！自己雖然沒有「功名」，他的《四書指月》（其實不完整，只有《論語》和《孟子》）倒成爲當代士子的「必讀」參考書。

精通音律，考訂《牡丹亭》

他精通音律，本身寫過戲曲，也改訂過一些別人的劇本。像《牡丹亭》就有他的改訂痕跡。

因爲湯顯祖的《牡丹亭》雖然膾炙人口，也紅極一時；當代公認他的才情無人可及。卻也公認：這只能當一部「案頭之書」；因爲在「音律」上有很大問題，沒法唱；連湯顯祖自己都自承：「《牡丹亭》『不妨拗折天下人嗓子。』」

馮夢龍卻是個精研聲律的高手。在不破壞原始結構的情況下，一一詳細考訂音律；像一般最常演出，爲人熟知的幾齣：〈春香鬧學〉、〈遊園驚夢〉、〈拾畫叫畫〉等，便是採用了馮夢龍校定本。也因此使《牡丹亭》能至今還活躍於崑劇的舞台上。他也校訂過《水滸傳》等書，讓內容比較合於歷史；這當然也因他自己博覽群籍，才具備這樣的能力。

才學過人，功名坷坎

像他這樣有才華的人，「科舉」之路卻非常坎坷；到了五十七歲，才補爲「貢生」；只是「舉人」的副榜。換言之，連正式舉人資格都沒有！四年後，授福建壽寧知縣，當了四年的官，就「退休」還鄉了；算來就在今日，也已達「法定退休年齡」了！

他爲官一任，卻眞正做到了是個「造福地方」的好「父母官」。爲此，在《福寧府志》、《壽寧縣志》等地方記載，都均將他列入《循吏傳》（好官），稱讚他「政簡刑清，首尚文學，遇民有恩，待士有禮」；他在當場禁巫、施藥，又嚴禁溺殺女嬰之俗，導正民風。只可惜他入仕的時間太晚又太短，不能有更多的建樹。

《三言》故事一百二十篇

講起「中國文學家」，在「檯面」上的很多！我們在「國文課本」裡，讀過他們的詩，讀過他們的文，他們的名字在《中國文學史》上閃閃發光。但馮夢龍顯然在一般人心目中，並不是個太熟悉的名字。大概很多朋友會說：「馮夢龍？他是誰？」

比較有機會接觸「古典通俗文學」的人，會在聽到這個答案的時候，有點反應；「《三言二拍》裡，寫《三言》的人！」

《三言》是三部以比較「白話」的文體，寫的「古典短篇小說」集；《喻世明言》、《警世通言》、《醒世恆言》；因爲這三本書裡都有個「言」字，所以被稱爲《三言》。每一本書，都有四十篇「短篇小說」，三本共一百二十篇故事。

不要說「沒聽過」！這其中頗不乏我們耳熟能詳的故事；聽過〈金玉奴棒打薄情郎〉

嗎？聽過〈賣油郎獨佔花魁女〉嗎？聽過〈碾玉觀音〉嗎？聽過〈千里送京娘〉嗎？聽過〈白蛇傳〉嗎？聽過〈杜十娘怒沉百寶箱〉嗎？聽過〈喬太守亂點鴛鴦譜〉嗎？這些故事都出於《三言》！馮夢龍寫的故事！

這些故事，並不是他自己編造的「創作」，而是取材於歷年歷代的「民間傳奇」、和文人筆記等簡略的記述資料，他用自己的「生花妙筆」加枝添葉，使原本太過簡略的故事和人物生動的「活」起來。

一般讀書人其實對「通俗文學」是頗爲「不屑」的。他卻有不同的見解；他認爲這些「通俗文學」中，蘊蓄著最眞摯的情感，也最能激盪並深入人心，比那些刻板的「經典」更容易產生「移風易俗」的教化作用。他認爲通俗文學是「民間性情之響」，也是「天地間自然之文」，是眞情的流露。提出要「借男女之眞情，發名教之僞藥」的文學主張，表現了他衝破禮教束縛、追求每個人眞愛眞情的鬆綁、解放。

經歷情傷，歌頌愛情

除了「三言」，他也還有其他相關的作品，而以《情史》最動人心。他也認爲：人所追求的是眞摯的感情，而不是虛僞的「吃人禮教」。在他的《三言》中對於愛情極力歌頌，其實源之於他自己失落「愛情」的情傷。

當代風氣，像這樣的才子，流連青樓教坊，是非常尋常的事。他也一樣，而且與很多位青樓女子都有深厚的感情。從他的書中有名可指的，就不下十位，而他最愛的，是當時的蘇州名妓侯慧卿。兩人情相投，意相合，盼望著能夠廝守終生。可是以馮夢龍的家境，根本沒有能力爲侯慧卿贖身從良。侯慧卿雖然盼望能成爲「才子婦」，終究敵不過「現實」；一個富有的商人爲她贖了身，從此「羅敷有夫」，再也無法見面了。

因此，他寫下許多淒涼悲苦的詩句，寄託了他與侯慧卿訣別的無奈和痛苦。在一首詩的序裡，馮夢龍這樣寫道：「年年有端二（農曆五月初二），端二無慧卿。」

他們就是在「端二」被迫活生生拆散的！他有〈怨離詩〉三十首，總名《鬱陶集》，但如今已失傳了。好在還有一首總算是留了下來：

> 詩狂酒癖總休論，病裡時時晝掩門。最是一生淒絕處，鴛鴦塚家欲招魂。

顯然，失去了侯慧卿，使他大病了一場，甚至想要雙雙殉情合葬。

這段傷痛，一定對他的《三言》、《情史》等的寫作，有很深的影響，他也因此在書中塑造了許多敢愛敢恨的女子。當代的男子，多半把女子當成玩物或附庸。只有馮夢龍珍惜、尊重著這些作品中每一個女子的獨立意志和感情世界，並盡可能給她們一個美好的結局。甚至就算是死亡，都要讓他們最後合葬，而不能拆散。

一生忠愛的愛國者

科場失意，並不是馮夢龍一生最大的不幸！遭逢亂世，流賊四起，最後逼使崇禎皇帝煤山自盡，清兵入關，不但「改朝換代」，還是「異族入主」當了皇帝才是他一生的「最痛」。

那時，他已經七十歲了！但在愛國心的驅迫之下，還參與奔走「抗清」的活動。他並不認爲明朝「政治清明」；事實相反，他也曾在當縣令的任內上疏，痛陳明代失政與衰敗的原因；當然，人微言輕，而且明朝政治已經腐敗到「神仙救不了」。但，身爲一個知識份子，不能不力挽狂瀾。

最後他怎麼死的，有二說；一是「憂憤而已」，二是爲「清兵所殺」；無論如何，他是「求仁得仁」的！

氣節過人的青樓女子
—柳如是—

出身青樓一才女

柳如是，幼名楊愛，號雲娟。曾字影憐。後又改名柳隱，字如是。或說是嘉興（今浙江嘉興）人，另一說是蘇州人。但她眞正的身世不詳；可能從小因家貧，被輾轉販賣。比較明確的是：她十歲時，被當時江南盛澤歸家院的名妓徐佛收養，取名「楊愛」，並悉心栽培調教。

中國傳統上，素有「女子無才便是德」的傳統，除非書香門第，或仕宦名門，女子無緣讀書（事實上，男人也大多是「文盲」沒有讀書的機會）。反而是青樓女子，讀書與「琴棋書畫」等才藝，都是成爲名妓的「必備」條件。因此，許多「才女」都出身於「青樓」。

柳如是天生麗質，且天資穎慧，聰明過人。在徐佛悉心調教之下，漸受矚目。十四歲時，「老不修」的前內閣大學士周道登爲她贖身，名爲陪侍老夫人，後又強納她爲小妾。周是「狀元」出身，因她年紀幼小聰慧，常把她抱在膝上親授詩文，以娛晚年。但也因她深受寵愛，不容於周氏妻妾，設計陷害，想要置她於死。幸得周老夫人念她昔日陪侍之情，逐出周府，轉賣青樓。

她重操舊業，改名爲「楊影憐」；頗有對自己身世「顧影自憐」之意。卻又反將了周家一軍，以「故相下堂妾」當「號召」。

鋼刀斷絃斬情緣

「楊影憐」在江南豔幟一樹，聲譽鵲起。周道登教她讀書的經歷，增長了她的文學素養；以她過人的聰慧，已然可以即席作詩塡詞，與當代詩人名士唱和。而經歷周家羞辱的一段經歷，也使她不再是當年嬌柔羞怯的小雛妓，性格變得放誕風流，不拘禮法，成爲青樓「異類」；而這一點「與眾不同」，更吸引著巨商富賈、名士才子爭相捧場買笑。

她把「客人」分成兩類，一類是來花錢買笑的，樂意在她身上大筆花銀子，絕無吝色。她以行觴侑酒，吹彈歌舞接待，以換取豐厚的「纏頭之資」。另一類是才華過人的當代才子文士；對這一類人，她志不在錢，自視甚高的她，希望在這些才子中尋求「詩文知己」。她跟他們談笑雅謔，縱論古今。也因她雅擅詩書文墨，被視爲「詩妓」，江南名士們，也都以與她唱和爲榮爲樂。

很快的，她以累積的「纏頭」，爲自己贖得自由之身；更因「財源滾滾」得來容易，視錢財如糞土。喜著男裝，自認「儒士」；後來取其諧音，又稱「柳如是」（一說，是讀辛棄疾〈賀新郎〉：「我見青山多嫵媚，料青山見我應如是」而改字「如是」）。所結交往來的，都是江南「復社」、「幾社」（與東林黨一脈）的詩人才子。她與他們「稱兄道弟」；書信往來，也自稱爲「弟」。江南水鄉，她常在自置的畫舫上，與這些當代名士高談闊論，分韻唱和。

宋徵輿，字轅文，號直方，是出生於雲間（松江）名門望族。與陳子龍、李雯並稱爲「雲間三子」。三子中，宋徵輿年紀最小，才學過人，自視甚高，睥睨一世。雖然陳子龍甚是推重，但當時的人認爲：「精練不及子龍，故聲譽亦稍亞之」，他曾贈柳如是以詩：

校書嬋娟年十六，雨雨風風能痛哭。自然閨閣號錚錚，豈料風塵同碌碌。

宋徵輿對柳如是一見傾心，曾經在嚴寒的冬日訪她於湖上。她爲了「考驗」他，自己坐在畫舫上，讓丫環傳話：自稱「晨妝」未竟，要宋徵輿跳下水，泡在水裡等她。宋徵輿爲了「示愛」，還眞的跳了水，當然及時就被救起。這舉動，使她大受感動，宋徵輿從此成爲「入幕之賓」。兩人卿卿我我之餘，她表示非君不嫁，宋徵輿信誓旦旦，也表示「非卿不娶」。她幾經淪落，深幸終身有託，亦陷情網。

豈知，宋徵輿家世代書香，家有嚴母。當時的風尙，不禁士人青樓狎妓，追歡買笑。但那只能當作逢場作戲，那有可能容許他迎娶娼妓進門；別說是妻，連做妾都難！世俗既不容「良賤通婚」，宋母更強勢反對。宋徵輿年輕，連獨立生活的經濟能力都沒有，只能懦弱屈服。甚至在她被官方施壓驅逐的時候，向他求援，他都沒有回應，要她自己想辦法。她絕望之餘，以鋼刀斫絃，斬斷情緣。

後來宋徵輿有一首〈憶秦娥．楊花〉，疑似與柳如是有關；他們相戀時，她還是以「楊影憐」爲名的。

黃金陌，茫茫十里春雲白。春雲白，迷離滿眼，江南江北。
來時無奈珠簾隔，去時著盡東風力。東風力，留他如夢，送他如客。

情歸陳子龍

柳如是當初雖與宋徵輿相愛，但她自認是「掃眉才子」，一心接近才學能讓她心服的士人。而當時松江最負盛名的才子，是有著「文高兩漢，詩軼三唐，蒼勁之氣，與節義相符」的美譽的「雲間孝廉」陳子龍。所以，她心中眞正傾慕的人，並不是宋徵輿，而是陳子龍。

陳子龍，初名介，字臥子、懋中，號大樽、海士、軼符等。是南直隸松江府華亭縣（今上海市松江區）人。

就文名而言，陳子龍超過當代與他齊名的名家甚多。年紀也比較大；比宋徵輿就大了將近十歲。他家道清寒，已有妻室，尚無功名。他跟柳如是的相遇，最初似乎也只是跟著朋友們「逢場作戲」，才偶爾到她的香閨盤桓，對她一直淡淡的，並沒有像別人對她的姿容才學那樣的傾倒愛慕。

倒是在她與宋徵輿以「鋼刀斷絃」分手之後，這些江南文士們，都認爲這件事，是宋徵輿傷害了楊影憐，對她格外關心。而她在情傷之餘，似乎認爲「小男人」靠不住，轉而垂青了陳子龍。陳子龍愛其才，又感其情，在友人撮合之下，同居於松江南樓。

陳子龍的父親，曾當過刑部、工部侍郎，可說是仕宦名門出身。他十八歲時父親亡故，賴祖母辛勤教養成人。當然對他考「進士」，揚名顯姓，改善門庭，也寄望殷切。其妻張氏的父親是知縣，也可說是一位知書達禮的「官家小姐」，在鄉里間頗有「賢孝」之名。知道陳子龍與柳如是同居，張氏非常不滿。趁著陳子龍往南京會友，親自登門，以「大義」責讓柳如是。

她告訴柳如是：因陳子龍迷戀煙花，不務上進，而此前一年（崇禎七年）赴京參加會試，落第而歸，使祖母因激怒而致病。自己雖不孕，也已給陳子龍納二妾傳宗接代，鄰里間皆稱「不妒」（據記載：她在鄰里戚黨之間，被視爲「女師」；也就是親友間最有智慧，明理服眾，可爲表率的人物）。所以，她容不下柳如是與陳子龍雙宿雙飛，並不是因嫉妒，而是因爲陳子龍此舉，引起了親友非議，破壞了陳家「仕宦名門」的聲譽。

柳如是個心高氣傲的人。如果張氏眞的是來「無理取鬧」，她不一定肯退讓。但張氏佔盡了「人情義理」：爲陳子龍孝事祖母；他家道清寒，爲他持家理業，維持家計；因自己不孕，爲他納妾傳宗接代！陳家雖然清寒，但也是歷代仕宦的名門；「良賤不通婚」是當時社會規範，不是張氏無中生有！於情於理，張氏都佔盡上風，所說的話，也句句合情入理，無可辯駁。可以說：走到那裡，柳如是與陳子龍也打不贏官司！使柳如是無言可對，只能黯然退讓；離開松江，回盛澤重操舊業。陳子龍聞訊趕回時，已無法挽回。

事後，柳如是作《如夢令．懷人》二十首寄情，試摘數首如下：

其一

人去也，人去鳳城西。細雨濕將紅袖意，新蕪深與翠眉低。蝴蝶最迷離。

其八

人去也，人去小堂梨。強起落花還瑟瑟，別時紅淚有些些。門外柳相依。

其九

人去也，人去夢偏多。憶昔見時多不語，而今偷悔更生疏。夢裡自歡愉。

其十四

人何在？人在木蘭舟。總見客時常獨語，更無知處在梳頭。碧麗怨風流。

其十八

人何在？人在玉階行。不是情癡還欲住，未曾憐處卻多心。應是怕情深。

其二十首

人何在？人在枕函邊。只有被頭無限淚，一時偷拭又須牽。好否要他憐。

這二十首，前十首起句爲「人去也」。後二十首，起句爲「人何在」，其中的無可奈何之情，可以證明柳如是對陳子龍的深情款款。陳子龍也寫過兩首的〈夢江南・感舊〉：

思往事，花月正朦朧。玉燕風斜雲鬢上，金猊香燼繡屏中，半醉倚輕紅。

何限恨，消息更悠悠。弱根有眠春夢杳，遠山一角曉眉愁，無計問東流。

兩人之間酬唱的詩詞非常多，如陳子龍〈滿庭芳〉：

紫燕翻風，青梅帶雨，共尋芳草啼痕。明知此會，不得久殷勤。約略別離時候，綠楊外，多少銷魂。才提起，淚盈紅袖，未說兩三分。

紛紛，從去後，憎瘦玉鏡，寬損羅裙。念飄零何處，煙水相聞。欲夢故人憔悴，依稀只隔楚山雲。無過是，怨花傷柳，一樣怕黃昏！

如柳如是〈金明池．詠寒柳〉：

有悵寒潮，無情殘照，正是蕭蕭南浦。更吹起，霜條孤影，還記得，舊時飛絮。況晚來，煙浪斜陽，見行客，特地瘦腰如舞。總一種淒涼，十分憔悴，尚有燕台佳句。

春日釀成秋日雨。念疇昔風流，暗傷如許。縱饒有，繞堤畫舸，冷落盡，水雲猶故。憶從前，一點東風，幾隔著重簾，眉兒愁苦。待約個梅魂，黃昏月淡，與伊深憐低語。

說來兩人眞是「珠聯璧合」的「才子佳人」，但有情無緣。陳子龍應該是柳如是一生的

「最愛」，兩人分手，柳如是也對他沒有一絲怨恨。甚至還明告她後來所嫁的錢謙益：她一生最愛，就是陳子龍！

白髮紅顏

柳如是不但是當代名妓，而且頗以才學自負。暗誓：嫁人，一定要嫁個才學能讓自己心服的！

她曾交往過的江南名士不勝枚舉。所愛過的兩個人，宋徵輿和陳子龍，也是當時一代人傑。失意而心高氣傲的她，於此要求更爲嚴苛：未來的夫婿，才學一定要勝過他們！

這談何容易！但並不是沒有！在他們之上，江南還有一位眞正被尊爲「文壇盟主」的錢謙益！

錢謙益，字受之，號牧齋。晚號蒙叟，東澗老人。學者稱「虞山先生」，是蘇州府常熟人。明末清初被士林尊爲「文壇盟主」。

他於萬曆三十八年以「探花」（一甲三名進士）及第。是明末「東林黨」的領袖之一，官至禮部侍郎。因溫體仁與周延儒爭權，兩敗俱傷，他也被波及，以「受賄」的罪名，受杖責後革職返鄉。但文壇人望依然極高。

雖然被人稱爲「秦淮八豔」（柳如是、顧橫波、馬湘蘭、陳圓圓、寇白門、卞玉京、李香君、董小宛）之首。以柳如是的穎慧，知道「青樓」是「殘酷」的地方，賣的是「青春」！一旦「人老珠黃」，下場悲慘；能「老大嫁作商人婦」都算是結局好的！目前她雖然還算當紅，但也已年近花信（節氣中有「二十四花信風」，因此以二十四歲爲「花信年華」；逾此則花容褪色，由盛而衰），紅顏漸老，必須找個歸宿了！她心裡存著陳子龍爲「標竿」，絕不甘心找個不如他的。那……只有錢謙益！

錢謙益三年前因與溫體仁相互攻訐，被誣受賄，免官失意返鄉途中，在杭州曾見過這位放誕風流的青樓名妓「柳隱」。兩人曾互道仰慕，也曾談文論藝。但他當時他正失意於官場，甚至受了廷杖，準備返鄉「療傷止痛」。因此也只此一面之緣，沒有繼續往來。

她一身男裝，到他家「半野堂」造訪時，錢謙益只覺此人有些面善，一時沒有認出來。卻聽她念出了一首詩：

草衣家住斷橋東，好句清如湖上風；近日西冷誇柳隱，桃花得氣美人中。

他馬上想起：這是他三年前在杭州贈給名妓「柳隱」（柳如是）的。當時，是他讀她的《西湖八絕句》，讀至其中一首：

垂楊小院秀簾東，鶯閣殘枝未相逢。大抵西泠寒食路，桃花得氣美人中。

爲其中「桃花得氣美人中」擊節之餘，依韻和詩！顯然，眼前這個男裝的「儒士」，就是當年影名妓「柳隱」，爲之驚喜非常。

更讓他喜出望外的是：在殷勤款客，共遊數日之後，柳如是竟表示願意委身下嫁。只提出一個條件：他得正式迎娶她爲「妻」，她絕不做妾！

這個條件，在宋徵輿、陳子龍都不可能。在錢謙益卻不難；這個家族，誰比他大？他還不能作主？他那年五十九歲了！而柳如是才二十三歲！足足比他小三十六歲！

嫡妻之禮，迎娶妓女

他廣邀親朋好友聚集河畔，到了吉時，他布置了一艘華美非常的畫舫綵舟，由遠而近，泊在河中。公然宣布：迎娶柳如是爲「妻」！

他不僅說說而已，船上繡簾開處，出現了一對身穿吉服的白髮、紅顏。在絲竹伴奏之下，公然「拜堂成親」！

錢謙益認爲：這是他應該給柳如是的風光禮面婚禮；爲了籌備這盛大的婚禮，愛書如命的他，甚至賣了他珍藏的一部宋版《漢書》！卻把被「騙」來觀禮的親朋好友氣壞了！撿起地上的石頭就向船上丟。但他們是有備而來；船停泊的地方，距岸有一段距離，這些石頭一一噗通落水，他只當給他們放鞭炮助興！

實在也難怪這些人生氣！當代風氣，像他這樣的名士，涉足青樓，狎妓、納妾，都被視爲「風流韻事」。但即使納妾，也講求個出身清白。而他是以正式迎娶「嫡妻」的「大禮」，迎娶青樓名妓柳如是爲「妻」！就超過了當時的道德尺度了。因此輿論大譁，視爲背經叛道，紛紛攻擊。而他們，視禮教爲無物，一點也不在乎！

後來傳出，新婚之夜，他歡喜之餘，對柳如是說：「我愛你烏個頭髮白個肉。」柳如是反應極快，笑著答說：「我愛你白個頭髮烏個肉。」

他們曾以詩唱和：

柳如是〈半野堂初贈詩〉

聲名真似漢扶風，妙理玄規更不同。一室茶香開澹黯，千行墨妙破冥濛。
竺西瓶拂因緣在，江左風流物論雄。今日沾沾誠禦李，東山蔥嶺莫辭從。

錢謙益〈庚辰仲冬河東君至半野堂有長句之贈次韻奉答〉

文君放誕想流風，臉際眉間訝許同。枉自夢刀思燕婉，還將摶土問鴻濛。

沾花丈室何曾染？折柳章台也自雄。但似王昌消息好，履箱擎了便相從。

青樓女子，氣節過人

錢謙益對柳如是，那是好到一百分。他雖然家中已有正妻，也有其他的妾。卻命令家中婢僕，要稱柳如是爲「柳夫人」；她在錢家的身份，可不是「姨娘」！他自己則稱她爲「河東君」；「河東」是柳氏的「郡望」，「河東君」正扣她的姓：「柳」。她字「如是」，他就特爲他築一小樓，命名爲「我聞」；以「如是我聞」扣她的名是「如是」。

可想而知，他們婚後曾過了一段夫唱婦隨，神仙眷屬的日子。但當時流寇四起，三年之後破了北京，崇禎上吊自殺，明朝亡了。

消息傳到南方，福王登基；年號「弘光」；明朝又有了皇帝！錢謙益被邀請出山，當上了禮部尚書。

而在這樣岌岌可危的時候，南明「小朝廷」還在鬧窩裡反；福王忙著徵選美女入宮享樂。朝中幾個大臣馬士英、阮大鋮等，忙著爭權奪利！

短短一年，清兵南下，史可法死守揚州，城破殉國。清軍揮兵渡江南下，破了南京，南明也亡了。柳如是認爲，錢謙益曾食君之祿；君死國亡，就該以身相殉！要他投水自盡。還答應他：「你殉國，我殉夫！」

要他跳水自盡，他卻嫌「水冷」。柳如是氣得要跳水給他做「榜樣」，卻被硬生生拖住了！

清朝領兵南下的豫親王多鐸，下「薙髮令」；「留頭不留髮，留髮不留頭」。百姓議論紛紛，還在觀望之際，錢謙益出門，回來卻頂著清人的「月亮門」和辮子；他率先「薙髮」成了清朝的「降臣順民」！事實上：宰相王鐸、禮部尚書錢謙益早在城破時就已降清！他不但薙髮，還爲了迎合多鐸，把自己的官服照著清朝的制度修改，又改得不倫不類！被民間譏爲「兩朝領袖」！

相傳，當王鐸和錢謙益要北上「面聖」的時候，柳如是身穿紅衣（以喻「朱明」），抱著琵琶，裝扮成「出塞和番」的王昭君，譏諷他們「和番」。爲當時不齒他們的士民百姓出了口惡氣；都認爲兩個身受國恩的高官，志節還比不上這位出身青樓的煙花妓女柳如是！

當時的人更在錢謙益家牆上，寫詩譏嘲：

錢公出處好胸襟！山斗才名天下聞。國破從新朝北闕，官高依舊老東林。

他降清的行徑，使柳如是非常不齒，夫婦因此幾近決裂。背負著天下罵名，錢謙益北上之後，卻並未受重用。在失意之餘，他寫信給柳如是表示懺悔。柳如是則勸他「急流勇退」，因此，他稱疾辭官，回到了江南。

在他北上的那一時期，南方反清復明的聲浪高張，行動密集。事實上，柳如是不肯隨錢謙益北上，也暗中也投入了義軍的活動，經常以錢財資助。陳子龍則以行動「反清復明」，是義軍的領導人物之一。不久陳子龍起義失敗被捕，投水自盡殉國。死後還被清軍宋斬首示眾（後來乾隆皇帝爲了表揚明代「忠烈」，還給了陳子龍非常崇高的謚號「忠裕」）。但他自沉殉國的這一行爲，卻是讓柳如是最感動心折的！

在錢謙益返家之後，知道了兩件事：

一、陳子龍才是柳如是的「最愛」！

二、陳子龍因抗清殉國，而成了柳如是心中永遠無可取代的「神」！

這兩件事，刺激他反省了自己降清的作爲，竟是讓柳如是因此更愛陳子龍，更看不起他！使他深爲悔恨：他在南明亡國的時候就該聽柳如是的話，以一死殉國；現在就算死都遲了，已洗不清曾降清爲「二臣」的羞辱了！

應該是受了柳如是愛國情操的感召，錢謙益眞的幡然悔悟，以垂暮之年，也投入了反清復明的行列，參與多次舉事，只是都功敗垂成。

當時退守台灣的鄭成功，原名「森」，還是錢謙益名下的弟子！他的字「大木」，就是錢謙益爲他取的；寄望他成爲明朝「一柱擎天」的「大木」！

錢謙益也曾以「謀反」的罪名，兩度入獄；當時，他降清北上，柳如是抵死不隨。他兩度入獄，第一次押解北上，柳如是抱病追隨，並上書表示願意替死或從死！第二次是在南京，他受學生反清的文字牽累入獄。柳如是剛剛生女，顧不得產婦坐褥，又四處奔走求救。由此可知：柳如是的氣節，眞會讓當時屈節的名士愧死！

絳雲樓失火，歷史浩劫

錢謙益曾在家中建了「絳雲樓」（絳是紅色，也隱一「朱」字）爲藏書樓。爲了贖罪或使命感，決心以自力修《明史》。修史的工作，在「絳雲樓」進行；柳如是當然也成爲他修史之志的左右手。非常可惜的是：他的修史之志，因爲絳雲樓失火而告結束，他的藏書，和心血結晶的《明史》都毀於一旦，成爲歷史和圖書的大浩劫。

錢謙益八十三歲歿於杭州。隨即發生家變；他們家族的人，爲了爭產而迫害「孤女寡婦」柳如是和她的女兒。致使在他死後不久，柳如是留下告官的狀子，以孝袍上的帶子懸梁自殺，結束了這位讓鬚眉汗顏的奇女子的一生。

把同學帽子當便壺的狂才

—吳兆騫—

恃才傲物一鳳凰

吳兆騫是清代江蘇吳江（蘇州）人，字漢槎。他從小聰明絕頂，也因此，恃才傲物，常做出一些狂傲令人側目的事來。

他在私塾中讀書，因爲自己的才華過人，就很看不起同學中資賦較差的同學。有一次，他竟把同學脫下的帽子當便壺，在裡面撒尿。同學當然不答應，一狀告到老師那兒去。老師責問他爲什麼做這種事？他說：「帽子戴在俗人頭上，還不如用來盛尿！」

老師看看他，嘆口氣：「以你的才華，將來一定會成名，但必也不免因高名招禍！」

他非常自負，很少看得起誰。有一次，路上遇到當時已頗有文名的汪琬，大咧咧的對汪琬說：「你也不錯了！江東如果沒有我，你就算第一名了。」

他的狂傲雖令人受不了，才學倒也是不可否認的。因此江南士林對他的才學，還是甚爲推重。把他和彭師度、陳維崧並列，合稱：「江左三鳳凰」。

考場弊案，受累投荒

清朝的科考制度已相當完善，朝廷對這一掄才的制度，非常審慎。像如今之高、普考一樣，絕不容許出任何一點的差錯。偏偏吳兆騫參加的那一次江南鄉試，傳出了重大弊案。倒楣的吳兆騫被牽連其中，百口莫辯。最後判決他流放寧古塔（位於今黑龍江），那是朔北荒寒之地。這個江南山溫水暖環境中長大的才子，一去就是二十幾年，眞是吃足了苦頭。也正應了他老師當時的憂慮，果然高名招禍。

他出關時，寫下一首〈出關〉詩：

邊樓回首削嶙峋，筆篥喧喧驛騎塵。敢望餘生還故國？獨憐多難累衰親。雲陰不散黃龍雪，柳色初開紫塞春。姜女石前頻駐馬，傍關猶是漢家人！

他的際遇，使當代的文學祭酒吳偉業（梅村）也深爲他感嘆，寫了一首〈悲歌贈吳季子〉。最後幾句是：

……噫嘻乎悲哉！生男聰明愼勿喜，倉頡夜哭良有以。受患祇從讀書始，君不見，吳季子！

良朋益友

吳兆騫總算是運氣不錯。他少年時，有一個好朋友顧貞觀，始終相信他的無辜，一直設法爲他奔走求救。顧貞觀曾爲他作了兩闋〈金縷曲〉：

季子平安否？便歸來，平生萬事，那堪回首！行路悠悠誰慰藉，母老家貧子幼。記不起從前杯酒，魑魅搏人應見慣，總輸他覆雨翻雲手。冰與雪，周旋久。

淚痕莫滴牛衣透；數天涯，依然骨肉，幾家能彀？比似紅顏多命薄，更不如今還有。只絕塞苦寒難受。廿載包胥承一諾，盼烏頭馬角終相救。置此札，兄懷袖。

我亦飄零久。十年來，深恩負盡，死生師友。宿昔齊名非忝竊，只看杜陵窮瘦。曾不減夜郎僝僽。薄命長辭知己別，問人生到此淒涼否？千萬恨，為兄剖。

兄生辛未吾丁丑；共些時，冰霜摧折，早衰蒲柳。詞賦從今須少作，留取心魂相守。但願得河清人壽。歸日急繙行戍稿，把空名料理傳身後。言不盡，觀頓首。

這兩闋詞，感動了當時宰相納蘭明珠之子納蘭性德（字容若），也加入救援，使他終能生入山海關。他在生還的三年之後就死了，若不是顧貞觀的努力奔走，納蘭容若又是一個天性愛朋友，熱心腸的人。尤其，當時納蘭容若是康熙的貼身侍衛，父親納蘭明珠又是宰相，一力承當救援之事。恐怕單憑顧貞觀奔走，還是有心無力的。

歸根究柢，納蘭容若是爲了憐才、愛才而出力救他。他雖因恃才傲物，而折福招禍。終究還是因這一「才」字而否極泰來。但人生的黃金時代，卻因此而虛度了。後人知其名，反是因爲感動於顧貞觀兩闋〈金縷曲〉，和納蘭容若的仗義相救。他的作品，反少爲人提及。這也足爲恃才傲物者戒了。

與納蘭容若踐來生之約

——顧貞觀——

義行可風一君子

顧貞觀，字華封（或作華峰），號梁汾，是江蘇無錫人。他性情俊朗，才調清麗，工於詩詞。少年時代，與吳兆騫齊名，卻沒有吳兆騫目中無人的狂傲，因此人緣很好。他二十歲遊京師，在寺廟壁上題了一首詩。詩中有兩句：

落葉滿天聲似雨，關卿何事不成眠。

這首詩為偶然到寺中遊玩的龔鼎孳所見，大為稱賞。愛才如命的龔鼎孳，立刻親自到他寓居的住處拜訪。龔鼎孳已是當時的文壇領袖，使他成名於一夕之間。

他生性熱心，有古俠者之風。這由他心心念念救援吳兆騫，便可窺知。吳兆騫回京後，對他說起，塞外多暴骨，無人收埋。也有許多人，因不同原因，流落關外為奴，不能回到故鄉。他動了惻隱之心，約了一個方外好友心月法師，設法募了一筆錢，出關收埋暴骨，並為他們做法事招魂。爲不得已賣身爲奴的人，付贖金，贖回自由之身，回故鄉與家人團圓。這一類的義行，眞可謂難得。

生死之交

他和吳兆騫的關係，由兩闋〈金縷曲〉可以了解。他和納蘭性德之間，也是由兩闋〈金縷曲〉訂交的。納蘭容若醉心於漢文化，最喜結交江南名士，對顧貞觀，更是一見如故，立刻寫了一闋〈金縷曲〉相贈：

> 德也狂生耳，偶然間，緇塵京國，烏衣門第。有酒唯澆趙州土，誰會成生此意？不信道竟逢知己，青眼高歌俱未老，向尊前，拭盡英雄淚，君不見，月如水。
>
> 共君此夜須沉醉，且由他娥眉謠諑，古今同忌。身世悠悠何足問，冷笑置之而已。尋思起從頭翻悔，一日心期千劫在，後身緣恐結他生裡，然諾重，君須記。

顧貞觀後來記載，當時他看到「後身緣恐結他生裡」時，甚覺不祥，只說不出所以然來。但他也相當傾慕這位文采風流的相國公子的才華，便和了一闋詞。他的和詞是：

且住為佳耳，任相猜，馳箋紫閣，曳裾朱第。不是世人皆欲殺，爭顯憐才真意？容易得一人知己，慚愧王孫圖報薄，只千金，當灑平生淚，曾不值，一杯水。

歌殘擊筑心逾醉，憶當年侯生垂老，始逢無忌。親在許身猶未得，俠烈今生已已。但結託來生休悔，俄頃重投膠在漆，似舊曾相識屠沽裡，名預籍，石函記。

納蘭容若以平原君自期，他則以信陵君相許，其間的惺惺相惜之情，可以想見。

納蘭容若以三十一歲的英年早逝，應驗了他不祥的預感。據說，不久後，顧貞觀的妻子生了一個兒子，相貌很像納蘭容若。他領悟到：這大概是納蘭容若來踐「來生之約」了，十分高興，對這孩子格外疼惜。過了不久，有一天，他夢見納蘭容若來向他告辭。他大驚，苦留不住。待醒時，家人來報，那個孩子夭折了。這傳說，或可能是他人附會之辭。但，他們之間的友誼，真是可傳誦千古的。

他兼擅詩詞，著作甚豐。在當代，與朱彝尊、陳維崧並稱「詩家三絕」。臨終時，自選一卷詩，交付給門人。竟然不滿四十篇！可知他對自己作品要求之嚴謹，令人敬佩！

賈寶玉的原型人物？——納蘭性德——

家世顯赫，早慧早卒

納蘭性德，隸屬清代「八旗」中的「正黃旗」。他原名成德，因避諱太子允礽名，改名性德，字容若。滿俗，習以名之第一字爲姓，以字爲名。因此，亦稱「成容若」。

「納蘭」這個姓，一般通稱是「那拉」氏。或因典雅，音譯改爲「納蘭」。這一支那拉氏出自「葉赫那拉」。納蘭容若家世顯赫。他的曾祖姑母，是清太祖努爾哈赤的中宮大福晉，清太宗皇太極的生母。但因郎舅成仇，清太祖滅了葉赫。當時的葉赫的領袖是金臺什。兵敗之後，金臺什在高臺上引火自焚。並詛咒：「我葉赫那拉氏，就算只剩下一個女子，也要滅你們滿洲國！」

清末的慈禧太后，就出於「葉赫那拉」氏。因此，世俗傳說。這正是應驗了金臺什的詛咒。以致慈禧倒行逆施，果然使大清因她而亡國。

清太祖雖然滅了葉赫。因著彼此有郎舅之親，並沒有「趕盡殺絕」。反而恩養了金臺什的兩個兒子：也就是他中宮大福晉的侄子，當時的四貝勒皇太極的表兄弟：德爾勒格與倪迓韓。倪迓韓就是納蘭容若的祖父。

倪迓韓「從龍入關」有功，授騎都尉世職，由長子承襲。次子納蘭明珠，也就是納蘭容若的父親。則由侍衛一路遷升至大學士，位等相國。所以，納蘭容若可說是「相國公子」。而他的母親，也大有來頭：出於與「皇父攝政王」多爾袞同母兄「英親王」阿濟格家，是阿濟格嫡出的第五女。若不是因爲後來惹怒順治獲罪，阿濟格一支黜出「皇室」，改繫紅帶子（遠支宗室），只稱「覺羅氏」。他的母親，也當貴爲「郡主」，而不僅是以夫爲貴的「一品夫人」！

大多數出身豪門宦族的公子哥兒們，都不免因著環境的優渥而成爲紈褲膏粱的浮華子弟。尤其滿族貴族子弟，晉身有階，不必靠寒窗苦讀求官，更理所當然的遊手好閒。但納蘭容若不然。他自幼穎悟，喜愛讀書，且有過目不忘之能。據徐乾學〈墓誌銘〉：他十三歲時，已通六藝，堪稱早慧。但，可惜他年歲不永，三十一歲就因「七日不汗」的「寒疾」去世，又不能不說是英年早逝了。

滿洲文曲星

在滿清入主中原之初，在漢人眼中，滿人粗魯不文，文化落後，十足的「蠻夷」，因而心存鄙視。滿人則挾勝國之威，看不起漢人文弱。滿漢之間，歧見甚深。尤其江南名士，自負才學，更眼高於頂。那把滿人看在眼裡！

這道樊籬的突破，不能不歸功於納蘭容若。他以才華加學養，折服了漢人士子。他憑眞才實學參加科舉考試。十九歲，禮部春試榜上有名。因病未能參加廷對的殿試。三年後，殿試中二甲七名進士，時年二十二歲。可說是「少年科第」，一鳴驚人。

不僅如此，他愛才好客。對當時失意的江南名士，傾心結納。一時，江南三布衣：嚴繩孫、姜宸英、朱彝尊，和陳維崧、吳兆騫、梁佩蘭、顧貞觀、吳綺等知名之士，皆爲納蘭家的「門下客」。詩酒酬唱，盡成文章知己。至此，漢人士子方信「滿洲有人」！

文武兼資

大清以武立國。因此，對八旗子弟而言，「習武」是本份，騎射功夫絕不可荒廢。納蘭容若雖以文章得名，卻以武職任官。康熙欣賞他文武兼資，若按文官品階，由進士入翰林院爲庶吉士，或實授縣令，只得七品。因而任命他爲三等侍衛（正五品武官）。因此，納蘭容若雖以「詞名」流傳後世。在當時，卻以武職立功邊疆——北方的梭羅、打虎兒諸部，時順時叛，令大清頭痛不已。納蘭奉命出塞，勘察地理形勢，詳細記錄，以爲日後用兵參考。並因此行辛勞，拔擢至一等侍衛（三品武官）。這一份記錄，在後來與俄羅斯一戰中，發揮了極大效用。只可惜，捷報傳來時，納蘭已因病去世了。康熙特意遣宮使靈前哭告梭羅輸款之功，以表揚他的勳勞。朱彝尊並有輓詩記此哀榮：

出塞同都護，論功過貳師。華堂屬纊日，絕域受降時。悽惻傳天語，艱難定月氏。斂魂猶未散，消息九京知。

歷來儒將能文的並不少。如范仲淹、岳飛，都有文章、詩詞傳世。但如納蘭容若卓然成家的，畢竟不多，也屬異數了。

絕塞生還吳季子

「黃金如土，唯義是赴。見才必憐，見賢必慕」，這是梁佩蘭祭文中對納蘭容若的推崇。尤其對失意京師的漢人名士，他除了給予友情的慰藉，更「生館死殯」，毫無吝色。其中最爲人稱道的是：對因冤枉涉入考場弊案，而流徙極北苦寒之地寧古塔的「江左三鳳凰」之一吳兆騫義伸援手。終使吳兆騫生入山海關，一時哄傳海內，人稱風義。

其實，當時他並不認識吳兆騫。只是剛認識了吳兆騫的知己好友顧貞觀。當他讀到顧貞觀以詞代信寄給吳兆騫的兩闕〈金縷曲〉，感動之餘，毅然自任救援之責，並許以十年爲期。在顧貞觀以「年壽幾何」爲詞求懇下，許以五年。其間，他曾有一闋〈金縷曲〉詞，寄給顧貞觀。題目是〈簡梁汾，時方爲吳漢槎作歸計〉：

灑盡無端淚，莫因他瓊樓寂寞，誤人來世。信道癡兒多厚福，誰遣偏生明慧？就更著浮名相累。仕宦何妨如斷梗，只那將聲影供群吠，天欲問，且休矣！

情深我自拚憔悴。轉叮嚀，香憐易爇，玉憐輕碎。羨煞軟紅塵裡客，一味醉生夢死！歌與哭任猜何意。絕塞生還吳季子，算眼前此外皆閒事。知我者，梁汾耳！

他又求得身爲宰相的父親納蘭明珠鼎力相助，才終於達成了高難度的救援任務。吳兆騫回京後，又復「生館死殯」一力承擔。無怪乎他的江南朋友傾折如此了。

情恨綿綿

《紅樓夢》一書，膾炙人口。關於其中人物，說法甚多。其一是賈寶玉身上有納蘭容若的影子。但並非如昔人說法：釵黛等大觀園人物，均影射當時與他交往的江南名士們。而是「寶黛」之情，可能源於他與他的紅顏知己間一段哀感頑艷的情恨。

由他詞中的蛛絲馬跡推測，這一女子，亦與他爲中表兄妹。兩情相悅、暗許終身。卻因不容於尊親，而被送入宮禁，且因此在宮中抑鬱而死。據前人之說，這就是黛玉未婚，而號

「瀟湘妃子」的原因。一雙愛侶，生離於前，死別於後。他把滿腹傷心，寄託於詞章。如：

〈采桑子〉

彤雲久絕飛瓊字，人在誰邊？人在誰邊？今夜玉清眠不眠？
香銷被冷殘燈滅，靜數秋天，靜數秋天，又誤心期到下弦。

〈攤破浣溪沙〉

林下荒苔道韞家，生憐玉骨委塵沙。愁向風前無處說，數歸鴉。
半世浮萍隨逝水，一宵冷雨葬名花。魂是柳緜吹欲碎，繞天涯。

風絮飄殘已化萍，泥蓮剛倩藕絲縈。珍重別拈香一瓣，記前生。
人到情多情轉薄，而今真箇悔多情。又到斷腸回首處，淚偷零。

無怪乎前人說他的詞「淒婉處，令人不忍卒讀」，說他「古之傷心人，別有懷抱」了。

納蘭容若的感情創傷，還不僅於此。他娶盧氏為妻，夫婦之間，亦深情繾綣。而不數年，又賦悼亡。他為盧氏所作的悼亡詞，在《飲水詞》中，亦佔不少篇幅。如〈浣溪沙〉：

誰念西風獨自涼，蕭蕭黃葉閉疏窗，沉思往事立殘陽。
被酒莫驚春睡重，賭書消得潑茶香。當時只道是尋常！

〈南鄉子〉

淚咽更無聲，止向從前悔薄情。仗憑丹青重省識，盈盈，一片傷心畫不成。
別語忒分明，午夜鶼鶼夢早醒。卿自早省儂自夢，更更，泣盡風前夜雨鈴。

幾乎一部《飲水詞》就是他短暫生命中「情」（包括友情、愛情）的記錄。清代詞風，多承襲南宋。他卻是遠接五代、北宋李後主、晏小山一脈。甚至況周頤《蕙風詞話》許之爲「李後主後身」。王國維《人間詞話》云：「納蘭容若以自然之眼觀物，以自然之舌言情。此由初入中原，未染漢人風氣，故能真切如此！北宋以來，一人而已。」

「眞切」正是《納蘭詞》最可貴的本質。素心皎皎，而生爲有貪黷之名的權相之子，有苦難言。又一再受感情上的嚴重斲喪，就難怪他年壽不永了。

讓康熙借鑑興亡的《桃花扇》

—孔尚任—

孔子後裔，文學傳世

孔尚任字聘之，又字季重，號東塘，又號岸堂，一號雲亭山人，山東曲阜人，是孔子第六十四代孫。在「孔門」家族中，很少有以「文學」名世的後裔；他也算是出類拔萃的一個。他以所寫的《桃花扇》傳世；這是以南明的衰敗亡國爲主題的戲曲傳奇劇本。

孔尚任順治五年生於山東曲阜。父親孔貞璠，爲孔子世家六十戶中的官莊戶。早年曾考取秀才，後來避亂，隨父親在曲阜北石門山中讀書。

康熙二十三年南巡，路過曲阜，到孔廟祭孔。經人舉薦，三十七歲的孔尚任奉旨在康熙面前講經學。受到康熙的賞識，被任命爲國子監博士，而入仕於清。後也有人認爲，這是康熙用以「收買人心」，籠絡漢人的一種手段。

他博學且通音律，他的族兄孔方訓，在崇禎年間，曾任職於南方。而舅翁秦光儀，則因爲避亂，曾在他家住了三年。這兩人，對南明小朝廷遺事知之甚詳，常講給他聽。他又找到許多各家筆記的相關記載，相互對照。發現：南明當時的情況，跟他舅翁、堂兄所述，完全相同。使他對南明的朝政得失、文人聚散，都有了相當的了解。這些都成爲他後來寫《桃花扇》的素材。

親臨江南，考據詳實

康熙二十五年，他隨工部侍郎到淮陽，參與疏浚黃河入海口的治水工程，也點此在江南停留了三、四年。這期間，他結識了許多的明代遺民。他曾到揚州去參拜史可法衣冠塚、到金陵登燕子磯，遊秦淮河，訪明代故宮，並拜明孝陵。還曾到棲霞山的白雲庵，拜訪了道士張瑤星；因爲張瑤星曾設道場追薦崇禎皇帝，和在世變中死難的軍民。他也因此了解了更多晚明與南明的實況，後來也把張瑤星的故事寫在《桃花扇》裡。當時他有一首五言詩〈白雲庵訪張瑤星道士〉：

> 淙淙歷冷泉，亂石路頻轉。久之見白雲，雲中吠黃犬。籬門呼始開，此時主人膳。我入拜其床，倒屣意頗善。著書充屋樑，欲讀從何展。數語發精微，所得已不淺。先生憂世腸，意不在經典。埋名深山巔，窮餓極淹蹇。每夜哭風雷，鬼出神為顯。説向有心人，涕淚胡能免。

對這位「張道士」充滿了敬意。

也在這一段時間裡，他接觸到了「民間疾苦」；這對過去一心入仕當「朝官」的他，在心理上，是不小的撞擊。

《小忽雷》與《桃花扇》

他回京之後，開始了戲曲寫作。他先寫的，是唐朝的故事《小忽雷》。

「小忽雷」是西北少數民族的彈撥樂器，屬於「琵琶」的一種。這一故事，源於他買到了當年唐宮的「小忽雷」琵琶。在考察了歷史之後，他寫下了這個描寫皇帝昏庸、藩鎮跋扈，權臣、宦官的專橫與傾軋的戲曲作品。在戲劇中，具體的反映了唐代元和至開成之間的政治腐敗，和在這種政治氛圍中，民間的疾苦。也穿插了男女主角梁厚本、鄭盈盈之間悲歡離合的愛情故事。

爲了寫《小忽雷》，他在史料的考證取捨上，也非常認眞。重視歷史事件的眞實性，很多人物、事件也都「斑斑可考」。寫成了對他來說是他「練習」之作的《小忽雷》，可以說，也提供了他後來寫《桃花扇》的自信與基礎。

當時及後世對他《桃花扇》的評價都非常高，除了認爲他的文辭雅麗，比之《西廂記》、《牡丹亭》毫不遜色。與其他戲劇最大的不同點是：他對歷史的考據非常詳實，時間、地點，全無假借。即使小小的插科打諢，都有所本。在戲劇作品中，可謂「信史」！

康熙年間的詩人劉中杜稱：「一部傳奇，描寫五十年前遺事，君臣將相，兒女友朋，無不人人活現。遂成天地間最有關係文章。往昔之湯臨川（湯顯祖），近之李笠翁（李漁），皆非敵手！」

香君濺血，龍友畫扇

劇中的男女主角，是侯方域與李香君。而最動人心魄的一幕，是李香君為了替侯方域守節，力抗強權逼婚，不惜當場濺血。鮮血濺在侯方域送她的絹扇上。等於破了相。後來這濺血的扇面，由畫家楊龍友點染畫成了桃花；這也是《桃花扇》劇名的由來。

據孔尚任說：其他的他都考證翔實。只有這一節，一般人都不知道，是楊龍友親口告訴他的族兄孔方訓的。他聽了這個故事，非常感動，才決定以這一段愛情故事為經，以南明衰亡為緯，寫出了這一部「曠世鉅著」。

康熙觀劇，借鑑興亡

他的《桃花扇》演出之後，立刻轟動。連康熙都驚動了，要了他的劇本，使這部戲進入宮中演出，而且非常喜歡。在演到南明已經瀕於危亡，閹黨和東林黨還忙著黨爭，馬士英、阮大鋮之輩，還忙著爭官搶位，皇帝還忙著徵歌選色。非常感嘆：「弘光雖欲不亡，其可得乎？」

他深深覺得：以那種腐敗沉淪，只能說「不亡沒天理」了！甚至因感嘆，心中沉重，而為之罷酒。

但畢竟這部戲，還是表揚史可法和遺民們的「忠愛」故明為主題的。不久後，孔尚任被罷官解職，也等於逼令退休。而且也沒有什麼「正當理由」可以解釋。因此後人還是懷疑與他寫《桃花扇》有關。

一世白衣的劇作家
——洪昇——

一世「白衣」

洪昇字昉思，號稗畦，又號稗村、南屏樵者。錢塘（今浙江杭州）人。是清代著名的戲曲家、詩人。洪氏是錢塘望族。他父親名不可考，只知他好讀書，喜談論，也曾出仕清朝。他的外祖父黃機，可就赫赫有名了。在康熙朝，曾官至刑部尚書和文華殿大學士兼吏部尚書。清代「大學士」位等宰相，可知非等閒之輩。

洪昇出生於這樣的官宦之家，康熙七年，於北京國子監肄業。在當代來說，參加科舉是入仕的正途。他竟然參加了二十年的科考，均「不第」；以「白衣」（秀才）終身。也就是說，不但沒考上「進士」，連鄉試「舉人」都沒考中！

人倫家變，貧至斷炊

洪昇少年時期，曾接受了正統的儒家教育。他學習勤奮，很早就顯露才華，十五歲，於當代士林已小有名氣。二十歲，創作了許多詩文詞曲，很受到當代人士稱讚。

他在「國子監」肆業時，本想朝廷可能授他官職，結果落空。他只能四處奔波，希望能闖出一條路來。而雪上加霜的是：他二十七歲時，不知什麼原因，竟發生了被父母遺棄的「人倫之變」。而且情況非常嚴重；他被逐出了家門，他是一介書生，沒有生產能力，曾一度窮困到「斷炊」的地步！

他的妻子，是舅舅的女兒，他的表妹；顯然，舅舅家也沒人伸出援手。

賣文爲生，自力救濟

在這樣父母不容的情況下，他只得離家北上，到北京尋活路。到了北京，他賣文爲生。兩年後，他的詩集《嘯月樓集》編成，受到李天馥（字湘北）和王士禎（字貽上）等當代名流的賞識，詩名大起。生活應該小有改善。

不料他自己才稍穩定，他的父親卻受人誣告，並受到遣戍北方的處分。他驚恐萬分，到處奔走呼號，向王公大人求救。隨後兼程南下，趕回杭州，奉侍父母北行，後來幸而遇赦得免。爲此使他心力交瘁，形容枯槁得不成人形。但因此，他的父母沒有了生活的經濟能力，雖然父母曾經遺棄他，但他是個孝子，他除了自己過日子，還一力承擔贍養父母的責任。他父母住南方，他家在北方，從此開始如候鳥一般，南來北往，照顧父母和自己兩個家。

也在此行中，他開始注意到民間疾苦，也對眞實的政治和社會種種現象，有了較深刻的認知。寫了許多的詩。他這才了解：自己雖然生活貧苦，實際上，還是「不食人間煙火」，眞正百姓所遭遇的苦難，如天災、兵禍、官方欺壓等痛苦，他實際上是並不了解的！也讓他更以冷眼看清朝局，也更了解政治的鬥爭與傾軋，是如何的險惡。

三度改寫《長生殿》

他很早就想寫一部傳奇戲曲，並決定以「唐天寶」爲主題。

他自己在《長生殿例言》中敘述：他的第一稿寫於杭州，劇名是《沉香亭》，故事以李白的遭遇爲主題，這部戲，大概在康熙十二年前已完成。因友人批評說《沉香亭》的排場太通俗了。於是他決定寫第二稿，刪去李白的情節，改寫以天寶亂後，李泌輔佐肅宗中興的故事。更名爲《舞霓裳》，於康熙十八年寫成。

但他還是不滿意，最後決定，參考〈長恨歌〉與〈長恨歌傳〉，把情節集中在唐明皇和楊貴妃身上，而且以《長生殿》劇名，在康熙二十七年完成。

在劇中，他刻意的對照宮廷的享樂和民間的疾苦。也刻畫唐朝天寶年間的實況；寫出了皇帝和貴戚（楊家）的窮奢極侈，宰相的弄權誤國，權臣間的傾軋鬥爭，官僚的趨炎附勢，知識份子的痛心疾首。尤其長生殿〈彈詞〉一折，寫梨園名家李龜年流落江南賣唱，唱出了當年宮中繁華、楊貴妃的嬌寵，和後來安史之亂，楊貴妃慘死於馬嵬坡的情節，寫盡了唐朝的「天寶遺事」：

〔一枝花〕不提防餘年值亂離，逼拶得歧路遭窮敗。受奔波風塵顏面黑，嘆雕殘霜雪鬢鬚白。今日個流落天涯，只留得琵琶在！揣羞臉上長街，又過短街。哪裡是高漸離擊筑悲歌？嚇哈倒，倒做了伍子胥吹簫也那乞丐！

〔梁州第七〕想當日奏清歌趨承金殿，度新聲供應瑤階。說不盡九重天上思如海：幸溫泉驪山雪霽，泛仙舟興慶蓮開，玩嬋娟華清宮殿，賞芳菲花萼樓台。正擔承雨露深澤，驀遭逢天地奇災：劍門關塵蒙了鳳輦龍輿，馬嵬坡血污了天姿國色。江南路哭殺了瘦骨窮骸。可哀落魄，只得把霓裳御譜沿門賣，有誰人喝聲彩！空對著六代園陵草樹埋，滿目興衰。

〔九轉貨郎兒〕唱不盡興亡夢幻，彈不盡悲傷感嘆。大古里淒涼滿眼對江山！我只待撥繁弦傳幽怨，翻別調寫愁煩，慢慢地把天寶當年遺事彈。

〔二轉〕想當初慶皇唐太平天下，訪麗色把蛾眉選刷。有佳人生長在弘農楊氏家，深閨內端的是玉無瑕。那君王一見了就歡無那，把鈿盒金釵親納，評跋做昭陽第一花。

〔三轉〕那娘娘生得來似仙姿佚貌，說不盡幽閒窈窕。端的是花輸雙頰柳輸腰，比昭君增妍麗，較西子倍豐標。似天仙飛來海嶠，恍嫦娥偷離碧宵。更春情韻饒，春酣態嬌，春眠夢悄，抵多少百樣娉婷也難畫描！

〔四轉〕那君王看承得似明珠沒兩，鎮日里高擎在掌。賽過那漢飛燕在昭陽。可正是玉樓中巢翡翠，金殿上鎖著鴛鴦。宵偎晝傍，直弄得那官家丟不得、捨不得、那半刻心兒上。守住情場，佔斷柔鄉，美甘甘寫不了風流帳。行廝並坐一雙。端的是歡濃愛長，博得個月夜花朝真受享。

〔五轉〕當日個那娘娘在荷亭把宮商細按，譜新聲把霓裳調翻。晝長時親自教雙鬟，舒素手拍香檀，一字字都吐自朱唇皓齒間。恰便似一串驪珠聲和韻閒，恰便似鶯與燕弄關關，恰便似鳴泉花底流溪澗，恰便似明月下泠泠清梵，恰便似緱嶺上鶴唳高寒，恰便似步虛仙佩夜珊珊。傳集了梨園部，教坊班，向翠盤中高簇擁個美貌如花楊玉環。

〔六轉〕嚇哈恰，恰正好喜孜孜霓裳歌舞，不提防撲通通漁陽戰鼓。劃地裡慌慌急急、紛紛亂亂奏邊書，送得個九重內心惶懼。早則是驚驚恐恐、倉倉卒卒、挨挨擠擠、搶搶攘攘出延秋西路，攜著個嬌嬌滴滴貴妃同去。又則見密密匝匝的兵，重重疊疊的卒，鬧鬧炒炒、轟轟劃劃四下喧呼，生逼散恩恩愛愛、疼疼熱熱帝王夫婦。霎時間畫就一幅慘慘淒淒絕代佳人絕命圖！

〔七轉〕破不喇馬嵬驛舍，冷清清佛堂倒斜，一代紅顏為君絕，千秋遺恨滴羅巾血。半行字是薄命的碑碣，一抔土是斷腸墓穴，再無人過荒涼野。嗳莽天涯，誰吊梨花榭？可憐那抱悲怨的孤魂，只伴著嗚咽咽的鵑聲冷啼月。

〔八轉〕自鑾輿西巡蜀道，長安內兵戈肆擾。千官無復紫宸朝，把繁華頓消，頓消。六宮中朱户掛蠨蛸，御榻旁白日狐狸笑。叫鴟鴞也麼哥，長蓬蒿也麼哥也。鹿兒亂跑，苑柳宮花一半兒凋。有誰人去掃，去掃，玳瑁空梁燕泥兒抛，只留得缺月黃昏照。嘆蕭條也麼哥，染腥臊也麼哥，染腥臊玉砌空堆馬糞高。

〔九轉〕這琵琶曾供奉開元皇帝，重提起心傷淚滴！俺也曾在梨園籍上姓名題，親向那沉香亭花里去承值，華清宮宴上去追隨。俺不是賀家的懷智，黃幡綽與咱皆老輩。俺雖是弄琵琶卻不姓雷，嚇哈他呵！罵逆賊早已身死名垂。俺也不是擅場方響馬仙期。那些舊相識多休嗳話題。俺只為家亡國破兵戈沸，因此上孤身流落在江南地。恁官人絮叨叨苦問俺是誰，則俺老伶工名喚做龜年身姓李。

〔尾聲〕俺好似驚烏繞樹向空枝外，誰承望舊燕尋巢入畫棟來？今日個知音喜遇知音在，這相逢異哉！恁相投快哉！待俺慢慢地傳與恁一曲霓裳播千載。

聲譽鵲起，演出遭禍

《長生殿》劇本脱稿後，立即受到朋友們的稱讚。這個戲，也很快被搬上了舞台，成爲當時最受歡迎的劇目。

當然，他的生活也很快的有了改善。但沒想到一向不拘小節的他，卻因爲觸犯了朝廷的

「忌諱」，又很快的又從「青雲」間跌落，而且導致他一生不遇。

康熙二十八年八月上旬，洪昇招了戲班子，在家中演出《長生殿》。城裡很多名人聞訊，都趕來觀看這一齣人人讚揚的好戲。

他忽略的是：當時正在康熙孝懿皇后（佟佳氏；本是皇貴妃，死後追封爲皇后）的喪期之內！本來，在「國喪」期內，照當時的制度，本應「八音遏密」，停止一切音樂、戲劇的表演，表示對皇后的哀悼。而他竟然觸犯了這個大忌！

由於洪昇平時狂放，又因《長生殿》暴得大名，頗爲時人側目。而《長生殿》所寫「興亡」之感，在明清改朝換代之際，實在是相當敏感的。尤其，劇中的反派角色「安祿山」又是「胡人」，也不免引人聯想。

給事中黃六鴻向朝廷告密，說洪昇在「國喪」期間演唱《長生殿》，是一種對皇帝和孝懿皇后「大不敬」的行爲。結果洪昇因此被捕入獄；連那些看戲的人也都受到牽累。他本來只是秀才，沒有功名。至此，連最基本的「國子監學生」的身份都被剝奪了。當時有人作詩表達同情：「可憐一曲長生殿，斷送功名到白頭。」北方已沒有他容身之處，他出獄後，返回了江南。

他雖然受譴，但《長生殿》並沒有被禁；這也許是康熙皇帝的聰明之處，知道「越禁越紅」的道理，還是別禁算了！因此，洪昇雖然失意於仕途，他的《長生殿》倒是從南到北的

「熱演」，一直受到各階層的歡迎，也讓他成為婦孺皆知的人物。

南洪北孔，各稱勝場

洪昇六十歲的時候，江南提督張雲翼特別邀請洪昇到松江。將他奉為上賓，召集賓客，選了幾十名好演員，演出《長生殿》。

當時的江寧織造曹寅聽說後，又把洪昇請到南京，遍請江南、江北的名士，舉行盛大的宴會，演出《長生殿》。在座各方官員、名士很多，曹寅卻獨讓洪昇高居上座，並拿兩本《長生殿》的劇本。一本放在洪昇面前，一本放在自己桌子上，演出時，曹寅就拿著劇本跟與洪昇核對，是否合於節奏。這次演出，轟動了整個士林。也把他的聲譽推到了最高點。

《長生殿》足足演出了三晝夜才演完。曹寅和洪昇兩人，盡興欣賞，歡悅非常。他臨走的時候，曹寅送了他一份重禮和程儀。

然而，洪昇從南京乘船回家，經過烏鎮時，卻不幸因酒醉失足落水，當代最傑出的劇作家，竟就這樣淹死了！

可慶幸的是：在他死後，《長生殿》仍傳唱不衰。當代的人把洪昇的《長生殿》與孔尚任的《桃花扇》，相提並論，視為當時的代表劇作。他是南方人，孔尚任是北方人，並稱「南洪北孔」，被尊為戲劇界齊名的兩大「天王巨星」！

驚世駭俗「送女兒」

——鄭燮——

一餅勝千鍾

鄭板橋，名燮，字克柔，江蘇興化（今江蘇泰州）人。卻是以「號」聞名於世，而掩其名、其字的才子。

他四歲喪母，極爲孤寒貧苦。又逢荒年，多虧了忠心耿耿的老乳母費氏撫養，才得成人。他有一首詩，寫得樸拙極了。而出於肺腑的眞摯，卻令人爲之動容：

平生所負恩，豈獨一乳母！長恨富貴遲，遂令慚恧久。黃泉路迂闊，白髮老人醜。食祿千萬鍾，不如餅在手。

他念念不忘乳母的慈惠：他年幼時，遇到饑荒。乳母每天早上，背著他到市集，用一文錢，買個燒餅給他吃。然後自己做工，賺錢養活他。

一文錢的餅，當然談不上什麼美味。但對鄭板橋而言，眞如詩中所云：「千鍾祿」也抵不上那「一個餅」的份量。那餅，不僅是果腹之物，更是乳母的愛！受恩不忘，正可見鄭板橋的忠厚。

「家教」滋味

鄭板橋未得第時，爲生活所迫，曾設蒙館，當私塾的教書先生維持生計。這是一般讀書人在無可奈何之下，聊以糊口的行業。民間有句俗話說：「家有三石糧，不做猢猻王」，實在是迫於生計。可知其不得志與不得已的悲酸心境。

到他登第做官後，作了一首〈自嘲詩〉，道盡教書先生的辛酸：

教館原來是下流，傍人門户過春秋。半飢半飽清閑客，無鎖無枷自在囚。課少父兄嫌懶惰，功多弟子結冤讐。而今幸作青山客，遮卻當年一半羞！

自書筆榜

自古書畫家爲人寫字作畫，接受潤筆，本是常理。除非書畫匠之流，會標出價碼。一般名家，自矜身分，總要別人主動送上，是不肯自貶身價去討價還價的。當然，索書求畫的人，也不會那麼「不上道」。特別是對名家，一定餽贈豐厚。而且通常不會直接給錢，大多是送些珍奇雅致又值錢的禮物；談錢，豈不太俗？

鄭板橋生性率直放誕，鄙視那些表面上「介子推不言祿」，實際卻多多益善的僞君子。所以，自書潤格，貼在牆上：「大幅六兩，中幅四兩，小幅二兩。書條對聯一兩，扇子斗方五錢。凡送禮物、食物，總不如白銀為妙。公之所送，未必弟之所好也。送現銀則中心喜樂，書畫皆佳。禮物既屬糾纏，賒欠尤為賴帳。年老神倦，不能陪諸君子作無益語言也。」

還寫了一首七絕：

畫竹多於買竹錢，紙高六尺價三千。任渠話舊論交接，只當秋風過耳邊。

其人之率眞可愛，比之口不言錢的假道學，到底誰雅誰俗？

爲吃狗肉上大當

鄭板橋雖然書畫有價，但也並非「有錢必應」。他討厭的人，就給他一千兩銀子，他也是不理的。他喜歡的人，沒錢也送。而且，他賣畫歸賣畫，要他題上對方的名字落款，那還得看交情和他高興。而他送畫的對象，往往是販夫走卒。尤其是請他吃狗肉的市井之輩，他最覺氣味相投，常以小幅書畫爲報。反之，富商巨賈，想求他的書畫，卻難如登天。

揚州有一位富豪，是個鹽商。非常喜歡鄭板橋畫的蘭竹，卻求不到，只好間接向別人買。買來的書畫，當然不可能題他的名字落款，使他覺得少了光采。他知道鄭板橋的脾氣古怪，對不喜歡的人，軟硬不吃。無論如何，也不會肯爲他落款的。靈機一動，想出了一個辦法。

某一天，鄭板橋和往常一樣，出去散步。忽然聽到叮咚悅耳的古琴聲，吸引著他循聲而去。走著走著，更聞到一股撲鼻的肉香。他是最愛吃狗肉的，一聞，就知道那是燒狗肉的香味。

走近一看，鼓琴的，是一位相貌高古的老人。老人身旁，有一個童子，正撥動著燒得香噴噴的狗肉。他饞涎欲滴，忍不住冒失的向老人說：「老人家也喜歡吃狗肉呀？」

老人淡然道：「當然！人間美味，數狗肉第一。看來，你倒也算識貨。何不一起吃幾塊嘗嘗？」

鄭板橋巴不得一聲，便隨主人進屋去，落坐大吃起來。主人也不問他姓甚名誰，他也沒問主人的姓名。痛痛快快吃飽了，才有功夫環視所處的環境。只見所在的客廳裡，四面白牆空落落的。忍不住問：「聽老人家鼓琴，自是雅士。何以連幅字畫都不掛？」

主人搖搖頭：「找不到合意的。字畫不好，我還嫌污了我的牆呢！」

鄭板橋聽他這樣說，忍不住問：「此地有個『鄭板橋』，老丈聽說過嗎？」

「鄭板橋？倒也聽說過這名字。可沒見過他的字畫，不知他畫得如何？」

老人淡淡地說。鄭板橋給這一激，一挺胸，道：「我就是鄭板橋！承您款待，吃了您的狗肉。送您幾幅畫向您致謝，大概還不至於污了尊牆！」

於是，老人拿出些紙來，鄭板橋隨手便畫了幾幅。問：「請教大名，我好落款。」

老人說了個名字，鄭板橋一皺眉：「此地有個鹽商，也叫這名字……」

老人冷哼了一聲，生氣的說：「哼！我叫這名字的時侯，只怕他還沒出生呢！」

鄭板橋想想，這話有理，不疑有他，便一一落了款。到鹽商請客，特地派人接他。他看到那些落了款的字畫，都掛在鹽商家的大廳時，才知道自己上當了；卻來不及啦。

嫁女「送作堆」

鄭板橋有個女兒，他極爲寵愛。在他嬌寵之下，這位鄭小姐，女孩子該會的烹飪、針黹是一概不會。倒在老爸薰陶下，耳濡目染，擅畫工詩。

到了適婚年齡，高不成，低不就的，一直找不到合適的對象。正巧，一位與他氣味相投的朋友妻子死了。他說：「我看，除了你，我也找不到更好的女婿了。就把女兒嫁給你吧！」

既氣味相投，那人也不以爲異，便說定了。

他回家見到女兒，說：「明天帶你遊山玩水去！」

女兒第二天高高興興地跟他出門。到了那位朋友家，朋友請他父女用了酒飯。鄭板橋對女兒說：「我已經答應把你嫁給他了。以後，這就是你的家。你就留在這裡，跟著他好好的過日子吧！」

女兒對父親的性情十分了解，也就留下了。鄭板橋得意地說：「除了我，誰也不敢這樣做。除了我女兒，誰也不能嫁這樣的好丈夫！」世俗婚姻中，問名納采，聘金陪嫁等繁文縟節，一概全免。在當時，也眞算是驚世駭俗之舉了。

板橋道人唱《道情》

鄭板橋在康熙朝中秀才，雍正朝中舉人，乾隆朝中進士。一腔民胞物與的熱血，又生性超邁絕俗，具有易於看破世情悟道的本質。他所作的《道情》，是其中最具代表性的作品。前有序言，後有尾聲，是疊曲的形式。暑日讀之，不啻一帖清涼劑。至今傳唱的，只限其中寥寥二、三首。現將全文抄錄於後，以便一窺全貌。序云：

楓葉蘆花並客舟，煙波江上使人愁。勸君更盡一杯酒，昨日少年今白頭。自家板橋道人是也。我先世元和公公，流落人間，教歌度曲。我如今也譜得《道情》十首，無非喚醒癡聾，銷除煩惱。每到山青水綠之處，聊以自遣自歌。若遇爭名奪利之場，正好覺人覺世。這也是風流事業，措大生涯，不免將來請教諸公，以當一笑。詞曰：

老漁翁，一釣竿。靠山涯，旁水灣。扁舟來往無牽絆。沙鷗點點清波遠，荻港蕭蕭白晝寒。高歌一曲斜陽晚。一霎時波搖金影，驀抬頭月上東山。

老樵夫，自砍柴。綑青松，夾綠槐。茫茫野草秋山外。豐碑是處成荒塚，華表千尋臥碧苔。墳前石馬磨刀壞。倒不如閒錢沽酒，醉醺醺山徑歸來。

老頭陀，古廟中。自燒香，自打鐘。兔葵燕麥閒齋供。山門破落無關鎖，斜日蒼黃有亂松。秋星閃爍頹垣縫。黑寂寂蒲團打坐，夜燒茶爐火通紅。

水田衣，老道人。背葫蘆，戴袱巾。棕鞵布襪相廝稱。修琴賣藥般般會，捉鬼拿妖件件能。白雲紅葉歸山徑。聞說道懸崖結屋，卻教人何處相尋。

老書生，白屋中。說唐虞，道古風。許多後輩高科中。門前僕從雄如虎，陌上旌旗去似龍。一朝勢落成春夢。倒不如蓬門僻巷，教幾個小小蒙童。

盡風流，小乞兒。數蓮花，唱竹枝。千門打鼓沿街市。橋邊日出猶酣睡，山外斜陽已早歸。殘杯冷炙饒滋味。醉倒在迴廊古廟，一憑他雨打風吹。

掩柴扉，怕出頭。剪西風，菊徑秋。看看又是重陽後。幾行衰草迷山郭，一片斜陽下酒樓。棲鴉點上蕭蕭柳。撮幾句盲辭瞎話，卻還供鐵板歌喉。
邈唐虞，遠夏殷。卷宗周，入暴秦。爭雄七國相兼併。文章兩漢空陳跡，金粉南朝總廢塵。李唐趙宋慌忙盡。最可嘆龍蟠虎踞，儘銷磨燕子春燈。
弔龍逢，哭比干。羨莊周，行老聃。未央宮裡王孫慘。南來薏苡徒興謗，七尺珊瑚只自殘。孔明枉作英雄漢。早知道茅廬高臥，省多少六出祁山。
撥琵琶，續續彈。喚庸愚，警懦頑。四條絃上多哀怨。黃沙白草無人跡，古戍寒雲亂鳥還。虞羅慣打孤飛雁。收拾起漁樵事業，任從他風雪關山。
尾聲：
風流家世元和老，舊曲翻新調。扯碎狀元袍，脫卻烏紗帽。俺唱這道情兒，歸山去了。

鄭板橋不畏豪強，熱愛百姓。不惜爲百姓請命而忤權貴，乃至棄官賣畫。對於世情世事，感慨特深。不免憤世嫉俗，玩世不恭，而名列「揚州八怪」之一。這一篇《道情》中含蘊的感慨蒼涼，也是其來有自了。

此亦人子也

陶淵明曾囑咐他的兒子要善待婢僕，說過一句話：「此亦人子也，可善遇之。」

鄭板橋五十二歲才「老來得子」，寵愛當然不在話下。但從他寫給弟弟的信〈濰縣署中與舍弟墨第二書〉，可見他對兒子的教育觀點：

余五十二歲始得一子，豈有不愛之理！然愛之必以其道：雖嬉戲玩耍，務令忠厚悱惻，毋為刻急也。

平生最不喜籠中養鳥，我圖娛悅，彼在囚牢，何情何理，而必屈物之性以適吾性乎！至於髮繫蜻蜓，線縛螃蟹，為小兒玩具，不過一時片刻便摺拉而死。夫天地生物，化育劬勞，一蟻一蟲，皆本陰陽五行之氣，氤氳而出。上帝亦心心愛念。而萬物之性，人為貴。吾輩竟不能體天之心以為心，萬物將何所託命乎？蛇蚖、蜈蚣、豺狼、虎豹，蟲之最毒者也，然天既生之，我何得而殺之？若必欲盡殺，天地又何必生？亦惟驅之使遠，避之使不相害而已。蜘蛛結網，於人何罪，或謂其夜間咒月，令人牆傾壁倒，遂擊殺無遺。此等說話，出於何經何典，而遂以此殘物之命，可乎哉？

我不在家，兒子便是你管束，要須長其忠厚之情，驅其殘忍之性，不得以為猶子（侄兒）而姑縱惜也。家人（佣人）兒女，總是天地間一般人，當一般愛惜，不可使吾兒凌虐他。凡魚飧果餅，宜均分散給，大家歡嬉跳躍。若吾兒坐食好物，令家人子遠立而望，不得一沾唇齒；其父母見而憐之，無可如何，呼之使去，豈非割心剜肉乎！夫讀書中舉中進士作官，此是小事，第一要明理作個好人！

可將此書讀與郭嫂、饒嫂聽，使二婦人知愛子之道在此不在彼也。

寫給弟弟的家書，當然不爲「公諸於世」，也最見眞情。由這封信中，眞可以知道的是他「仁民愛物」之心！

女子教育的先驅

——袁枚——

自習學作詩

袁枚，字子才，號簡齋，晚年自號隨園老人。浙江錢塘（今杭州）人。是清代乾隆朝的文學大家。他家世代書香，但家境寒素，父輩大約是以給人作幕客為生。也因此，雖家貧，對子弟的教育，卻是十分重視的。他七歲就傅，讀四書五經。九歲，開始學作詩。

他學作詩，並不是老師教的，而是「自學」。他因家貧，除了四書五經，原先並不知「詩」為何物。一天，他的老師出去了，老師的朋友，帶著一部《古詩選》為抵押，來向他的老師借錢。因為老師不在，來人留下了一封信，寫得非常懇切可憐。袁枚的舅舅看見了，很不忍心，就對他的母親說：「他為了借幾兩銀子，說得這樣可憐。我看，我們就借給他吧。至於書，留不留下，都沒關係。」

讀書人總是有骨氣的，對方還是把書留下了。袁枚好奇的翻書閱讀，原來這部詩選，從漢代《古詩十九首》起，選到盛唐。袁枚一讀之下，愛不忍釋。一有空，就自己閱讀吟詠，並且學著作詩。這一部詩選，直接影響了他對詩的見解和詩風。和他後來作詩力主「性靈說」，也有極大的關係；因爲他最早接觸的詩，就不是重修辭、神韻、對偶、堆砌的。像《古詩十九首》，就是「直抒胸臆」，而不務雕琢，以表現個人眞實的情感，性情。他直到晚年提起此事，還感念著那位留下詩選來借錢的人呢。

少年才子

他自幼喜愛讀書，自稱是「愛書如命」。後作〈對書嘆〉：

我年十二三，愛書如愛命。每過書肆中，兩腳先立定。苦無買書錢，夢中猶買歸。至今所摘記，多半兒時為……

他於書無所不讀，記憶力又奇佳，雜學旁收，往往別人隨便舉出什麼名詞，問他出處，他都對答如流。有一次，江浙督學帥蘭皐出了一個問題考學生：「國馬、公馬何解？」

袁枚答：「我只知道這兩詞出在《國語》，韋昭所注。至於何解，我實在不知，不敢胡說。」

督學說：「你能知出處，也就不容易了。還有『父馬』，你知道出處嗎？能不能對出來？」

「『父馬』，出於《史記・平準書》。可以『母牛』爲對；母牛出於《易經・說卦傳》。」

督學大爲嘆賞，當時的江浙名宿蘇根餘聽說，立時邀請他去作客，以不早相識爲憾。那年，他才十九歲，已因此而名滿江浙了。

他的叔父袁鴻，在廣西巡撫衙中爲幕賓。他二十一歲時，千里迢迢去探望叔父。巡撫金震方見他文才出眾，十分器重，推薦他參加「博學鴻詞科」的考試。這個考試，不比科舉，是要由地方官或朝廷高官推薦參加的。在所有應試者中，他是最年少的一個，才二十一歲。雖然落第，卻名震一時了。

考核官聲，老父出馬

爲了一雪落第之恥，他發奮學作八股文，終於在二十四歲時，以第五名進士及第。他對這個名次很滿意；因爲，他崇拜的唐代詩人杜牧，就是第五名進士及第的。

及第後，他被選爲「庶吉士」。這個官位雖然不高，卻在詞林，異常清貴，是成爲「翰林」的基礎。但，清朝制度，想更上層樓，必須學習滿文，通過滿文的考試。他的滿文卻始終學不好，因此外放爲溧水縣令。

他的年紀太輕，一下子做了「父母官」，使他的父親又喜又憂。怕他不能勝任，辱沒了家聲。在他上任之後，親自出馬，匿名到當地民間訪察他的官聲。每到一處鄉鎮，就問當地百姓對現任知縣的觀感。百姓都說：「我們這個少年知縣，年紀雖輕，可是個大大的好官！」

他父親才放了心，到官舍去嘉勉他。他做官，十分親民，天天坐堂，隨時為百姓解決問題。而且，隨到隨判，絕不拖拉。又派出眼線，約見地方鄉紳地保，把平日為非作歹的流氓、惡少的「黑名單」公布示眾。但也允許他們改過自新，若能三年不再犯，就從黑名單上除名。使這些平日為非作歹的人，不敢再胡作非為。

他不畏權勢，有一次，兩個馬兵，把督學的轎子撞倒了，還出言不遜，謾罵不已。自稱是親王家奴，沒人敢辦。袁枚大怒，立刻派人把他們抓來，依法打了板子，又把搜出打通「關節」的書信燒了，百姓人人稱快，把他辦的案子編成歌謠來唱。那時，百姓心目中，他可真是「袁青天」呢！

他雖有滿腔熱血，但常感覺在官僚體系中難以施展，上書建言，也不得回應。因此在丁父憂之後，就退出了官場。買下小倉山下的隋織造園，改名「隨園」，把書齋命名為「簡齋」，也以此為號，詩酒流連於山水間，不再出仕。

重才愛友，生死不渝

他十分愛朋友，不管對方是達官貴人，還是販夫走卒，只要有一些優點，他都稱揚不絕於口，從不擺官架子。而且，對朋友，生死如一。世俗間都說是「人在人情在」。他卻是故人不在了，他用情更深。

他個朋友沈鳳司，不幸去世，又沒有後嗣祭掃。他十分傷心，年年爲沈鳳司祭掃，祭掃了三十年。爲友祭掃，也許是尋常事，難得的是三十年如一日。

他另有一個朋友程晉芳，家裡很窮，曾向他借過五千兩銀子。他在去祭弔的時候，當場把借據燒了，並且承擔起照顧寡婦、教養孤兒的責任，直到孤兒長大成人。

他本人，原先有女無子。而且，還有兩個女兒青春早喪，只得過繼弟弟的兒子爲後嗣。說來也是好心有好報，他竟在過了六十歲後，生了一個兒子。他大喜過望，取名爲「遲」，眞老來得「遲」兒！

手足情深〈祭妹文〉

由於袁家世代書香，因此女兒們也都讀書識字，有「才女」之名。

袁枚的三妹比他小四歲，名機，字素文，號青琳居士，也能詩能文。或許也就因爲讀書知禮，而因堅持信守婚約，導致了無可挽回的悲劇，最後還賠上了性命。

她自幼許嫁高氏之子。這高氏子卻因爲鄙陋頑愚，教養不當，成爲一個被稱爲有「禽獸行」的無賴。甚至高家都覺得兒子無可救藥，而主動向袁家的提出退婚。偏偏素文一心認定：既然已訂了婚約，女子不吃兩家茶，而堅持信守婚約到底。

她也許天眞的認爲，可以用溫婉賢淑的德行，和似水柔情去感化頑冥吧？

沒想到，嫁過去之後，這高氏子惡行不改，甚至變本加厲。每向素文索取嫁資嫖妓。稍有遲疑，不但百般的折磨毒打，甚至用火去燙她。這一切，素文都忍了。後來高氏子賭輸了錢，爲了還賭債，竟準備賣妻還債。素文這才覺悟丈夫無可救藥。逃回娘家，向父兄哭訴。

袁家忍無可忍，一狀告到官府，由官府判決離婚。身心遭受這樣的折磨和打擊，素文回娘家後，雖然有父母兄嫂百般的護惜安慰，還是抑鬱寡歡。盡其本分的孝侍父母，協理家務，爲兄嫂分憂。在長期的積鬱之下，終於一病不起。

袁枚本來是個至情至性的人，對待朋友且如上述，何況對自己從小親愛的手足？因此，寫下了這一篇讓人讀之心酸的〈祭妹文〉。

乾隆丁亥冬，葬三妹素文於上元之羊山，而奠以文曰：

嗚呼！汝生於浙而葬於斯，離吾鄉七百里矣；當時雖觭夢幻想，寧知此為歸骨所耶！

汝以一念之貞，遇人仳離，致孤危託落；雖命之所存，天實為之；然而累汝至此者，未嘗非予之過也。予幼從先生受經，汝差肩而坐，愛聽古人節義事，一旦長成，遽躬蹈之。嗚呼！使汝不識詩書，或未必艱貞若是。

余捉蟋蟀，汝奮臂出其間；歲寒蟲僵，同臨其穴。今予殮汝葬汝，而當日之情形憬然赴目。予九歲，憩書齋，汝梳雙髻，披單縑來，溫緇衣一章。適先生奓戶入，聞兩童子音琅琅然，不覺莞爾，連呼則則：此七月望日事也。汝在九原，當分明記之。予弱冠粵行，汝掎裳悲慟。逾三年，予披宮錦還家，汝從東廂扶案出，一家瞠視而笑，不記語從何起；大概說長安登科，函使報信遲早云爾。凡此瑣瑣，雖為陳跡，然我一日未死，則一日不能忘。舊事填膺，思之淒哽，如影歷歷，逼取便逝。悔當時不將嫛婗情狀，羅縷紀存；然而汝已不在人間，則雖年光倒流，兒時可再，而亦無與為證印者矣。

汝之義絕高氏而歸也：堂上阿嬭，仗汝扶持；家中文墨，仗汝辦治。嘗謂女流中最少明經義，諳雅故者；汝嫂非不婉嫕，而於此微缺然。故自汝歸後，雖為汝悲，實為予喜。予又長汝四歲，或人間長者先亡，可將身後託汝；而不謂汝之先予以去也。

前年予病，汝終宵刺探，減一分則喜，增一分則憂。後雖小差，猶尚殗殜，無所娛遣。汝來床前，為說稗官野史可喜可愕之事，聊資一懽。嗚呼！吾將再病，教從何處呼汝耶！

汝之疾也，予信醫言無害，遠弔揚州。汝又慮戚吾心，阻人走報。及至惙已極，阿嬭問望兄歸否，強應曰諾已。予先一日夢汝來訣，心知不祥，飛舟渡江。果予以未時還家，而汝以辰時氣絕，四支猶溫，一目未瞑，蓋猶忍死待予也。嗚呼痛哉！早知訣汝，則予豈肯遠遊；即遊，亦尚有幾許心中言，要汝知聞，共汝籌畫也。而今已矣！除吾死外，當無見期。吾又不知何日死，可以見汝；而死後之有知無知，與得見不得見，又卒難明也。然則抱此無涯之憾，天乎，人乎，而竟已乎！

汝之詩，吾已付梓；汝之女，吾已代嫁；汝之生平，吾已作傳；惟汝之窀穸，尚未謀耳。先塋在杭，江廣河深，勢難歸葬，故請母命而寧汝於斯，便祭掃也。其旁葬汝女阿印，其下兩冢，一為阿爺侍者朱氏，一為阿兄侍者陶氏。羊山曠渺，南望原隰，西望棲霞，風雨晨昏，羈魂有伴，當不孤寂。所憐者，吾自戊寅年讀汝哭姪詩後，至今無男。兩女牙牙，生汝死後，才周晬耳。予雖親在，未敢言老，而齒危髮禿，暗裡自知。知在人間，尚復幾日！阿品遠官河南，亦無子女，九族無可繼者。汝死我葬，吾死誰埋，汝倘有靈，可能告我？

嗚呼！身前既不可想，身後又不可知，哭汝既不聞汝言，奠汝又不見汝食。紙灰飛揚，朔風野大，阿兄歸矣，猶屢屢回頭望汝也。嗚呼哀哉！嗚呼哀哉！

前人有言：讀諸葛亮〈出師表〉不哭者不忠，讀李密〈陳情表〉不哭者不孝，讀韓愈〈祭十二郎文〉不哭者不慈。而讀袁枚〈祭妹文〉不哭者不悌。可知其感人。

湖樓請業處，金釵十三行

在當時，他的許多言論和行爲，都頗爲「道學家」不諒，視爲異端。在詩文風格上，他就與當代道學家格格不入，他的詩文，可以說是「浪漫主義」，以眞情流露爲第一要務。相對於「文以載道」的道統文學，當然是要受抨擊的。他三十幾歲，就辭官，退歸江南。詩酒流連，不務正業，卻又享有那麼高的文壇聲譽，更使以正統自命的君子們側目。

他是錢塘人，「南北朝」時，南齊有一位名妓蘇小小也是錢塘人。因此，他戲刻了一方閒章：「錢塘蘇小是鄉親」。

有一位尙書路過金陵，向他索詩。他不經意的在詩稿上蓋了這一方閒章。竟使這位道貌岸然的尙書爲之大怒，呵責他「輕薄無行」；錢塘出過多少有聲望的賢達之士他都不提。身爲讀書人，卻不顧身份去跟個青樓名妓攀同鄉關係！他本來還有些不好意思，覺得是自己做得冒失，連連道歉。不料那位尙書因此卻更得理不饒人的罵個不休。把他惹翻了，正色道：「大人認爲這印文不倫不類嗎？對！就今天的身份地位來看，大人是位高貴的一品官員，蘇小小是個低賤的青樓名妓。但恐怕過了一百年之後，後人還是知道有蘇小小這個青樓名妓，而未必知道有大人這位一品高官呢！」

這話聽得尙書爲之啞然，而滿座賓客卻不由相顧莞爾，發出會心微笑。由此可知他的率眞放誕。

而最使他飽受攻擊議論的是：在他晚年，竟不顧「女子無才便是德」的傳統，收了一大批女弟子。這些自稱「隨園女弟子」的名媛閨秀，大多是與他夙有淵源親友家中的少女、少婦，他教她們作詩，並且與她們唱和投贈，還出了《隨園女弟子詩集》。這在當時，眞可說是驚世駭俗之舉。也無怪衛道人士視如洪水猛獸，大加伐撻，罵他是「無行文人」。

他以近八十的高齡，視禮教如無物，振振有辭：「詩，本來就是情感的產物。女子的情感最豐富、最細膩，也最宜作詩。若說女子不該學詩，去問孔夫子吧！他刪正的《詩經》以〈關雎〉、〈卷耳〉、〈采葛〉爲三百之篇首，不都是『婦人之詩』嗎？」

這些女弟子也眞爭氣，集中的作品，也頗有可觀。雖然有人說：「那些詩還不是隨園老人改的！」

至少不能說是隨園老人代作的吧？話說回來，難道男弟子的詩就不曾被老師改過嗎？當時曾有人畫下「十三女弟子湖樓請業圖」。十三個女弟子，圍著鬚髮俱白的隨園老人論詩問業，白髮紅顏，其樂融融。在當時，有人稱佳話，有人罵無行。就今日來看，他倒眞是女子教育的先驅呢！

民國詞家第一人

—王國維—

宗師的宗師

王國維，字靜安，又字伯隅，晚號觀堂。死後，清朝末代皇帝溥儀賜諡「忠慤」。浙江杭州府海寧（今浙江嘉興）人。是由晚清入民國的一代「國學大師」。

他可說是罕見的通才；他所具備遠過於前代文學家的條件是：他精通英、德、日文，眼界極爲開闊。做學問不但廣博，也極深入，是當代中國兼納中西，可謂「水納百川」的學者。也因此，他能以西方學術理論觀點，來重新省察中國傳統文學，而成爲「新學術」的領航與開拓者。在文學、美學、史學、哲學、戲曲、金石篆刻、書畫、甲骨文、考古等方面，都有卓越的成就！

陳寅恪「一代宗師」之譽是公認的。傅斯年曾讚美：「陳先生的學問，近三百年來一人而已！」梁啓超也自認：「我梁啓超雖然著作等身，但我所有的著作加起來，也沒有陳先生的三百字有價值！」而這位「三百年來一人而已」，當時清華大學的教授們，在他上課時，都都紛紛到教室聽講。視爲「教授的教授」的陳寅恪，佩服的人又是誰？王國維！這可從他參加王國維「告別式」的舉動上看出來。當時人的記載：

陳寅恪教授出現的時候，所有的師生，都看見了他那身一絲不苟的長衫，玄色莊重，布鞋綿軟。陳寅恪步履沉重地來到靈前，緩緩撩起長衫的下擺，雙膝跪地，將頭顱重重地磕在磚地上。所有的人都被這個瞬間驚呆了，校長、教授、朋友、學生，在陳寅恪頭顱叩地的三響聲中，突然清醒過來，一齊列隊站在陳教授身後，跪下，磕頭，重重地磕頭。

由這一點來看，王國維可稱是「宗師的宗師」了。

滿清遺老，學貫中西

他出生於浙江杭州府海寧的一個書香世家。他的父親王乃譽，精於書畫、篆刻、古文、詩詞，王國維耳濡目染，對他未來的人生走向，有很大影響。

他七歲啓蒙，進入私塾，師從當代名師潘紫貴、陳壽田兩位先生。加上他父親望子成龍，一旁督教，讓他博覽群籍，爲日後的成就奠下堅實的基礎。

他十六歲入州學，參加海寧歲試，以第二十一名得中秀才。被譽爲「海寧四才子」之一。二十二歲的他進上海《時務報》館充當校對。公餘之暇，他到羅振玉辦的「東文學社」

研學習外文，開始接觸西方文化，結識了當代的「金石學名家」羅振玉，並深受羅振玉賞識；也從此與羅振玉結下了「不解之緣」。

他受羅振玉的影響，也投入甲骨文的研究，後來與羅振玉（雪堂）、董作賓（彥堂）、郭沫若（鼎堂）齊名，成爲「甲骨學四『堂』」之一（王國維號「觀堂」）。

三年之後，王國維在羅振玉的資助下，赴日本入「東京物理學校」。但不到一年，他就因病返國。在羅振玉的推薦下，任教於通州和江蘇師範學堂，講授哲學、心理學、倫理學等，除了教書，他也開始了自己的學術研究與寫作事業。

滿清被推翻之後，他以「遺民」自居，又隨羅振玉前往日本，羅振玉盡出藏書，供他潛心研究。這一段日子，成爲他人生中生活最簡樸，成就卻最豐碩的一段日子。返回中國，被苟延殘喘的清室「小朝廷」任命爲「南書房行走」——皇帝的近臣，成爲「食五品俸」的「小朝廷官員」！

有清以來，「南書房行走」必然要具備的條件是：「翰林院甲科出身」；不僅要具備「進士」資格，還得入「鼎甲」（所謂的「甲科」）；鼎甲只有三人，也就是「進士」的前三名：狀元、榜眼、探花，才有資格「南書房行走」。而「小朝廷」竟然讓王國維這個只具備「秀才」資格，沒有「功名」的人「入値南書房」！使他視爲「天恩殊榮」。

也在這段時間，他得以盡窺宮中秘藏的古籍、書畫，更增長了他的眼界。但一年後，馮玉祥發動政變，把溥儀驅逐出宮。因受溥儀深恩，自認大清「遺老」的他，視爲對他忠愛「大清」的奇恥大辱，悲憤欲絕。他當時就曾準備跳河身殉「大清」，被家人阻止。但這一股出自「忠愛」的「悲憤」，始終追隨著他（就今日的觀點，他可能罹患了嚴重的「憂鬱症」）。導致三年後，還是逃不出「自殺」的命運。

受聘清華爲「導師」

他的學問，是當代所公認的。因此，溥儀出宮之後，他應聘爲「清華導師」；當時清華大學除了他之外，另三位導師是：梁啓超、趙元任、陳寅恪，四人被尊爲「清華國學四大導師」。

他在清華講授經史、小學（文字學），並研究漢魏石經、古代西北地理及蒙古史料。深受各方矚目尊崇。

他自沉於昆明湖時，才五十歲！著作已達六十二種，而批校的古籍，更達兩百多種，實在可觀。

人間詞話，別樹一幟

所謂「詞話」，是就個人的詞學理論，寫出個人對「詞」的見解和評論。中國歷來寫

「詞話」的人很多。但王國維的《人間詞話》一出，馬上成爲最受矚目的一部「詞話」。因爲他自己本身就是一位「詞人」，而且學貫中西，因此，在他的見解中，加入了許多前人「不曾夢見」的西方文學理論的元素。令人耳目一新。

他在對詞的評論中，提出了「境界」二字。這是前人所無的。試舉《人間詞話》中讓人擊節稱賞的評論如下：

詞以境界為最上。有境界則自成高格，自有名句。五代、北宋之詞所以獨絕者在此。

有造境，有寫境，此「理想」與「寫實」二派之所由分。然二者頗難分別。因大詩人所造之境，必合乎自然，所寫之境，亦必鄰於理想故也。

有「有我之境」，有「無我之境」。「淚眼問花花不語，亂紅飛過秋千去」、「可堪孤館閉春寒，杜鵑聲里斜陽暮」，有我之境也。「采菊東籬下，悠然見南山」、「寒波澹澹起，白鳥悠悠下。」無我之境也。有我之境，以我觀物，故物皆著我之色彩。無我之境，以物觀物，故不知何者為我，何者為物。古人為詞，寫有我之境者為多，然未始不能寫無我之境，此在豪傑之士能自樹立耳。

溫飛卿之詞，句秀也；韋端己之詞，骨秀也；李重光之詞，神秀也。

詞至李後主而眼界始大，感慨遂深，遂變伶工之詞而為士大夫之詞。

周介存置諸溫、韋之下，可謂顛倒黑白矣。「自是人生長恨水長東」、「流水落花春去也，天上人間」，《金荃》、《浣花》能有此氣象耶？

詞人者，不失其赤子之心者也。故生於深宮之中，長於婦人之手，是後主為人君所短處，亦即為詞人所長處。

客觀之詩人，不可不多閱世，閱世愈深，則材料愈豐富、愈變化，《水滸傳》、《紅樓夢》之作者是也。主觀之詩人，不必多閱世，閱世愈淺，則性情愈真，李後主是也。

美成〈青玉案〉詞：「葉上初陽干宿雨。水面清圓，一一風荷舉。」此真能得荷之神理者。覺白石〈念奴嬌〉、〈惜紅衣〉二詞，猶有隔霧看花之恨。

東坡〈水龍吟．詠楊花〉，和韻而似原唱。章質夫詞，原唱而似和韻。才之不可強也如是！

東坡之詞曠，稼軒之詞豪。無二人之胸襟而學其詞，猶東施之效捧心也。

讀東坡、稼軒詞，須觀其雅量高致，有伯夷、柳下惠之風。白石雖似蟬蛻塵埃，然終不免局促轅下。

「枯藤老樹昏鴉。小橋流水平沙（一作「人家」）。古道西風瘦馬。夕陽西下。斷腸人在天涯。」此元人馬東籬（馬致遠）〈天淨沙〉小令也。寥寥數語，深得唐人絕句妙境。有元一代詞家，皆不能辦此也。

「明月照積雪」、「大江流日夜」、「中天懸明月」、「黃河落日圓」，此種境界，可謂千古壯觀。求之于詞，唯納蘭容若塞上之作，如〈長相思〉之「夜深千帳燈」，〈如夢令〉之「萬帳穹廬人醉，星影搖搖欲墜」差近之。

納蘭容若以自然之眼觀物，以自然之舌言情。此由初入中原，未染漢人風氣，故能真切如此。北宋以來，一人而已。

人生三境界

他也在《人間詞話》中，提出了「人生三境界」之說：

古今之成大事業、大學問者，必經過三種之境界。「昨夜西風凋碧樹，獨上高樓，望盡天涯路」（晏殊〈蝶戀花〉），此第一境也。「衣帶漸寬終不悔，為伊消得人憔悴」（柳永〈鳳棲梧〉），此第二境也。「眾裡尋他千百度，回頭驀見，那人正在燈火闌珊處」（辛棄疾〈青玉案〉），此第三境也。此等語皆非大詞人不能道。然遽以此意解釋諸詞，恐為晏（晏殊）、歐（歐陽修）諸公所不許也。

試解如下：第一境，是「心有所感，恍然似有所失，似有所得。因而沉澱心情，默然自省」，第二境「確立目標，誓死無悔的追尋」。第三境，則是追尋至幾乎絕望了。在失落寂寞之際，卻發現：在不經意中，目標已然達成！

這三境界，成為後世讀書人對人生階段的「共識」。

民國詞家第一人

王國維本身也是一位「詞家」，而且，被稱為「民國詞家第一人」；也就是說，公認他的「詞」，是民國以來寫得最好的！

他的詞集名《苕華詞》；「苕華」二字，出於《詩經．苕之華》：「苕之華，芸其黃矣。心之憂矣，維其傷矣！苕之華，其葉青青。知我如此，不如無生！牂羊墳首，三星在罶。人可以食，鮮可以飽！」

《毛詩序》：「〈苕之華〉，大夫閔時也。幽王之時，西戎東夷交侵中國，師旅並起，因之以饑饉。君子閔周室之將亡，傷己逢之，故作是詩也。」

可知他用「苕華」為詞集命名的沉痛。集中寫的詞，都有很深沉的家國之痛，身世之感，他的情懷、哲思都蘊蓄寄託其內，並非一般人以詞抒情、言志而已。試舉數例，如〈蝶戀花〉：

閱盡天涯離別苦，不道歸來，零落花如許。花底相看無一語，綠窗春與天俱暮。
待把相思燈下訴，一縷新歡，舊恨千千縷。最是人間留不住，朱顏辭鏡花辭樹。

滿地霜華濃似雪，人語西風，瘦馬嘶殘月。一曲陽關渾未徹，車聲漸共歌聲咽。
換盡天涯芳草色，陌上深深，依舊年時轍。自是浮生無可說，人間第一耽離別。

窗外綠陰添幾許，剩有朱櫻，尚繫殘紅住。老盡鶯雛無一語，飛來銜得櫻桃去。
坐看畫梁雙燕乳，燕語呢喃，似惜人遲暮。自是思量渠不與，人間總被思量誤。

黯淡燈花開又落，此夜雲蹤，知向誰邊著。頻弄玉釵思舊約，知君未忍渾拋卻。
妾意苦專君苦博，君似朝陽，妾似傾陽藿。但與百花相鬥作，君恩妾命原非薄。

〈浣溪沙〉

山寺微茫背夕曛，鳥飛不到半山昏。上方孤磬定行雲。
試上高峰窺皓月，偶開天眼覷紅塵。可憐身是眼中人。

〈臨江仙〉

聞説金微郎戍處，昨宵夢向金微。不知今又過遼西。千屯沙上暗，萬騎月中嘶。

郎似梅花儂似葉，揭來手撫空枝。可憐開謝不同時。漫言花落早，只是葉生遲。

顯然，以他《人間詞話》中自訂的「標準」和他的「眼界」，一定不會輕易動筆「塡詞」。所以他的詞作並不太多，卻都很耐讀。寫感情，則寫得一往情深，寫哲思，則讓人反覆涵泳；像橄欖一樣，都讓人有咀嚼不盡的回味。

自沉頤和園

王國維一九二七年的六月二日，在頤和園的昆明湖投水自殺，一時驚動了朝野，特別是文化圈。他留下的遺書，除了交代兒子如何處理後事，所留下的十六個字，令人費解，而成了至今也無法確認的「謎題」。

五十之年，只欠一死。經此事變，義無再辱。

五十年容易解；那一年他正好是五十歲。所謂「事變」指的是什麼？「義」無「再」辱；所堅持的「義」指什麼？「再辱」，更顯示：已經歷過一次受辱，而在面對可能的「再辱」時，只能以死明志。

歸納當時人的種種猜疑，他「必死」的原因：

其一：驚悸說：當時北伐軍已經接近北京了，許多人，包括了梁啓超都準備到天津避難。他這個溥儀都已經剪了西裝頭，還堅持留著辮子的「遺老」，深恐受辱。

其二：殉清說。當時溥儀已被日本人挾持到了天津。羅振玉等，極力遊說溥儀東渡日本「避難」；這件事，王國維是堅決反對的。因此對溥儀的「未來」非常焦慮，以「屍諫」殉清。

其三，殉文化說，這一說是陳寅恪的主張，他在〈王觀堂先生挽詞〉中表示了這種看法：「或問觀堂先生所以死之故。應之曰：近人有東西文化之說，其區域分劃之當否，固不必論，即所謂異同優劣，亦姑不具言；然而可得一假定之義焉。其義曰：凡一種文化值衰落之時，為此文化所化之人，必感苦痛，其表現此文化之程量愈宏，則其所受之苦痛亦愈甚；迨既達極深之度，殆非出於自殺，無以求一己之心安而義盡也……若以君臣之綱言之，君為李煜亦期之以劉秀；以朋友之紀言之，友為酈寄亦待之以鮑叔。其所殉之道，與所成之仁，均為抽像理想之通性，而非具體一人一事。」

認爲他並不是單一原因自殺，而是許多因素糾結的結果。

其四：受羅振玉逼迫說。他從「出道」以來，一直受到羅振玉的資助與提拔，所有人都無法否定：羅振玉是他一生的「貴人」。所以，他可以說，在心態上與羅振玉是以「從屬」關係相處的。而後來與羅振玉在各方面都有了落差，羅振玉是否因爲被他超越，心懷怨恨，而往往「挾恩求報」的爲難他？待考。但來自羅振玉的壓力，對他來說一直都存在。兩人本是「兒女親家」；羅的女兒嫁給王的兒子。後來王的兒子死了，羅竟不讓女兒依禮留在王家守孝，而接回家中，甚至以「退親」威脅。王視爲羞辱，無以自解。

而另一件讓人不解的是：王國維死後，羅振玉代他遞了「遺疏」，遺疏中充滿了對溥儀的「忠愛之情」。溥儀在他的自傳裡說：「當時他信以爲眞，後來才知道，這根本不是王國維寫的，而是羅振玉玩的花樣。」而且他還言之鑿鑿：「王國維是羅振玉逼死的！」

看到「遺疏」的當時，溥儀感動之餘，又爲王國維破例：賜給了他一個諡號（晚清制度：三品以下的官員是不賜諡號的。他雖然曾經是「南書房行走」，但雖食「五品俸」，並不算正式的官職）：忠愨；「忠」不必解釋，「愨」是忠誠、淳樸、謹厚之意。又賜「陀羅經被」，賞兩千大洋治喪。這些，對大清臣子來說，是備極哀榮的。但若出於僞造的「遺疏」，就讓人哭笑不得了！

國家圖書館出版品預行編目資料

漫漫古典情 5：文人的另一面 / 楳月著 . -- 初版 .
-- 臺中市 : 好讀 , 2019.8　面 ;　公分 . -- (經典
智慧 ; 65)

ISBN 978-986-178-500-4(平裝)

831　　　　108011251

好讀出版

經典智慧 65

漫漫古典情 5：文人的另一面【宋至清】

填寫線上讀者回函
獲得更多好讀資訊

作　　者／楳月
總 編 輯／鄧茵茵
文字編輯／莊銘桓
行銷企劃／劉恩綺
發 行 所／好讀出版有限公司
台中市 407 西屯區工業 30 路 1 號
台中市 407 西屯區大有街 13 號（編輯部）
TEL:04-23157795 FAX:04-23144188　http://howdo.morningstar.com.tw
（如對本書編輯或內容有意見，請來電或上網告訴我們）
法律顧問 陳思成律師

總經銷／知己圖書股份有限公司
106 台北市大安區辛亥路一段 30 號 9 樓
TEL：02-23672044　23672047 FAX：02-23635741
407 台中市西屯區工業 30 路 1 號 1 樓
TEL：04-23595819 FAX：04-23595493
E-mail：service@morningstar.com.tw
網路書店 http://www.morningstar.com.tw
讀者專線：04-23595819 # 230
郵政劃撥：15060393（知己圖書股份有限公司）
印刷／上好印刷股份有限公司

初版／西元 2019 年 8 月 1 日
定價：280 元
如有破損或裝訂錯誤，請寄回知己圖書更換

Published by How-Do Publishing Co., Ltd.
2019 Printed in Taiwan

ISBN 978-986-178-500-4